人們先是厭倦，而後感到恐懼。厭懼戰爭，與死亡。厭懼他人。

芙拉蒂蕾娜・米利傑《回顧錄》

序章　此處又遙看

就像她最愛的童話故事裡面，那座月光所打造的宮殿一般。那座城市簇新而耀眼，潔白而美麗。

城市位於她先前居住的大都市的郊區，是新設的睡城。城裡有著共和國特有的寬闊筆直的道路、整齊劃分的街區、精緻時尚的建築物與造型優美的街燈。由於此地將成為新一群國民養育未來主人翁的搖籃，是充滿未來與希望的城市，新生有為的設計師無不大展身手，廣場、公園與採用統一造型的住宅群，各自綻放色彩繽紛的百花，整座美麗的城市讓人恍如置身童話故事，或是徜徉於一場綺麗夢境。

自古定居於共和國的白系種居民，或者雖是來自國外的移民，但歷經多個世代的族群，均早已擁有稱得上故鄉的城市與人際關係。因此遷居至這座新城市的家庭，就像身為羅亞・葛雷基亞聯合王國移民的雙親與生於共和國的千鳥一家這樣，以移民而論世代尚淺，與生俱來的色彩亦繽紛多變。甚至於想找到純粹的白系種，就只有住在她家隔壁，來自齊亞德帝國的一戶移民家庭而已。

沒錯，就在隔壁這一家，有個與她同年齡的孩子叫達斯汀・葉格。

葉格家以前在帝國似乎屬於貴族階級，達斯汀也被教出了貴族子弟應有的一身行為舉止。還是個孩子就已經成熟得像個成年男性，待人處事既光明正大又不失穩重，態度溫柔和善。

由於他從來不會欺負比自己小的小孩或女生，跟其他鄰居那些會扯人頭髮或拿蟲子丟到別人身上的頑皮男生相比，簡直就像童話故事裡的王子殿下一樣。

她那時很喜歡他。

她想，那應該是一種憧憬。

她常常會在庭院裡摘花做成花冠或戒指，幫他戴上，說是謝謝他的幫助。達斯汀也把千鳥當成小公主一樣呵護，讓她甜在心裡。

他們每天都一起上學。放學回家之後也一起玩耍。

那天，他一如往常地送千鳥回到家，兩人揮揮手說明天見。

當晚，事情就發生了。

意識忽地清醒，看見的是昨天暫時寄居的組合式小屋。

位於一條不知其名的大河河畔，不知其名的橋梁管理事務所。地處城市郊區本來就人煙稀少，加上入夜後職員們也都下班回家，於是他們撬開門鎖，溜進了無人的事務所。

雖然一早就是飄著小雪的天氣，幸好聯邦的事務所蓋得堅固，同伴們也能互相依偎著取暖而不至於覺得冷。這些在第八十六區的那間研究所認識至今的同伴，她在發現大限將至時呼籲大家一起上路，而她們也紛紛響應前來集合。

即使如此，缺席者卻比集合者更多。不知道是來不了，還是本就無意與千鳥她們會合。

共和國人的避難地點應該沒被當成什麼祕密，但也沒有積極公開相關資訊，她是覺得應該不用擔心……

她掀開代替毛毯的大衣爬起來，正好同行的幾名少女也在這時起床了。琪琪與卡瑞妮，阿思哈、伊梅諾、托托莉、蘭與汐陽。

……不對，少了一個人。

「托托莉呢？」

有著一頭直長紅髮、個性成熟的卡瑞妮微微搖了搖頭。無論是在研究所還是現在這個小團體，這個少女永遠像是大家的大姊姊。

「趁夜走了。」

就好像領悟到死期將至，獨自前往葬身之處的野貓那樣。

不對，根本就是。

「……這樣啊。」

即使如此，至少……

能夠在城市郊區杳無人煙的河岸，走出夜間無人看守的管理小屋，在沒有旁人的黑暗中獨處，靜靜地消逝——而不至於波及到任何人，或許可說是唯一值得慶幸之處吧。

因為自己跟大家就是如此希望，才會聚在一起的。

這時，她發現另一個知情卻仍願意同行的人不見人影，便四下掃視找他。

「尤德呢？」

看到千鳥活像隻雛鳥在找爸媽，幾個同伴都在偷笑。

「去找吃的了。他說這個時間早市應該已經開了。」

「還說會盡量趕在管理人來上班之前回來，但如果沒趕上，就叫我們到那棵大樹下等。」

把嬌小身軀縮得更小抱膝而坐，一頭細軟短金髮的琪琪在笑。

「千鳥帶他過來時我還嚇了一跳，想說怎麼都不怕遭到波及。但幸好有他在我們才能吃到熱食，想想還是滿感激的呢。」

代替想躲著人群的千鳥她們，尤德不但負責帶路還自願在旅途中負責籌措糧食，而且只要情況允許，都會帶路邊攤之類的小販現做熱食回來給大家吃。在遠離城市的地方則是生火泡茶或烤熱罐頭，有一次還不用槍就捕到了一大隻雉雞殺來吃。對於別說打獵，連一條魚都沒清過的千鳥她們來說，他那處理手法精湛得簡直像變魔術。

以這些方式招待大家的熱呼呼料理，在這位於大陸北方的聯邦冬季氣溫之中超乎意外地溫暖了身心——第一天晚上甚至讓千鳥感動到差點落淚。只因許久未接觸到的熱湯……燙到幾乎可說燙嘴的熱湯，還有黑暗中發亮的火堆紅光勾起了她無可抑制的鄉愁與思慕之情。

……為了在比起這冬季的嚴寒，比起這聯邦的風雪更寒冷的戰場持續戰鬥，或許這些都是必需的技能吧。

不僅是「軍團」，還得對抗風雪、黑暗或森林，或是他人的冷漠與惡意，而他也活下來了，所以現在也才能夠像這樣，宛如置身冰雪世界依然不失尊嚴的孤狼那樣，繼續生存下去吧。

不像她們「小鹿」連一個火堆也生不起來，只是一味沉湎於那間研究所的薄暗之中——是個戰鬥到底的人。

她感覺好像被迫領悟到了這一點，不知為何，有種寂寞難耐的感受。

「——噢，妳們還沒移動啊。」

聯邦的建築物，就連這麼一間屬地城郊只有白天才有人使用的管理小屋都蓋得堅固耐用，尤德沒發出一點嘎吱聲就開了門，探頭進來。

離開聖耶德爾已經過了數日，他那端正的面龐卻沒有半點疲勞的陰霾。對剛起床身體還有點慵懶的千鳥來說，他那自在的神情令人難以置信，指指他剛剛走回來的那條路的方向。

「管理人似乎還沒來，但為了保險起見，我們還是動身吧。市區規模比我昨晚估計得更大，所以白天這附近也可能會有人出沒——怎麼了？」

「沒什麼。」

他詫異地回看像是心頭一驚般抬頭看著他的千鳥。千鳥輕輕搖了搖頭。

淡金色的頭髮。微泛橙黃的夕陽般朱紅瞳眸。

無意間她心想，它們有如清明澄淨的月光，以及在黑夜中朦朧發光，教人懷念不已的一朵明火。

EIGHTY SIX

The number is the land which isn't
admitted in the country.
And they're also boys and girls
from the land.

ASATO ASATO PRESENTS
[作者] 安里アサト
ILLUSTRATION／SHIRABII
[插畫] しらび
MECHANICALDESIGN／I-IV
[機械設定] I-Ⅳ

Kadokawa Fantastic Novels

86

—不存在的戰區—

No one knows Love and Curse are,
in fact, very similar.

[Ep. 13]

— Dear hunter —

第一章　都中諸事勞相告

位於大陸西北部的齊亞德聯邦戰場每當進入陰暗冬季，便躲不過白魔鬼的暴虐無道。

在飄降不休的細雪紗簾底下，整片大地徹底凍結到比鐵更硬，北方的四條戰線反而還算好的了。情況更慘的是地區偏南，那些夜裡下的雪在日照與氣溫的影響下半融半凝，滲入土地化作遍地泥濘的南方與西方戰線。

這片泥海沒深到能攔阻戰車型（Löwe）或重戰車型（Dinosauria）。但是馬力沒有重量來得大的牽引式榴彈砲、運輸卡車或裝甲步兵卻屢屢被它絆住。戰壕底層總是泌出將要結凍的冰冷泥水，硬生生地把體力與士氣連同體溫一起帶走。

更別說那些穿著鐵灰色戰鬥服與迷彩大衣，肉身上陣的倒楣步兵了。

鐵青色的大軍踏過戰壕。

應戰到最後一刻的倖存者勉強爬了出來，凍壞了的腿絆了一跤，還來不及求救就被戰車型的鐵樁般腳部一腳踩爛。旋轉的機槍掃倒了逃跑的背影。接著飛來的整批一五五毫米榴彈在遭到壓制的戰壕正上方自爆，自鍛破片的鋼鐵驟雨擊倒成群殺戮機械——是前一刻戰死的兵士們，最後請求的砲火支援。

「趁現在！衝啊！反攻回去！」

戰壕複數配置在能夠相互援助，自三方向對進逼的「軍團」施以砲火洗禮的位置。步兵踢踹著雪地從周圍的戰壕向外衝，在殘餘同袍的掩護下，跳進如今空無一人的戰壕。他們對撐過砲擊的「軍團」從極近距離內開槍射擊，或是讓僅有的幾台八八毫米反戰車砲將其排除，各自抹得一身雪泥與同袍血肉滑入戰壕。

無論是聯邦軍特有的，呈正確直角式彎曲讓衝擊波衰減的整齊戰壕，或是鋼筋水泥打造的反戰車屏障，都在日復一日的戰鬥中崩垮得面目全非。

友軍機甲部隊被調派去進行機動防禦，全數預置於後方，因此這裡一架也沒有。

即使如此……

「沒有『破壞之杖』，砲兵他們也忙著支援各處而分身乏術——所以這裡，只能由我們來守了！」

抽根菸喘口氣，是從第二次大規模攻勢以來養成的習慣。

對著雪花飛散的冰凍大氣吐出飄渺的煙霧，戴黑框眼鏡、有著黑色長髮的砲兵指揮官女孩，環顧她那被雪與泥土排成斑點圖案的戰場。

砲兵的戰鬥方式就是在戰線後方讓部隊散開，往數十公里外的遠處進行大火力轟擊。儘管不像敵人近在眼前的最前線戰壕需要瘋狂衝殺，只要前線仍在激烈應戰，對砲火支援的要求也沒有停歇。趁著好不容易到來的戰鬥間空檔，部下們餓了一天才把一頓像樣的飯——不過是軍用口糧（Combat ration），而且還是把硬麵包塞進肉類料理（主菜）調理包裡一起捏碎弄成的東西——扒進嘴裡，然後和她一樣抽根菸，喝添加咖啡因的替代咖啡喘口氣。

「——看你們好像忙得手忙腳亂啊，帶砲兵的。」

僅以視線轉去一看，是擔任機甲部隊指揮官的青年老友。

負責機動防禦的機甲部隊也一樣，每當步兵的戰壕有任何地方被攻破就得出動迎擊敵軍部隊，可說一刻不得閒；這會兒應該是趁著空檔回來接受補給與整備吧。機甲兵器的超大重量會對驅動系統施加極大負擔，整備與戰鬥總是同樣費時。

青年叼起捲菸，一名士官走過來替他點火。機甲戰鬥服（Panzer jacke）早已在戰鬥中磨損走樣，灰撲撲的臉龐帶有濃厚的疲勞陰霾，背後他的那匹愛馬，從八條腿到鋼鐵肚子都沾滿了泥巴。

只做過連泥巴都來不及清乾淨的最小整備，沒休息多久就得返回前線，就表示……

「你也是啊，開機甲的。那些臭鐵罐的攻勢還沒有要平息的跡象嗎？」

「很遺憾，沒有。這下看來，要拖上一陣子了。」

他叼著菸且眼神不帶笑意，只是揚起嘴角。漫長的戰鬥讓大家都累壞了，戰況卻不見平息的跡象或好轉的徵兆。就算是假笑也得笑，否則實在幹不下去。

「我沒實際算過，所以單純只是我的感覺……但總覺得在這場攻勢開始後沒多久，『軍團』

的數量就一直在增加。」

砲兵指揮官女孩皺起眉頭。

「前八六的『軍團』們，結束了在共和國的虐殺行為嗎？」

「不僅如此，感覺還換了一套作法。它們仗著大軍壓迫整條戰線，但不是單純的大範圍壓制。而是看抵抗的強弱抓出訓練度低的部隊，在那裡投入主力部隊加以突破的壓迫方式。實際上就有好幾個補充兵較多的戰區因而被攻破。」

為了彌補自第一次大規模攻勢以來大量死者的空缺，補充兵大多都縮短了訓練時期。接受的教育與訓練不足，訓練度不免就比較低。論經驗更是無法與撐過這十餘年「軍團」戰爭的沙場老將們相比。

微不足道的誤判、嚇得慌了手腳，或者有時只是運氣不好……當老兵們也都只能勉強堅持下去時，第一個倒下的大抵都是菜鳥補充兵。

「然後為了扳回一城，這次換成有經驗的部隊被迫硬撐造成傷亡——自從去年的大規模攻勢以來，飛往天堂的班機一直在大塞車。連後送也來不及，就全部堆在一起擺在那裡結冰。」

若不是現在正值秋末，我就能抓隻蟲子塞到你背後了。

聽到維克沒頭沒腦地這麼說，辛一時不解其意，結果好像是他聽芙蕾德利嘉說出了自己的真實身分。

一來是顧及她的人身安全，一來是他認為擅自洩漏別人的身世背景並不可取，所以才將這項情報隱瞞至今；但既然是芙蕾德利嘉本人決定表明真相，那也沒什麼不好。維克其實也懂這層道理，蟲子什麼的應該只是開玩笑。

……辛本來是這麼以為的，孰料幾天後發生了蕾爾赫一手拿著可憐的結冰蝴蝶突擊他的烏龍事件，所以看來是真的有讓她去捕蟲，只是之前沒找到而已。

總而言之……

「——什麼嘛，原來早就連『基地』的位置都掌握到了。所以是正在擬定『作戰』的時候，被那個砲彈衛星搶得先機了是吧。」

既然祕密已經透露，那麼「其他事情」也就無須再瞞著維克。在隨便找個藉口占用的會議室裡，辛、萊登與維克圍著議桌。

「作戰名稱、預定參加的兵力甚至是實施時期，都在第二次大規模攻勢前就決定好了——由於現在狀況生變，所以正在針對情報進行再次詳查，並重新編組預定參加的部隊。」

大君主作戰(Operation Overlord)。

壓制「軍團」的指揮據點，藉由女帝(芙蕾德利嘉)的藍血設定新的指揮權限擁有者，命令至今依然遵從帝國遺命的全體殺戮機械停止運作或是自我毀滅——一舉結束「軍團」戰爭的一大作戰。這對於在第二次大規模攻勢下勢力範圍遭到全面包圍，被逼得走投無路的人類來說，是名副其實能夠發揮

起死回生之效的作戰計畫，然而……

「問題是早先預定投入的義勇聯隊，被派去補充第二次大規模攻勢後各戰線的折損空缺，動彈不得……只是，怕是也沒太多時間讓我們做準備了。」

在參加會議之前，辛先向約施卡確認過計畫進度，他說很可能會投入大貴族們麾下的師團，亦即以中央預備戰力的名義保留至今的精銳部隊。除此之外，也在推敲徵兵的必要性，藉此從前線撥出即使投入師團依然告缺的兵力。

機動打擊群仍然會是「大君主(Overlord)」作戰的參加兵力——對，所以等蕾娜回來後，辛希望芙蕾德利嘉能夠對她還有葛蕾蒂也說出隱情。身為旅團長的葛蕾蒂與作戰指揮官身分的蕾娜，都需要一段時間研擬作戰計畫，況且一直向她們隱瞞戰爭終結的希望也讓辛過意不去。而且能夠商量作戰的高級指揮官就維克一個人，也怕會讓情報產生偏頗。

再來另一個原因，就是蕾娜可能快要吃奇怪的醋了。

這個對辛來說茲事體大，在「大君主」作戰上卻完全不值一提的憂心點一不小心閃過腦海，辛勉強把它擱到一邊，手指滑過顯示在全像式螢幕的西部戰線地圖。似乎看穿了這道心思的萊登揚起一邊眉毛，辛決定晚點踹他屁股一腳。

「挑在這時候，西部戰線又出現了軍團規模的多個『軍團』集團。不是之前派出殲滅共和國的那種規模……我想應該是攻陷了西方或南方某個倖存的國家。」

可能是通訊斷絕至今的南方或極西諸國，或是已經十年以上未曾確認生存的東部、極東或西南方的某個國家。

「哼。」維克咕噥了一聲。

「在聯合王國也已確認到東部、西部戰線雙雙有新的部隊入侵。東部的部隊想必是攻陷了船團國群的集團，但西部的部隊就來處不明了。你推測是攻陷了他國的部隊，我認為是對的。」

「就連聯合王國這種大國，與據有山岳地帶的盟約同盟都被壓制住了，其他國家當然也會有幾個支撐不下去吧……再拖下去，聯邦也要撐不住了。」

如今敵軍數量遽增，即使躲在陣地帶固守不出，戰歿者依舊是與日俱增。聯邦近日開始對難民募集義勇兵，訓練生與預備役也已投入戰局，可見聯邦戰力已經見底，事實上已來日無多。

就像以前，維克曾經犧牲掉「阿爾科諾斯特」全機以收復列維奇要塞基地一樣。現在就算手段強硬也得設法打破僵局，否則只等著在消耗戰中潰滅。

「是啊……所以一等到撥出最低限度的所需兵力，並且情報在某種程度上得到佐證，我想就得動身了。」

仔細想想，這還是她第一次被交代做這種說明。

「關於今後的預定計畫，機動打擊群暫時不會參加任何一處戰線的作戰。」

滿陽與瑞圖等第一機甲群的六名大隊長以及他們的副長，還有作戰本部分隊的西汀都在場。

面對聚集在基地簡報室裡的他們，可蕾娜有點開心地進行解說。

看出她的雀躍，克勞德與托爾似乎都決定徹底當個助手，事前也已經告訴過安琪不用特地過來，所以她不在場。

「因此，在下次作戰指派下來之前，大家就先進行訓練……至於休假，雖然不能一次休很多天，會趁著訓練空檔讓少數人員輪班休息。」

「喔——」「應該的啦。」

「還有，這段期間軍方要在基地周圍的扎斯法諾庫沙森林西邊地帶建造預備陣地，所以西方方面軍會派工兵過來。我們不用參與工程，但還是要確認一下陣地構造。」

「嗯？」第五大隊長密茲達抬起頭來。

「預備陣地？——現在西方方面軍駐紮的森蒂斯．希崔斯線已經是預備陣地帶了耶，所以是預備的預備嗎？」

「森蒂斯．希崔斯線已經完成補強，變成主陣地了。他們說當然能不再後退是最好，也不能因為這樣就不設置後退地區啊。」

「…………也是喔，再後退就踩到農田或工廠地帶了嘛。」

包括西方方面軍在內，聯邦的各戰線都已經被逼退至勉強留在戰鬥屬地內的位置。畢竟聯邦以大陸最廣袤的國土著稱，單就面積而論的話也不是不能再後退——但再後退就得退入生產領地，亦即養活聯邦龐大人口的農地與工廠地帶。

一個方面軍數十萬人規模的縱深，包括後方後勤區域在內長達將近一百公里。那樣將會讓外圍地區的所有生產領地毀於一旦。

「但也不能因此就不做防備，對吧？」

如同滿陽仰望著天花板所言，國土防衛不能因為喊著絕不後退就真的不做防備。這時第七大隊長羅康也舉起一手。

「作戰與訓練方面我們了解了，但可蕾娜，機體補充呢？」

「關於『女武神』的補充機數，上面說下次會湊齊最低限度的所需數量。」

機動打擊群原本的運用方式是四個機甲群每次讓一個休假，擁有的「女武神」也安排在休假期間送回開發工廠，進行檢查與徹底整修（Overhaul）。四個群被迫同時參加作戰，備用機與預定接受檢查的機體也得全數投入作戰的現況，有望就此獲得解決。

「雖然沒達到要求數量，但運輸與軍工廠目前都還忙得要死，補充機體是葛蕾蒂上校好說歹說要到的，所以就別抱怨了啦。還有，別沒事把機體弄壞。」

看到大隊長們對「最低限度」四個字像是頗有微詞，克勞德幫忙說句好話，大隊長們都苦笑著點頭，唯有西汀半睜著眼。

「好吧可以，但我說克勞德老弟啊，你們那個大隊長才是最該被警告不准弄壞機體的那一個吧？」

「這倒說得有理。我會去叮嚀他的。」

克勞德若無其事地點頭。可蕾娜一面心想這不是在開玩笑，晚點真的得去嚴重警告他不許再亂來才行，一面再次接手進行說明。

辛乍看之下處事冷靜透徹，其實脾氣火爆得很……可蕾娜到最近才終於明白這一點。

「呃……然後是關於兵力的補充。弗頓拉埤德市的戰鬥屬地民（wolfrin）已經重新完成了基本訓練，會加入戰線。他們基本上會是隨伴步兵。因為今後應該不會再有餘力向其他部隊借人了。」

「……基本上是這樣。」

如同第六大隊長克諾耶喟嘆著說的，他們也是今後處理終端戰死時的補充兵力。

「真討厭……我以為我已經習慣了，但看到同袍死掉還是會難過。」

一旦「大君主」作戰開始……可蕾娜心想。

目前作戰細節尚未底定，那件事還不能跟他們這些大隊長以及不在場的蕾娜說。但是遲早得告訴大家。

葛蕾蒂也是，她雖是上校但並非貴族，所以不知道芙蕾德利嘉的真實身分也是無可奈何，然而是時候讓她這位旅團長知道作戰計畫了。必須跟辛他們還有芙蕾德利嘉討論過，還要觀察恩斯特或軍方高層的反應。在那之前得先拜託班諾德介紹大家跟戰鬥屬地民認識……還不只呢，就像自己剛剛說明的那樣，也得確認一下防衛陣地的構造……

嗚嗚。

指揮官有好多事情要忙喔。

可蕾娜偷偷撇了撇嘴角。

「……就像你所說的，只要能抓出那個通訊衛星什麼的位置，就能構成確認『基地』——瑟琳所提供的情報是真或假的旁證之一。」

構成「大君主」作戰關鍵的指揮基地相關資訊正確與否，在實施作戰之際是最需要提高可信度的一項情報。

辛期望能從中得到線索，於是針對瑟琳提到的通訊衛星詢問維克，結果他點了點頭。

「她提到衛星毀壞時會有警戒管制型(Rabe)進行遞補，可見它與『基地』之間必然有定時通訊，或許是藉由中繼的方式來進行。既然如此，要找出衛星的位置也不難。上次受到砲彈衛星攻擊，聯邦應該也確認過衛星數量的增減了。」

人造衛星無法脫離發射進入的軌道，加上由於位於高軌道而不易被地平線遮擋，視雷達的輸出功率而定有可能從極遠方就偵測得到，在某些條件下甚至可以肉眼觀測。在第二次大規模攻勢後經確認仍存在於軌道上的人造衛星當中，於「軍團」戰爭開始的前後時期留下紀錄的，極有可能就是這次提到的通訊衛星。

「只要能抓出『基地』與衛星的位置，就能記錄彼此之間的電波發送時間。接著只要能夠確認兩者之間確實有在持續通訊，便可以間接證明它們就是『基地』與通訊衛星沒錯……運氣好的話，搞不好還能不透過基地，就直接從外部對衛星發出停止命令。」
會顯示在雷達上，也就表示電波傳得到。話雖如此……
「不可能吧。」
「嗯，我想也是。」
辛沒等他講完就直接打槍，維克也不介意地點了點頭。
假如從任何地點都能與通訊衛星進行通訊並更新指揮權，瑟琳也不會舉出指揮基地作為「軍團」停止的關鍵了。人類至今未能解讀「軍團」之間的通訊代碼，要偽裝成「軍團」的通訊談何容易，況且那好歹也是軍事衛星，這麼容易就遭人入侵可是會有一堆問題的。
至於萊登則是繼續追問：
「入侵與偽裝，對你來說應該都不成問題吧？」
「倒也不是辦不到……對了，米利傑以前也問過我類似的問題。但那必須要讓我拋下指揮官的職務與『西琳』的開發工作，把上前線打仗的這幾年全用來開發人工智慧才有可能辦到。那樣的話聯合王國的前線會支撐不住。那時我才說沒那打算，也沒那『時間』。」
也就是說技術上可行，但資源上不可行。因此才說「辦得到但不幹」。
「搞得這麼複雜……」
「入侵通訊衛星只怕也得花上同等的時間。所以要讓我退出陣線嗎？」
這位王子殿下分明很清楚他的祖國撐不了這幾年的時間，卻還明知故問。萊登聳了聳肩。

「那可不行。指揮有蕾娜與柴夏少校在所以無所謂，但『西琳』可就沒人整備了。」

「真是嘴巴不饒人。」

維克這麼說的時候似乎顯得相當愉快，或者應該說面有喜色。

這讓辛注意到差不多從上次作戰之後開始，就很少有人再用「王子殿下」這個綽號叫他了。

辛一面這麼想一面回到正題。

「好吧，事前確認衛星的正常運作與否是必須事項……不過關於『基地』情報的正確性，還是只能得到間接證明嗎？」

「有總比沒有好，況且情報部的工作本來就是如此……關於這事，爾等可都聽說了？面對所有牴觸機密的情報一律無法回答的『無情女王』，高層命令情報部務必讓她和盤托出，結果你們知道他們是如何逼問那個性情彆扭的女人嗎？」

「？沒聽說。」

「拷問對『軍團』不管用吧？這樣還有辦法逼她吐實？」

維克一副就是聽到了有趣笑話的表情。

「所以據說他們同時也用了威脅手段……但主要就是逐一舉出死在皇室派最後抵抗據點或是失蹤的重要人物姓名，說某某某是『牧羊人』，然後讓瑟琳複誦一遍。」

「…………」

那還真是……

既然瑟琳一提到「牧羊人」生前的姓名就會被牴觸禁規（防護設定）的警告打斷，那麼能夠複誦的名字就表示不是「牧羊人」，做出無法回答的反應就能判斷是「牧羊人」；要這樣暴力破解也不是不行，然而……

「……就這樣跟她慢慢磨？」

不知道清單上有多少對象人名，就算侷限在重要人士也必定耗時耗力，而且光是想像那場面就覺得很笨。

「據說審問人員輪班花上了好幾天，連瑟琳弄到最後都來不及散熱而當機了兩、三次。而且這還只是在確認審問步驟而已，正式搞起來會是什麼場面，想了就快崩潰對吧？光是要製作適合的問題就很費工夫了。」

「也太令人同情了吧……瑟琳與審問的人都是。」

辛也覺得萊登說得一點都沒錯。

不只如此，他還接連想到一件事。

「……如果用這種方法，問出了那個基地指揮官機的名字，然後那人的聲音——通訊紀錄什麼的還有保留在某處的話，我還可以用來確認那人是否真的就在那座基地……」

「哇……」豈止萊登，就連維克都露出了深感同情的表情。

「雖然指揮官未必一定是皇室派，但你說得對。」

「也就是說，先確認哪些皇室派人物是『牧羊人』，然後不斷讓她複誦『某某某是「基地」

指揮官』嗎？二度要笨嘛。」

不如說他可以想像，瑟琳正是被迫不斷演出這種搞笑的場面。

辛決定在作戰之前，找個理由順便去看看她。該怎麼說呢……起碼可以聽她發發牢騷。

「但我要說，辛『你』做得了這件事嗎？如今前線跟基地靠近了，你的負擔也加重了吧？」

戰鬥區域與基地之間的距離，儘管比起以前第八十六區還算遠了，但多出了當時不存在的「牧羊犬（Sheepdog）」，悲嘆之聲反而是現在比較強。萊登說得對，自從第二次大規模攻勢以來，辛有時確實會感到有點難熬。

辛仍然面不改色地應聲。他確實是覺得難熬，所以很感謝他的關心……但真虧萊登可以這樣奮力地自掘墳墓。

「是啊。所以，請修迦『副長』代替我處理一陣子的事務工作好了。」

「唔！你這傢伙……！」

「……如果這樣就能讓你好一點的話也不錯，事實上你的確不能在作戰前倒下。而且受到瑟琳信任的你如果加入審問工作，也比較能提升效率。就算是當作休息，讓你暫時退到後方也是個辦法。」

把哀嚎的萊登撇在一邊，維克儘管興致索然仍給出了這個建議，辛聽了只是聳聳肩……機動打擊群參加「大君主」作戰是勢在必行的。毋寧說辛絲毫無意坐等事情結束，同袍們想必也都是同樣的想法。

八六向來依仗一己之力與弟兄情誼，要求自己戰鬥到最後一刻。

儘管無論是戰鬥的意義與終點，比起第八十六區的那段時期都有了極大變化，唯有戰鬥到底的意志，他相信所有人都保持初衷。

既然如此，辛這個總隊長即使只是短暫離開部隊，在維持辛自己本身戰鬥水準或是部隊整體的士氣兩方面來說都是大忌。

「這也由不得我吧。」

看到安琪與睽違已久又再度穿起機甲戰鬥服的達斯汀，自鄰接基地的演習場回來，芙蕾德利嘉心想他終於能重返戰場了吧，三步併成兩步地跑向他們。上次共和國救援作戰造成的影響，使得他有一陣子被屏除在作戰與訓練之外。

「喔喔，達斯汀。汝已經恢復常態了嗎？」

問出口之後，才發現……

芙蕾德利嘉看出了端倪，嘴角只揚起了一半。狀態看起來是還不差，但不用等他回答……

「……看汝累得都不成人形了。」

用看的就知道他已經筋疲力盡，站都站不穩了。

在累得連臉都抬不起來的他旁邊，相對顯得輕鬆自在的安琪苦笑著說：

「體能退步了很多呢。幹勁是已經找回來了，身體卻完全跟不上。」

「真沒面子……」

「所以我想你可能得適應一陣子，才能取回體力與感覺……可是該怎麼辦呢？我最近可能也不能每次都陪你……」

這次是因為可蕾娜還有克勞德與托爾好意代替她進行說明，她才能空出時間，但安琪也得為反攻作戰（大君主）做準備與推敲，還得處理平時的小隊長事務，所以有點分身乏術。她當然很想陪著達斯汀調整體能，但也不想疏忽了自己該盡的責任。

達斯汀還是一樣低著頭，渾身無力地說：

「別放在心上，安琪……我知道妳最近很忙。我可以找由宇，或是伊奇西……總之看誰有空就找誰，妳不用擔心。」

看他只列出同樣是第六小隊隊員的兩個人就再也擠不出下一個名字，看來是累到腦袋停擺了。他用這顆沒在正常運轉的腦袋，不假思索地想到什麼說什麼。

「要是情況允許的話，我當然也希望由妳來鍛鍊我……可是我們已經每天都一起吃飯了，有時候連自由時段都待在一起。還有，妳拿給我的乾燥花我也有擺起來，跟妳一起把它們做成花束時也很快樂。我目前這樣已經很滿足了，不能再占用妳更多的時間……」

「達、達斯汀！」

安琪焦急地輪流看著芙蕾德利嘉與達斯汀，聽到她慌亂的語氣，達斯汀才終於抬起頭來，重新發現到芙蕾德利嘉的存在。

被人當面沒完沒了地放閃讓芙蕾德利嘉不知該作何反應，總之先賞他們一抹充滿某種慈愛之心，宛如聖母一般的微笑再說。

「汝等二人，似乎每天都過得很幸福呢。」

「討厭……！」

安琪紅著臉逃之夭夭。

剩下達斯汀也漲紅著臉呆站原地，芙蕾德利嘉抬頭瞥了一眼這樣的達斯汀。

「……每天沉浸在幸福中是好事，不過安琪乃是余最鍾愛的姊姊。汝若是害她哭泣，余雖不如辛耶那般下手狠毒，也是會將汝扔進『軍團』堆裡去的，記清楚了。」

達斯汀嚇了一跳，回看著芙蕾德利嘉。

「妳也聽到了……？」

「這是自然。從比基尼到最後，余可是全都聽得一清二楚呢。」

達斯汀當場癱坐在地。

「——總之，目前我們能搞懂的就這些吧。」

「我會帶著報告與建議，再去跟約施卡確認一遍作戰進度。如果那些大貴族不肯配合抽調兵力，我就去踢恩斯特的屁股叫他生出辦法。」

「你真的跟自己宣稱的一樣，變得越來越不好惹了。不管是血統或後盾都拿來利用嗎？」

「……因為我們，是真的既沒有時間也沒有退路了。」

辛回答維克，但瞇起的眼睛並非針對他。

辛的養父，聯邦大總統恩斯特……

照他的個性一定會反對徵兵，這倒無所謂，但他的工作可不只是一味唱反調就夠了，不盡快另外撥出兵力代替徵兵的話，困擾的是所有人。

既然他總是笑著說不讓孩童、他人甚至是任何人淪為犧牲品，才是人類應當賭命守護的理想，那麼他就應該身體力行，多少為了拯救人類而不犧牲任何人去拚命努力一下。

辛如此心想，皺起臉孔。對，恩斯特之所以並未立刻同意進行「大君主」作戰，還有另一個原因。

「再來就是……芙蕾德利嘉吧。」

眼下時間所剩不多，兵力又不足，軍方高層有可能在疏於徹底封鎖新皇朝派以保芙蕾德利嘉安全的狀態下，就逕自展開行動。

就算作戰過程中，辛等人可以守在她身邊保護她——憑著至今打下的戰果，以及自己在挺進作戰中扮演的重要索敵角色，辛會堅持這項主張到底——一旦要求夜黑種與焰紅種兩大貴族派部下出戰，當然焰紅種的部隊也會參加作戰。

恐怕新皇朝派——企圖代替舊皇室坐上皇位，並暗中策動陰謀的布蘭羅特大公家的部隊也不例外。

高層想必也不會隨便對新皇朝派公開女帝的存在，畢竟屆時是身在戰場，必須認定事情不會照預定計畫走。換言之，祕密亦有可能曝光。

萊登回答：

「或者，乾脆偽裝成戰死好了？」

「如果這樣就能解決問題的話，也不是不行……」

把一個年幼女童帶上前線甚至導致其殞命，辛他們樂於接受隨之而來的誹謗攻訐，但這樣真的就能避免他人的追查嗎？

「……維克，如果情況真的糟到極點，有辦法讓她尋求聯合王國的政治庇護嗎？」

「爾等會擔心這些不就是因為這會形成事端？別為難我了。」

看來這實在不是能欣然應允的事。王子殿下苦著臉呻吟道。

然後繼續苦著一張臉補充說道：

「真要說起來，要商討此事的話應該讓她本人也參與才對。她已經用她的方式抱定了決心，可別忽視了這份決心啊……爾等應該能理解才是。」

就像你們過去，也不希望別人忽視你們身為八六的那份驕傲。

辛沉默了片刻。

感覺已恍如隔世的一年前，當時他們剛剛受到聯邦保護，恩斯特與葛蕾蒂等聯邦人以為他們是出於好意，卻傷害了辛等人的自尊心。

而如今同樣的行為……自己竟在不知不覺中做了出來。

「……你說得對。」

「不過最起碼，我可以和你們一起研究對策……對，既然準備強迫大貴族們派出手下，那麼惡名遠播的諾贊家狂骨師團想必也會出動。反正那幫人本來就夠引人側目了，索性把事後的燙手山芋連同戰功一併全丟給他們去管，不就得了？」

話才剛說完就提供建議，可見王子殿下其實人也不錯。面對回看自己的辛與萊登，維克舉措優雅但帶著只差沒說「活該」的神情聳了聳肩。不是針對二人，而是在笑那惡名遠播又引人側目的諾贊家什麼狂骨師團。

「反正爾等根本也不稀罕什麼名聲，就一股腦全丟給他們吧。那些人大概也不會樂於接受，但只能說這是他們自作自受。」

照現在這種戰況，諾贊侯爵與邁卡女侯爵應該都沒有老糊塗到會去讓英雄八六背負門第頭銜吧。

那個之前裝模作樣，講得好像自己很懂的諾贊家次代家主……

此時約施卡臉上堆滿了賊笑，故作親暱地跟這人勾肩搭背。關於經過重新策劃的結果，參加兵力已漸漸底定的「大君主」作戰……

「豈止是辛，這下整個諾贊家都得出來拋頭露面啦～你說是不是？諾贊家族引以為傲的精銳部隊之一，狂骨師團的師團長亞特萊．諾贊閣下？」

「……我們這麼判斷，是因為這樣至少好過讓這支精銳部隊在現在那個膠著戰場慢慢耗損下去，再說既然是跟焰紅種進行聯合作戰，又不是只有我家必須露面。所以不是才決定自以為立場中立的邁卡（你們）侯爵家也得派出『魔女林鴞（Strix）』師團了嗎？」

毫不客氣地擺出臭臉，亞特萊呻吟著甩開手臂，但這點程度的反擊用在約施卡身上連一箭之仇也報不了。他滿面笑容地說中對方的痛處。

兩人由於年紀相仿加上同樣是戰時軍人，平常沒事會閒談兩句，但亞特萊終究是夜黑種，而且還是諾贊的族人。約施卡對他可說是討厭透頂。

「恭喜你嘍。雖說血統離現任家主不遠，畢竟是旁系的么弟要成為繼承人嘛。這下不是幫你抬高了點身價嗎？」

「我受夠啦啊啊啊啊啊！」

亞特萊抱頭放聲大叫，一旁身為諾贊家族掌權旁系的千金小姐，又是亞特萊未婚妻的狂骨師團副長，一副與我無關的平靜態度自顧自地享受紅茶。

這時，這位副長忽地抬起了頭來。

她開啟全像式操作畫面，把擱置著的電視新聞節目轉得更大聲點；約施卡停止逗弄亞特萊，扭頭看她。

「失禮了，小姐。是不是吵到妳了？」

「沒有，約施卡少爺。」

說話的同時，副長的眼睛仍正對著螢幕。她挽起了一頭豐厚的黑色捲髮。夜黑種特有的闇色瞳眸，在睫毛覆蓋下如煙如霧。

「只是……新聞提到後方的治安維持問題，內容讓我有點在意。」

「說到補充啊……」瑞圖露出像是忽然想起的表情說道。

「尤德差不多快回來了吧？骨折是不是真的很難好啊？」

「嗯——」像貓一樣沉吟，代理尤德的職位率領第四大隊的莎奇給予回應。

「骨折本身聽說是快痊癒了，只是……」

黑色的長瀏海擋住了金色貓眼，體格也像貓一樣纖細。少年整個人就像隻貓，個人代號「女巫貓（Grimalkin）」的由來一目了然。

「好像不是出院就能立刻參加戰鬥喔。聽說出院之後還得回家靜養或療養什麼的才行。」

一般來說，只有需要接受醫師或護理師管理的重症期間才需要住院治療，既然已經脫離險境，原則上都會改成居家照護。原則上的話。

「但我們八六的家，不就是這座基地嗎？我上次跟他聯絡時，他說院方怕他回基地也只會在療養期間繼續硬撐，所以出院許可下不來。護士明明警告過他運動過度了，他卻當成耳邊風，結果就變成這樣嘍。」

「……………不是，聽起來根本是他自作自受嘛。」

托爾一臉傻眼地吐槽。莎奇趴到了桌上。

「老實講，拜託他早點回來啦。我實在不是當隊長代理的料……可蕾娜，妳有沒有聽他說過什麼時候會回來？」

被他用求助的眼神望著，「嗯……」可蕾娜點了個頭。可蕾娜當然沒聽說什麼，但她可以去問總隊長辛、第一機甲群的人事參謀，或者直接找旅團長葛蕾蒂之類的人。

「我去幫你問一下喔。」

不能再靠近有人在的地方了。

她分明是這麼想的，但當意識恢復些微清晰時，卻發現無數人群的氣息與話音在周圍形成漩渦，依然神智恍惚的她，驚惶地環顧四周。

這裡似乎是廣場早市的一個角落。午前時分的澄明天光，照得冷冽的冬日早晨空氣皓白光亮，人群在一種神聖的光明中熙來攘往。成年人們裹著溫暖的大衣或斗篷，孩童任由圍巾翻飛到處奔跑。迎接本月底的聖誕祭，攤販擺滿了玻璃或金屬製的裝飾品，還有金色塊狀奶油或灑上砂糖細雪的厚重蛋糕，以及蜜餞或果醬的繽紛色彩。

不行。我得趕快離開這裡。

雖然沒能跟大家會合，雖然自己所剩的時間已經不夠跟大家同行，但至少不能波及不相關的人。

心裡是這麼想的，可是她已經站不住了。也沒力氣避開人群躲到一邊，就這麼搖搖晃晃地癱坐在老舊的鋪石地上。

身體很不舒服。眼前暈眩不止，冷汗直流。意識再次飄遠。

潛藏於身體深處的異物，此時此刻正從內側吞噬她，急速地茁長。

沒時間了。

無庸置疑地，已經到了刻不容緩的地步。

但她沒有力氣站起來或匍匐前行，逐漸毀壞的身體已經連一聲都叫不出來。就連至少必須避開人群的義務感與焦躁感，甚至是對自己即將面臨的命運的恐懼，都在變得遲鈍而沉重地空轉的思路中，空虛地漸漸溶化消失。

昏暗模糊的視野進而蒙上一層深黑陰影，她竭力抬頭一看，原來是一個人影跪在眼前。一位似乎稍稍比她年長的女性，湊過來關心蹲在地上的她。

「妳怎麼了？貧血嗎？要不要找個地方躺下來？需不需要喝點熱飲或什麼？」

女子那發自內心的關懷語氣……

她這樣忽然在大街上蹲下，周圍卻沒有傳來任何抱怨的聲音，附近攤販的老闆走過來想幫忙，還有一對老夫妻為她空出長椅……

啊啊。

我不想連累他們。

怎麼偏偏是這麼溫柔善良的一群人？我不想害他們受我波及。

她拚命地擠出了聲音。

好不容易，才說出了僅僅一句話。

「快逃。」

這句話……

成了她的遺言。

黑狗似乎敏銳地察覺到，蕾娜的療養就快結束了。

妳要回去了？再多待一陣子嘛！牠好似這樣央求，變得比以前更黏著蕾娜；蕾娜正在與牠惜別時——雖然也有一點……不，是非常想把牠帶回家，但這由不得她，況且辛可能會吃醋——聽到接在東部戰線的戰況之後播出的新聞，她抬起頭來。

在療養院由於會造成一部分人的負擔，新聞節目……尤其是戰情相關報導，絕不會在餐廳等公共場所播放。但如果新聞報導一律不播，有些人又會覺得自己與世隔離而影響心情，因此在多個談話室的其中一間可以收看新聞節目。蕾娜來到這裡是想在歸營之前先確認目前的戰況，無奈被跟著蕾娜衝進室內的黑狗烏黑的身軀擋住，她完全看不到電視畫面。

「……爆炸事件？」

「加萊尼克市……是位於舊帝都領南部的城市。據聞那裡的早市今天早上發生了爆炸。」

一旁的軍曹向她補充說明。蕾娜躲開猛搖尾巴擠進視野的黑狗，費勁地看見了電視畫面。接在主播的報導之後，畫面上流過字幕與跑馬燈。

爆炸原因不明。有關當局目前正在往事故與犯罪兩個方向進行調查。

尤德為大家籌措的物資除了每日三餐，還有手搖充電式的收音機。

這是他為了確認戰況而買來的，但也因此讓大家可以收聽歌唱節目或朗讀劇。像是走得緩慢的徒步旅程當中，或是讓疲累沉重的雙腳休息的時候。

就像現在這個拂曉時分，趁著等尤德到附近城市去張羅糧食的時候收聽廣播，亦為旅途中的小小樂趣之一。

昨天他們暫時寄住在早已無人使用的老舊隧道，就連通往城市的道路都將要年久湮沒，他們判斷即使是白天也不會有人過來，因此天亮後還是待著沒動。個性認真、戴著眼鏡的蘭幾乎快成了晨間廣播專員，身材有點肉肉的，給人輕柔戚風蛋糕般印象的伊梅諾探身對她說：

「蘭，欸，那個朗讀劇就快開始嘍。」

「也是。」蘭也伸手準備轉動收音機的轉鈕。原本收聽的新聞節目，正好在這時進入下一段新聞。

蘭、伊梅諾與千鳥全都僵住了。

這正是她們最怕聽到的新聞。

「爆炸……事件。」

「……它說，在加萊尼克市。」

「我記得……收養沙耶的那戶人家就在附近──……」

說的是那間研究所出身的同伴──「小鹿」之一。

千鳥曾經呼籲她，最後跟大家一起返回故鄉──卻終究沒能和她會合。

啊啊……千鳥不禁掩面。

她就是想極力避免這種憾事，才會呼籲大家一起離開。沙耶一定也不希望這種事情發生。

「太遲了——……！」

「這位小哥，我沒見過你耶，你是來自屬地的難民嗎？買這麼多啊？」
「是啊。我那幾個妹妹又累又冷，但大家都餓了，就叫我來買東西。」
「啊哈哈。當哥哥可真辛苦啊。但誰教她們是你的寶貝妹妹呢？」
擺攤賣炸麵包的阿姨毫不懷疑尤德的成篇鬼話，說相逢也是有緣，幫他把炸麵包裝進了紙袋裡。有白醬鱒魚蕈菇，還有糖漬水果餡。
買好隔著紙袋仍然熱呼呼的這包食物，購物就結束了；尤德重新揹起塞滿保存期限較長的糧食背包，前往千鳥她們等候的市郊廢棄隧道。
他之所以保持在不令人起疑的程度快步前行，是因為那條廢棄隧道位置較遠，以配合少女們無法靠近他人的隱情。他不想辜負那位阿姨的好意，況且盡量趁熱攝取食物，在冬季戰場或露營時也是維持體力的必備觀念。
也不過就是必備觀念而已，並非什麼特別貼心的行為，但每當尤德趁著籌措糧食的同時順便帶些熱食回來，千鳥她們總是對他感激萬分，讓他感到不太自在。
而且不過就是除了溫熱之外樸素至極的攤販小吃，或是生火熱個罐頭就能被感謝成那樣——千鳥她們經過了這麼多次的露營，卻還是連一個火堆也生不起來。

……看來，還是有所差別。

不同於那些「竊聽器」兒童——也不同於他們這些戰場磨練出來的處理終端。

不同於踩過同袍屍體存活下來的他跟其他人，她們有著未受鮮血與死亡玷汙的潔淨雙手。

「……嗯？」

街頭播放的廣播新聞節目，讓他停下了腳步——發生在首都領地都市的爆炸事件。

但他皺起眉頭，並不是針對事件本身。千鳥她們已經告訴過他，「小鹿」人數遠遠不只同行的她們七個。而這麼多名「小鹿」恐怕未必每個都像日前失去蹤影的托托莉那樣，能在空無一人的地方悄悄死去。

也許其中幾個，會死在外人的面前——更糟的情況是波及那些外人，這點尤德只是沒說給千鳥她們聽，其實早就在擔心了。正因為如此，他才會請安瑪莉代為向聯邦軍報告。

讓他產生疑心的，是主播將狀況報導為「原因不明」的爆炸事件。

他已經請安瑪莉去報告「小鹿」的相關資訊，所以高層不可能不知道原因，可是新聞卻報導得像是對「小鹿」的事一無所知。

「報告沒傳達上去？難道是安瑪莉發生了什麼……」

不對。

「——是『我』被懷疑了吧。」

儘管不是最前線，但未經許可就離開所在地點並斷絕聯絡的自己，想必已經被當成逃兵了。

逃亡士兵的證詞，不可能受到重視。更何況內容又是如此荒唐無稽。

……結果那麼做只是白費工夫。

尤德甩一甩頭，離開該處。

『——這麼說來，東方可能也有哪個國家已經淪陷了吧。』

辛提供與「軍團」指揮基地相關的位置資訊與建言，並告知西部戰線的「軍團」數量增加後，約施卡在知覺同步的另一頭沉吟了。

『東部戰線以及與其相鄰的南部第四、北部第四戰線也同樣受到了更大的壓迫。鄰接西部戰線的南北第一戰線也一樣。除此之外，南北方的第二、第三戰線也發生了「軍團」進攻頻率增加的現象，看來——最大的可能性是多出來的兵力數量，都轉為攻打這些地點了。』

面對超乎預料的惡劣狀況，辛也眉頭緊鎖。辛的異能範圍在共和國涵括舊國境內全域，但在擁有大陸最大國土的聯邦就實在無法掌握所有戰線了。只能猜想也許另外尚有一兩處戰線，敵軍數量亦有所增加。

約施卡發出顯得為難的呻吟。

『看來就算要勉強為之，也非得將作戰計畫提前了。要是「軍團」再這樣增加下去，可沒辦法再優哉游哉地說什麼四月進行了。』

原本堅持住的人類勢力範圍一旦有任一處陷落，在該勢力範圍與之對壘的「軍團」集團將轉為加入其他國家的戰場。假設加入戰場的國家當時已經瀕臨極限，該國也將會抵禦不住增加的敵軍數量而滅亡。而後多出的「軍團」集團又將出現在其他戰場。一旦這種連鎖效應持續下去，聯邦的戰場也終將出現破口。

就算不至於如此，只要「大君主」作戰所需的兵力抽調不出來就是聯邦輸了。

「可能還是非得徵兵了？」

『作為一種不得已的手段，恐怕是有這個可能。我也不想讓濫竽充數的士兵上戰場，但即使是那種士兵，至少在作戰期間可以用人數彌補機甲部隊不足的部分。』

濫竽充數——換言之就是對他們的體力、素質與作戰執行能力都不抱持期待。一群只求能站能走，開個幾槍就夠了的一次性戰力。

即使如此，人數湊齊的話還是算得上一份戰力。槍彈不會被技術或士氣左右威力，偏低的命中精度也能用數量彌補。反正假設就是用完即丟的話，既不需要經過篩選，又省去了教育所需的勞力，輕輕鬆鬆就能湊齊足夠的數量……當然不用說，這些人一上戰場就會立刻喪命。

光是「大君主」的作戰期間，想必就會造成龐大的死傷人數。

『所以，「基地」的相關追加情報與建議全都很有幫助，謝謝。對了，可以請你幫我問一下王子殿下能不能提供些「西琳」嗎？我想派人到基地附近進行偵察。』

「我會跟他說。」

『……抱歉又是索敵又是這個的，好像雜事都丟給你處理。』

「不會。」辛回答完，不經意間……

他想起一件事，便補了一句。雖然決定「大君主」作戰執行細節的應該不是約施卡，而是階級更高的長官……

「我不介意，只要作戰進行時保證讓『她』繼續跟著機動打擊群就好。」

得到的回應帶有意味深長的笑意。

『這我是無所謂……但你可別在事情全部結束後「不小心」讓她失蹤喔？畢竟戰場上兵荒馬亂，「萬一把人搞丟了就無從找起了」。』

辛聰明地聽出了背後的含意。

只要讓芙蕾德利嘉在戰場上失蹤，她就再也不會被人追捕……不對。

是「不會再讓人追捕」才對吧。

至少對約施卡——邁卡侯爵家而言，芙蕾德利嘉的價值只在於終結「軍團」戰爭，看樣子他們也並不希望賦予布蘭羅特大公不必要的權威。

「你說得對。更別說萬一害她戰死，事情就無可挽回了。」

『那樣可就糟透了。某個講話難聽又壞心眼的老太婆大概會哭死吧。所以啦，你這個大哥哥可得把她顧好喔。』

你可要萬分小心，做好周密準備，絕對不能讓布蘭羅特女大公看穿——然後，幫她捏造成不容置疑的明確戰死。

這樣的話光只是連同機體一起燒掉還是會留下屍體，或許乾脆用戰車砲轟個粉碎更徹底——辛不覺回想起在第八十六區看到不想再看的戰死者死法大全，正在左思右想時，約施卡忽然像是臨時想到般問道：

『噢，對了，既然都請你幫忙了，那就再一件事——聖耶德爾周邊地區，應該沒有被「軍團」自走地雷或其他敵機入侵吧？』

辛不懂他怎麼問起這麼奇怪的問題，不過——聯邦國土在首都領地周圍有著同心圓狀的多層生產屬地，最外圍則是戰鬥屬地；換言之，首都聖耶德爾位於離戰場最遠的位置——既然他這麼問就做個確認，然後回答：「沒有。」

正確來說是有聽到少數幾架敵機的悲嘆，但聲音極小而且顯然位於上空，辛表示應該是被氣流吹來的阻電擾亂型(Eintagsfliege)，而約施卡也覺得有可能。實際上由於阻電擾亂型重量輕，翅膀的力量又小，偶爾會發生這種狀況。

怎麼會這麼問？辛一面感到疑惑一面取下同步裝置，走出無人的會議室，正來到談話室的門口時，就聽見室內傳出葛倫的聲音說：

「……天啊，怎麼又來了？」

「感覺有點詭異呢。連續發生了這麼多起事件，竟然沒有人發出任何犯罪聲明。」

看著每到這個時段就會習慣性轉到這台的新聞節目，葛倫與藤香發出了相同的感想。聽見新聞的部分內容，「喔。」辛才想到了答案。

「……是關於這件事啊。」

約施卡最後在問的就是這個。

首都領地與鄰接的中央屬地發生的爆炸事件。這些最近漸漸被當成自爆恐攻的事件，自從在加萊尼克市發生了第一起之後，至今已經超過十起案件，然而真凶與其目的卻仍然不明。

約施卡或他的長官所憂心的，應該是自走地雷以阻電擾亂型的光學迷彩隱身滲透城市，甚至深達地點遙遠的首都領地吧。雖然不是絕無可能，但西部戰線有辛在，應該不可能察知不到，況且自走地雷就算是外行人也看得出來，外形跟人類差了十萬八千里。若真是那樣，新聞早就報導為自走地雷的入侵而非自爆恐攻了。

辛雖做如此想，眉間仍覆上陰霾。不會是自走地雷。但這樣的話，就更……

「……首都附近的居民一定很不安吧。」

死者以恐攻來說似乎較少，但也並非無人傷亡；想到自己或家人遭受波及的可能性，傷亡再少也發揮不了安慰效果。而且時間與地點也沒個準則，又不知道那些幕後黑手的目的為何，所以也無從迴避起。

辛一邊期望相關單位能早日查到線索，一邊離開談話室。

這場連環自爆恐攻，對於調查此案的人員們來說同樣撲朔迷離。

地點、時刻與人潮多寡都沒有任何共通點，只有毫無法則可循的自爆現場。豈止任何一點主義主張，這些自爆分子連一句遺言都沒有，純粹只是自爆身亡。無論是相關單位掌握到的反政府組織，甚或其他組織或個人，都未曾發出犯罪聲明——因此，就連這些犯人的動機或目的，也毫無半點頭緒。

唯一的共通點是，根據目擊證詞或街頭監視攝影機的影像所示，自爆分子皆為十五歲以上未滿二十歲的少女。另外……

「又來了。明明有炸藥反應，卻找不到『其他東西』。」

諸如構成炸彈的電線類或引信、電波的接收裝置與計時器……提高反人員殺傷力的滾珠軸承或鐵釘等等。無論在哪個現場，都沒找到任何這類物品。

因此直接被炸傷的受害者，以這類案件來說意外地少。靠近自爆位置的人自然不免被爆炸波及，但有更多人是急著逃跑而發生行車衝撞意外，或者是遭到群眾推擠踩踏。有的案例當中甚至只有自爆分子一人死亡。不知是否在全身上下綁滿了炸藥，這些自爆分子簡直就像身體內部發生爆炸般炸得屍骨無存。

當更為詳細的目擊證詞與監視攝影機的影像送到手上時，調查人員們被弄得更困惑了。

「……她說『快逃』？犯人自己這麼說？」

她警告的對象似乎還來不及問清楚就被一起炸死了，但人在附近的攤販老闆說確實聽到她是這麼說的。

至於監視攝影機，則錄到另一名自爆分子顯然躲著人群，彎進了無人路過的暗巷才死於爆炸。這個少女走路踉蹌蹣跚，彎進巷子後看到一隻野貓而駐足，緊接著就炸得粉身碎骨。

對，最讓人不解的就是這點。明明選在市區自爆，受害人卻少到像是她們刻意避免造成傷亡。有人躲在無人居住的舊屋自爆，甚至有人在放眼望去杳無人蹤的廣大農地正中央炸死。

無意間，一名調查人員把臉湊近監視器的暫停畫面。

「這個女孩……好像在哪裡看過。」

「什麼？」在群情激動的同僚之中，調查人員緊盯著監視器皺緊眉頭試著回想。既然沒辦法立刻想起來，可見絕非熟人——……

「就在最近。關於通緝對象的公告——我想起來了，是軍方發布的資訊……」

調查人員想到了答案，點點頭。那時看到名單全是少女，還正覺得奇怪。

「她是逃避『竊聽器』檢舉的八六之一。」

尤德拜託她去報告的事情，安瑪莉立刻就去說了，但那個討厭的憲兵一口咬定她在撒謊，根本不予理會，比起這個似乎更重視他的「逃兵」行為。

憲兵一再逼問她尤德的目的及去向，聽到答案是返回共和國的老家，憲兵果然不予採信。不過安瑪莉也是算準了憲兵不會相信，才說出口的。

安瑪莉還不至於被視為共犯，但不能再自由進出療養院了。返回軍械庫基地的日子似乎也得延後，體力無處運用，閒得發慌的安瑪莉只好在談話室發懶。

入口出現一道身影，她趴在桌上只把眼睛轉過去，就看到那個討厭的憲兵。

憲兵放眼張望到處找她，接著發出喀喀跫音往她走過來。安瑪莉整張臉孔都緊皺起來。

「……幹嘛啦。我已經把知道的事情都說出來啦。」

憲兵神情僵硬地回應。

身旁還跟著一名生面孔的年長軍人，從階級章與臂章看來，是他的長官。

「妳說得對，是我們這邊沒認真聽妳說話。而且你們已經請人員代為向上級報告，我們卻沒照做，我為這兩件事向妳道歉……請妳把妳知道與聽到的所有細節，從頭到尾再告訴我一遍。」

「……原來聯邦也沒我想得那麼上下一心。」

看著早已成為慣例的自爆恐攻報導，一起度過午茶時光也早已成為慣例的阿涅塔這麼說，讓賽歐的那雙翡翠瞳眸望向她。順便一提，目擊到兩人一起喝茶的同僚們天天拿這件事奚落他，但他們之間並非那種關係。

阿涅塔皺起細眉，抬頭看著餐飲部的大型電視。

「什麼某某解放戰線啊、貴種盟團啊、淨化協會啥的，一講到嫌犯，竟然可以舉出這麼多的恐怖組織名稱耶。關於解放戰線嘛，帝國時期被占領成為屬地的地區或許也有獨立運動的意味在，但其他就……」

「是啊……」

與其說是聯邦，不如說帝國的一些紛紛擾擾，賽歐也幾乎都有所耳聞。

「好像是還在帝國時期的時候，國內各個族群就不是很團結了。」

像是只要加入聯邦軍，不免一定會看到前貴族與公民之間的不和，或是夜黑種與焰紅種的對立。還有班諾德提到過的對戰鬥屬地兵的歧視。

說完聯邦之後再說到聯合王國，這裡不例外也分成了臣民與隸民，同樣是臣民亦有宵堇種與淡藤種之間的對立，就連八六自己之間，也會拿白系種混血或帝國貴種血統等等理由排擠他人；所以帝國大概也有類似的現象吧。

只因為語言、文化、階級、天生色彩或一些細枝末節有所差別，便藉故侮蔑、排除他人的存在。

「聽可蕾娜說，甚至有貴族只為了勝過辛的祖父就送來一整支部隊呢。如果軍方高層現在還是如此，那聯邦大概不管哪裡都是這樣吧……啊。」

剛才就注意到正在往他們這邊走來的腳步聲此時停在桌旁，賽歐把話題打住，轉頭看向那群人。配戴憲兵臂章的士官與軍官集團，先對賽歐簡單打個招呼，接著眼睛轉向愣住的阿涅塔。

「失禮了——您是亨麗埃塔．潘洛斯少校對吧？」

為了轉搭運輸機，蕾娜先從距離療養院最近的基地前往首都基地。一抵達基地，她就受到不在預定行程內的迎接，讓她驚訝得眨了眨眼。

「這是……？」

「恭候多時了，芙拉蒂蕾娜．米利傑上校。」

來者年紀與蕾娜相仿，所以應該是特軍軍官。是個看起來耿直不阿，但眼神讓人有點猜不透心思的黑髮黑瞳夜黑種少年。

階級章是少尉，他說他在等候蕾娜的到來，但她不記得有見過這名少年……不對。

忽然間她想起來了，這人正是在西方方面軍參謀長維蘭．埃倫弗里德准將身邊如影隨形，聽候差遣的那位副官。

「請上校跟我走——不要抵抗。」

喀噠一聲，達斯汀站了起來。在軍械庫基地的第一餐廳，牆角的大型電視播出了新聞。

自爆恐攻分子當中，已有三人的身分曝光。希娜・辛納加、沙耶・西悠，以及尤吉麗・哈庫洛。

三人皆為下落不明的八六，作為重要證人，警方正在搜尋同一時期銷聲匿跡的其他人物。民眾若發現以上人物，切勿隨意靠近，請立刻報警。

同時畫面顯示出多名少女的頭像。其中一張照片……

亞麻色的頭髮、紫藤色的眼瞳——面容看起來纖弱、溫柔，如人偶般端正……

他不可能會忘記。

才經過短短十年，不可能讓達斯汀認不出她來。

那是他的同班同學……他的青梅竹馬。

在達斯汀居住的那條街上，幾乎所有人都被押送至第八十六區的那一夜，被人帶走並且恐怕早已逝世的……他的青梅竹馬。

「……千鳥……！」

主播面無表情地唸出了那個少女的姓名——千鳥・沖。

蕾娜並未在說好的日期歸來，取而代之地收到的竟然是她被拘禁的通知。

內容沒有明說是拘禁，但狀況似乎是違反當事人的意願把人強行帶走關在屋裡，所以就是拘禁無誤。她不可能有什麼過失，因此這樣對她是完全沒有正當性的。

「……這究竟是怎麼回事？」

辛跑來興師問罪時，坐在辦公桌後面的葛蕾蒂並未責怪他。

「是因為出了些安全上的問題。不過，問題並非出在米利傑上校身上……上尉，你看了最近這一連串的自爆案新聞了嗎？」

辛詫異地皺起了眉頭。

他習慣每天邊吃早餐邊確認新聞內容，因此有掌握到概要……這時他才想起來到這裡之前，在路過談話室時也聽到電視上提到自爆恐攻的重要證人云云。

他卻完全沒注意到，葛蕾蒂沒使用「恐攻事件」這個詞。

「犯人的目的跟這有關？」

「不是目的，是『原因』……細節你問她吧。然後再換我說。」

在她的催促下，視線轉去一看，才發現至今完全被他忽略的會客沙發那邊，安瑪莉戰戰兢兢地站了起來。

她也是在船團國群摩天貝樓據點的戰鬥中負傷，回到首都療養的人員之一。想想她也差不多該回基地了，但應該還沒收到出院通知才對。

安瑪莉那張看似好強的臉龐，此時卻露出不知所措的神情。

「對不起，隊長。我明明有報告這件事，沒想到最後還是變成這樣……」

「安瑪莉，道歉就免了。先告訴我這是怎麼一回事。還有……」

跟她一樣在首都療養的另一個人，也是時候該回來了；既然她已經回營，那麼理當一起回來的……

「尤德人呢？」

走進國軍本部的一個房間，神色不安地坐在沙發一隅的阿涅塔立刻站了起來。

「蕾娜！」

「阿涅塔，妳也是……？」

蕾娜抱住跑過來的她，兩人緊緊相擁。蕾娜先對著稍許放鬆了點的白銀雙眸回以同樣放心的微笑，然後回頭望向另一個跟著進來的人。

她的神情霎時轉為嚴峻。

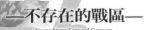

「少尉，可以跟我們解釋了吧？請問這究竟是怎麼回事？」

「是安全措施之一。」

把蕾娜等同於強行帶來聖耶德爾國軍本部這棟小型別館的少年軍官，不為所動地答話。

少年將幾乎是搶走拎來的行李箱與狄比的外出包放在沙發旁邊，然後才繼續說下去。這裡似乎是提供給高官的住宿設施，連通套房的裝潢與陳設無一不是極致奢華。

「潘洛斯少校，幸會——容我重新自我介紹，我是約納斯・德根少尉，西方方面軍參謀本部人員，在參謀長維蘭・埃倫弗里德准將底下擔任副官。」

少年重複一遍迎接蕾娜時已經報過的姓名與所屬單位。他正面迎向注視自己的兩雙白銀眼眸，接著說出了剛才沒告知蕾娜的他原本的立場。

「不過，我現在的立場是埃倫弗里德侯爵家下屬，德根家的一個兒子。也就是說，這麼做是為了以我的存在向軍方內外宣示，兩位的人身安全目前處於吾主維蘭・埃倫弗里德——更進一步來說，是埃倫弗里德侯爵家的庇護之下。」

蕾娜皺起眉頭。竟然好意思說這是……

「……庇護？」

「是的，庇護。」

約納斯大言不慚地點頭。

相貌看起來耿直不阿而帶點稚氣，冷靜透徹的表情卻掩蓋了感情與內心思維。

「抱歉事情如此突然。但是，背後的原因勢必將會影響到兩位。只怪接獲報告之人疏於向長官報告，以至於延誤時機到如此地步……」

『不是自爆恐攻——也有可能是新型的自走地雷。』

國營媒體的專家解說時的語氣與表情，如今總是習慣性地把事情看得很嚴重，解說內容也像是受到影響一樣，同樣地危言聳聽。

『每個自爆分子都是失蹤的八六，包含在一年前從共和國救出的大約一萬名少年兵之中。我們可以猜想在那一萬名少年當中，很有可能混進了外形一如人類的自走地雷。』

可以猜想才怪。蠢到家了。

賽歐如此心想，就算撇開辛的異能不論，這套推論也完全不合邏輯，讓他火冒三丈；而他火氣會這麼大，必須歸咎於阿涅塔被人當著他的面帶走，他卻無法加以阻止。

那些憲兵態度很守禮，但也僅只如此而已。突然被他們包圍又不解釋原因就逕自帶走，阿涅塔顯然被弄得既困惑又害怕。所以賽歐本想代替她站出來阻止，一名憲兵好像早就料到會有這種反應，制止了他。

「你們這是什麼意思？」賽歐逼問那名憲兵，對方只堅稱是安全措施。即使知道軍方行事遵守僅知原則（Need to know），心境上還是無法服氣。

整個情況同僚們也都目睹到了，因此適度放著心情不好的賽歐一個人靜靜，偏偏只有不可能懂這些的新聞節目平淡地繼續惹惱他。

『或者也有一種可能，就是「軍團」開發的生物武器。總之不管怎樣，可以猜測趁著第二次大規模攻勢時軍方快而不精的大型避難，已有為數眾多的「軍團」混入城市。』

同僚們看著公用大型電視，討論的對話也帶有傻眼的語氣。

「什麼叫做生物武器啊，啊？最好是有病毒可以把人變成炸彈啦。」

「不是啦，意思應該是指某種從研究室誕生的怪物吧。」

「電影看太多了吧。這些人有看過真正的自走地雷嗎？我們眼睛可沒瞎到會把兩者搞混。」

自走地雷沒有眼睛與口鼻，甚至根本沒有臉，往往放任手腳隨意胡亂彎曲，像動物一樣四肢著地爬行前進。在戰場上混進了兵荒馬亂的場面或躲在死角才會害人中招，造型可沒精緻到正面看見還會錯當成人類。

「如果做得跟人類一樣，那當然會認錯……但是『軍團』根本就做不出跟人類長得一樣的兵器或生物武器啊。」

這是聯邦軍人之間的老笑話了。

帝國禁止「軍團」製作與運用一般所謂的生物武器，遑論電影裡的怪物那種「生物武器」。為了預防能夠學習成長的殺戮機械有漏洞可鑽，他們對生物武器的定義規定得太過嚴格──以致於登錄為友軍的人類光是拿著一把小刀，都會被它們判定為牴觸禁規而試著解除武裝。搞得「軍團」分明是帝國軍武，卻全然無法與帝國軍人進行協同作戰。

「是說，要是真的有那種玩意的話，前線所有人早就全變成自走地雷了啦。最有危險的就是已經在第八十六區跟『軍團』打上好幾年仗的那些八六。」

「……喂。」

另一人出聲勸阻，說出這話的人才露出「糟了」的表情。

接著他慢慢轉過頭來觀察賽歐的神色，賽歐揮揮一隻手表示知道了。

這次，他沒辦法回答「沒關係」。

新聞節目還是一樣，毫不顧慮這種尷尬的氣氛。

『如果是這樣，那麼前線也同樣令人憂心了。也就是說，我們聯邦軍的士兵也許正在不自覺地與自走地雷並肩作戰。更可怕的是，說不定前線人員早已全被自走地雷取代……』

「一最好是啦。」」

新聞把這種欠缺邏輯的自家觀點講得跟真的一樣，甚至顯得緊張兮兮的，缺乏娛樂的前線士兵聽了實在覺得好笑。

「什麼，怎麼會這樣！原來我們其實都是自走地雷嗎！」

其中一人故意做出誇張的震驚反應，圍著收音機的所有人哄堂大笑。他們這時正在輪班休息吃飯，儘管這麼做並不容易。

「天啊——我都不知道。真是晴天霹靂。」

「慘了，我要爆炸了！得趕快回去找『軍團』媽媽才行！」

他們有的哈哈大笑，有的笑到肚子都痛了。有些人則說：「搞不好那傢伙真的是自走地雷喔。」舉出原本就看不慣的長官、笨頭笨腦的菜兵或共和國人義勇兵的名字說笑。

——假如自走地雷真的已經潛入後方。

一想到住在後方的家人或朋友會不會被那些自走地雷所傷害，心裡不免有些不安，只好用笑話來掩飾。

†

約納斯漆黑雙眸顯得冰冷透徹，說道：

「一連串的自爆事件報導，兩位都看了吧。自爆分子——雖說她們其實也是被害者……」

八六的落栗色雙眸心痛地搖曳，安瑪莉說道：

「他告訴我，那些女孩子是『小鹿（Actaeon）』。是共和國拿活人——八六當成材料，做出的自爆兵器。」

構成人體的各種蛋白質，是在細胞內由胺基酸根據RNA排列組合而成。

而當病毒侵入人體時，取代自身的RNA，感染病毒的細胞將會根據病毒的RNA複製出更多病毒。此外一種統稱為固氮菌的細菌，能夠由空氣中的氮氣合成出氨。可以說細胞是一種極其精巧的微型化學工廠。

共和國軍研究部所製造出的這種人工細胞的RNA，會形成以氮氣合成硝基的巨大金屬蛋白質結構。而與它共生的另一種人工細胞所具有的RNA，又能藉由原料為上述硝基與脂肪的甘油，合成出不同於蛋白質的另一種物質。

此二種人工細胞群，通常會在植入細胞的實驗對象體內進入休眠狀態，一旦開始活化，即會對周圍細胞發揮類似病毒的作用——注入RNA將周圍細胞變成化學工廠，合成出硝基還有以它為原料的某種物質。

這種物質即為硝化甘油——亦即炸藥的原料。

†

聯邦不知道是用了什麼手段，似乎查出了屬於祕密研究的「小鹿」，並正確推論出它與自爆事件的關聯性。

當對方問她「這麼做是為了什麼」，普呂貝爾咬住了嘴唇。她和其他共和國軍的高官、研究人員、政界人士一起被押送到聖耶德爾的警察局，在這裡接受偵訊。

「……是為了仿造出自走地雷。」

真正的目的，絕不能告訴白銀種同胞以外的任何人。不僅是聯邦，更怕的是讓共和國國民、雪花種或月白種得悉真相。

——一切都是為了保護身為貴種的白銀種。

只要硝化甘油生成細胞「愛人(Dear)」以及植入該細胞的「小鹿」進入實用階段，軍方不再需要進行訓練，也不會再苦於士兵的不足問題。缺乏戰鬥的能力或意志都不是問題，也不用根據體力或年齡進行篩選，所有人——只配替白銀種做勤務兵的雪花種或月白種，從此以後都能瞬間變成取之不盡的護國軍武。

縱然八六被「軍團」消滅殆盡，只要有「小鹿」就能維持國防戰力。比起需要處理終端搭配「破壞神」使用的第八十六區，這個作法更為簡便而有效率。

「就連我國的機甲兵器——『破壞神』，有時也會被自走地雷擊毀。這就表示自走地雷可以打敗『軍團』。」

正因為如此，才不能對同胞以外的人說出這種目的。所以普呂貝爾不提目的只講手段，也就是重現自走地雷的理由。眼前的審訊官「還」沒有對她動粗，但這個男人只要有必要，便會毫無良心苛責地行使暴力。審訊官時刻散發出這種精心計算過的殘忍氣息，嚇得她不敢不開口。

「幸運的是八六有著人類的外形，最起碼比貓狗來得聰明——如果能把他們直接改造成自走地雷，不用費勁讓他們使用『破壞神』就能更有效率地令其與『軍團』對峙……有什麼理由不去研究開發呢？」

蓋在強制收容所裡的研究所，那裡的職員們是這麼說的，但千鳥也好，琪琪她們也好，凡是「小鹿」少女都知道事實上並不然。

對，是少女。所有「小鹿」都是十六到十九歲的少女。

女性的體脂肪率高於男性，胸部、腰部與大腿等處具有不直接影響到生命維繫的脂肪組織。除此之外，她們為了準備懷孕——在體內長期養育自己以外的生命，能夠讓滿足特定條件的外來存在不受免疫反應所排斥。

而且——在對抗「軍團」的戰爭中，比年少男孩更派不上用場。

「其實呢，尤德，我們是為了將你們八六——在『軍團』戰爭結束後倖存下來的八六處死，而製造出來的兵器。」

好把我們偽裝成同胞送到你們身邊——然後在特定時刻，跟你們一起炸死。

「想也知道一開始應該是定位為反人員武器吧。之前就聽說過了，只是那時沒有當真。聽說他們曾經寄給帝國一種示威影帶，警告對方如果敢來進犯，屆時你們要提防的不僅是我們共和國的士兵，所有地點的任何生物都將讓你們膽戰心驚。」

那是維克還沒出生時流傳的故事。在影帶當中，顯微鏡底下的人工細胞群在吞噬脂肪細胞後急速肥大化，隨後炸碎飛散。前一刻還在防爆玻璃內側蹦蹦跳跳的小豬，突然以超出肚子裡能埋藏的炸藥量的威力自爆。

共和國以農業與畜牧業立國——在廣大的國土當中飼養了無數綿羊、山羊、牛馬與豬隻，數量遠多於共和國的人口。

「硝化甘油——直接使用的話，反應過於敏感不易運用，所以大概是比照炸藥的方式，用可塑劑降低了反應性吧。總而言之，它對機甲兵器的正面裝甲來說威力低得不值一提。用來對抗『軍團』時可能是打算比照自走地雷的運用方式，以數量挽救零射程，不足的威力則靠本人設法彌補。不過這些缺點遇上不堪一擊的人類就完全不用擔心了。」

對於把戰場推給第八十六區、戰爭丟給八六去打，而無從得悉「軍團」已克服原有壽命的共和國來說，當終戰在即的「軍團」戰爭結束後，如果還有國家倖存下來的話，接著勢必會爆發一場「人類之間的戰爭」。

蕾爾赫滿臉嫌惡地說道。雖然早有耳聞在人類的漫長戰爭歷史中，曾經用過這種手段……

「畢竟聽說一旦碰上婦孺，縱然是士兵也會輕忽大意嘛。」

讓婦孺手捧鮮花，或是跑來要糖果餅乾。待靠近敵兵之後再讓他們自爆，來個同歸於盡。

然而柴夏搖了搖頭。

「不，蕾爾赫。不只是如此。」

無論是過去示威影帶的目的，還是當時或許只是暗示此種可能性作為一種牽制，但在得到人體實驗的材料後發現真的能夠適用於人類時，所想到的都不只如此。

「真正的運用方式是俘虜……假設從敵國安然返鄉的俘虜，有一天突然自爆了呢？在前線……不，更可怕的是在後方的自己家中或故鄉。在理應安全、和平的後方。」

蕾爾赫不解地皺起眉頭。維克冷酷地接在她後面說：

「這種狀況，接下來就有可能發生在聯邦。本來以為是同胞，某天卻成了敵人。我想她們是不至於具有感染性，但這也不能改變什麼。」

「這樣，我想米利傑上校與潘洛斯少校應該都能諒解了。為了兩位的人身安全，也『為了讓聯邦能夠繼續維持聯邦體制』，兩位確實有必要受到保護。」

即使他這麼說，蕾娜與阿涅塔依然不肯點頭。面對如此明確的沉默抗議，約納斯依然眉毛都沒挑一下。

因為身為柔弱白銀種而且還是少女的軍官，再怎麼負隅頑抗，對約納斯來說就跟小貓一樣欲振乏力，保持緘默的小小反抗自然不可能收到效果。

「作為兩位的護衛與近侍長，我會為妳們的生命安全與舒適生活負起全責。只不過我身為男性，不便隨時隨地跟在婦女的身邊，因此除了我之外，另外會有幾名同樣屬於埃倫弗里德家的人員，來擔任護衛兼近侍伺候兩位。」

幾名清一色全為女性的軍人無聲地入室，行了一禮。所有人都是黑髮黑眼的夜黑種，無一不具有舊帝國貴種特有的端正容貌，但不知為何令人印象薄弱。

是世世代代以一個影子——不可隨意汙了主人眼睛的存在自居，並盡力完成此一職責的人所具有的特徵。

「一有突發狀況，這些人將會挺身保護兩位。因此，『假設真的』發生有必要離開這間宿舍的狀況，請務必帶上幾人作為隨扈。」

否則基本上，我不會讓妳們離開這個房間。

這句弦外之音自然不可能得到同意，但約納斯毫不介懷。對，因為就像他剛才說過的一樣。

葛蕾蒂接在安瑪莉的後面說道。她表情僵硬，但絕不讓講話語氣變得粗魯。

「在『小鹿』這個問題解決之前，我不能讓米利傑上校上前線。這層道理——上尉你不會不懂吧？」

也就是說，葛蕾蒂並不打算現在就把她討回來。

辛當下火氣差點爆發，但硬是壓下了激動的情緒。現在跟葛蕾蒂發火，或是像小孩子一樣大吵大鬧，都不能解決任何問題。

現在該說的不是那些。

「……就算是這樣，這仍然是不當的拘禁行為。請妳提出抗議。」

葛蕾蒂慢慢地眨了眨眼睛。

「好，這是當然。」

「既然妳說要等問題解決，那麼也請妳努力盡快解決問題，並在事件平息後立刻准許她回基地——機動打擊群第一機甲群，只接受她這唯一一位指揮官。請妳這樣告訴他們。」

離開辦公室，勉強保持禮貌關上門後……

憋在心裡的激動情緒頓時爆發了。

「——該死！」

發洩怒火的語氣，凶狠到把慢了一步跟上來的安瑪莉嚇了一跳。

看到她嚇得瑟縮的模樣才終於讓辛腦袋冷靜下來，他要求自己呼出一口氣，然後重新問道：

「尤德的同步裝置——接受治療時拆掉了，應該還沒拿回來吧。還有其他聯絡手段嗎？」

當那女孩請求他，帶她回家……

尤德當下的想法與決定，同樣身為八六的辛覺得可以理解。雖然冷靜透徹到有時稍嫌冰冷的尤德，竟然會想替對方圓夢讓辛略感意外，但辛不覺得這有哪裡奇怪。

因為有太多人都希望能回家，卻無法如願。在那第八十六區的戰場上。

所以假如那時尤德有聯絡辛並找他商量，辛一定會設法幫忙，更不可能反對他的決定。就算找的不是辛而是別人，大家也都會這麼做。只要是八六都會幫忙。

尤德不可能不懂這個道理，為什麼卻保持沉默？

簡直好像這是一種背叛行為似的，一個人默默離開。

安瑪莉搖一搖頭。

「他沒帶去，因為他也是八六……如果跟隊長或莎奇等機動打擊群的任何人聯絡後再溜走，大家可能會被追究責任。他怕別人說機動打擊群與『小鹿』是一夥的。」

「唔！」

辛屏住呼吸。他怕的是這個？

已經造成多人死亡的「小鹿」是八六。

跟辛還有機動打擊群的大半人員一樣是八六。

「他說不能讓這事變成機動打擊群的——全體八六的責任。」

於是千鳥縮起肩膀，歉疚地說道。在位於屬地米亞納與屬地納雷瓦交界處的城市郊外，一間幾乎已被棄置的教會納骨堂裡。

「對不起，尤德。我們並非有意讓事情變成這樣。那些引發自爆事件的女生，應該也不是故意的。」

廣播的新聞今天早上再次告訴他們，又有「小鹿」在某處炸死，導致有人因此喪命。面對這些一再發生的悲劇，千鳥與其他「小鹿」少女神情鬱鬱寡歡。

「她們只是希望死前能回到故鄉，不想波及任何人才離開新家。她們只不過是如此希望而已，沒有別的意思，事情卻鬧得這麼大……波及了這麼多人……」

琪琪神情泫然欲泣地接著說道：

「其……其實我們，早就該自殺了。在事情變成這樣之前，我們所有人……如果在被聯邦保護時直接自殺，死的時候就不會波及其他人了，這道理我們也懂，可是……」

尤德輕輕搖搖頭打斷她。

「我明白。是報告出了問題，不是妳們的錯。」

聯邦軍人……

由於他們比起共和國那些放棄職守的指揮管制官來得勤勉多了，尤德完全沒想到事情有可能不被報告上去。日常相處的葛蕾蒂和幕僚們都不會輕視八六，也總是認真聽取他們的報告與意見陳述，使得他在無意識中誤以為其他聯邦軍人也都是如此。

卻忘了曾經有人當著他的面，擺出一副只把八六當成有用獵犬的態度。

「可是……」聽到琪琪內疚地低喃，尤德想了想之後接著說：

「『牧羊人』——『軍團』的指揮個體，經常是以八六改造而成。」

琪琪詫異地眨了眨眼。

「……嗯。」

「『軍團』之所以能克服原本設定的壽命，也是因為有八六作為材料——『所以，為了不讓戰爭曠日持久，全體八六應該在被「軍團」擄獲之前自我了斷』。」

琪琪與千鳥等人心中一凜，倒抽了一口氣。

尤德半低垂著眼陷入沉思，繼續說下去。火焰般色彩的朱紅眼瞳，從深處發出堅硬的光芒。

「就算有人對我這麼說，我也不會接受。為了全體人類的福祉，我們就該乖乖受死……」

所以，千鳥妳們也不用為這件事負責。

就連她們私自逃走而沒跟聯邦解釋，尤德都不覺得是一種罪過。

尤德無法認為不選擇自盡就是罪大惡極，說不出「有些人光是存在就會傷害他人，所以應該被關起來死於獄中」這種話。

活該受到囚禁，就連掙扎求生這點權利都不被允許。為了人類、為了大家——你早就不該活著了。

如果有人這樣定他們的罪。

如果有人用這種話，判定他們不該活著……

「我——不認為這種意見是對的。」

†

「軍團」對所有戰線加重施壓，找出熟練度低的部隊將其啃噬咬破，並不只是企圖藉此突破前線。

『已掌握聯邦軍各戰線之部隊結構——作戰進入第二階段。』

「軍團」原本製造理念是基層士兵、士官與下級軍官的代替品，因此就連意義相當於部隊指揮部的統括網路指揮官機群，都不一定具備高級將校的腦部結構。其中擁有生前為共和國軍上校的瓦茲拉夫·米利傑之人格與記憶的無貌者，在指揮官機當中是罕見的前高級將校「牧羊人」。

它知道能夠瓦解敵軍的利劍，不只限於行使直接的暴力。

『設定優先目標為共和國人占多數之陣地、補充兵占多數之陣地，以及少數民族占多數之陣地——並配合此一措施，對後方地區實施超長距離砲擊。』

支撐一四〇〇噸超大重量，專為它們設計的四線鐵路遍布整個支配區域。

用鋼鐵腳尖踏響這條簇新的鐵軌，各架電磁加速砲型（Morpho）前往聯邦共計十處的各個戰線。

其中呼號（Call sign）「尼德霍格」的一輛機體，正是在共和國避難作戰中攔阻列車，奏響作戰瓦解序曲的那架電磁加速砲型。遭到聯裝式磁軌砲（門神孔雀）擊毀的機體已在這一個多月間重建完成，它駕馭著嶄新的機身往負責戰區——聯邦西部戰線邁進。

它的遺言……

輪到我們了。輪到我們了。輪到我們了。

喊著這句話死去的他曾是八六。是個一心想對共和國報仇，為此選擇成為「牧羊人」，將自身變作殺戮機器控制裝置的機械亡靈。

那股恨意激烈到讓他不惜捨棄性命。不過是把共和國人活活燒死，並不足以洩其心頭之恨。他並未因此而滿足。

到達射擊位置。砲口朝向指定座標。尼德霍格已接到通知，因此也知道那裡有著什麼。一股近似於嘲笑的衝動填滿流體奈米機械的大腦。

屬於我們的時間，還沒結束。

輪到我們報仇……享受勝利與殺戮了。已經可以了吧。還可以再玩下去吧。就讓我們繼續享受，沒什麼不可以吧。

就讓我們——今後一直享受下去，也可以吧。

†

於包圍聯邦全境的「軍團」支配區域各地，出現多架電磁加速砲型。

它們的砲擊飛越建造得堅固難破的戰線，甚至飛越戰線後方正在鋪設的預備陣地——將八〇〇毫米砲彈打進了理應仍然安全、和平的屬地各個都市與聚落。

第二章　如見故人面

「小鹿」的相關調查才剛起步，所以還需要一段時間才會對軍隊或民眾公布內容，但機動打擊群已有兩名軍官受到牽連並遭受拘禁。只能將目前所知的部分先對八六做個解釋。

所有八六聞言，都一副厭惡到無話可說的表情。

「……上次的共和國救援作戰中，在強制收容所看到的實驗室還有手術台，原來是這麼回事啊。」

「先是活人竊聽器，接著又是自爆病毒，我真搞不懂共和國在想什麼……」

聽到梅霖的唾罵與馬塞爾的呻吟，負責解釋的「女武神」研究班長也實在笑不出來。

「聽說最早的出發點是肥料相關研究呢。該怎麼說呢？還真是羞辱人耶。」

共和國原本就是以農立國，並以仿體技術見長。試著重現可有效運用於肥料方面的固氮細菌以及其酵素合情合理，但副產物卻是人肉炸彈。對於那些初衷是對世人的豐足飲食生活有所貢獻的學者們來說，確實只能說是極大的侮辱。

附帶一提，另一個副產物是農作物促成栽培工廠，戰時支撐共和國與聯合王國等國家，並且從戰前即對盟約同盟大有助益，但姑且不提此事。

「對了，另外提醒一下馬塞爾少尉，『炸藥生成細胞』本身並不是病毒，也不會傳染。至少以目前所知的運作方式來說是這樣。」

「炸藥生成細胞」不同於病毒，只會生成硝化甘油而不會進行自我複製。生成細胞本身不會增殖，因此絕不像病毒般從「小鹿」體內擴散，入侵並感染其他個體。

「情況要等徹底調查過扣押的資料才能確定，但我認為共和國在研發時也不會讓它具有感染性吧。一方面因為生物武器的感染力不分敵我，所以很難運用，更別說這種製造炸彈的細菌，就算研發出預防藥或治療藥，他們也不敢讓它具有感染力啦。否則危險的是自己。」

「…………？」

馬塞爾先是一愣，想了想之後才點點頭。

「……喔，我懂了。一方面是共和國人自己不想感染，況且就算自己沒事，要是隔壁鄰居變成炸彈，自己也還是會受波及嘛，那當然不敢讓它具有感染力啦。」

「實際上，跟她們一起生活了一年的家人皆平安無事。以生物武器來說潛伏期也太漫長，況且就像席恩中尉剛才說到的，如果需要用到手術台——進行植入手術的話，我看應該是沒有感染能力吧……噢，對了，席恩中尉，你還記得那座設施的細部構造嗎？不曉得能不能請你描述一下？或者是照相槍有留下影像……」

大概是希望他提供些調查資料吧。顯得興沖沖地探身向前的研究班長，以及皺起臉孔但仍然應允的梅霖，不知為何讓達斯汀看不太下去。

他悄悄離席走出會議室。

就算離開會議室，在基地走廊上當個無頭蒼蠅，當然也到不了真正想追尋的對象身邊。

即使如此，達斯汀仍然像是被催趕似的走來走去，就是靜不下來。

逃亡的少女之一，引發連環自爆事件的「小鹿」其中一人——是他的青梅竹馬，千鳥・沖。

達斯汀不知道，原來她曾經接受聯邦的保護。

他無意識之中以為千鳥已然離世，所以從沒想過要打聽她的下落，誰知她竟然還活著，但恐怕跟其他人一樣，也被改造成了名為「小鹿」的自爆兵器。

千鳥現在人在何方？那些「小鹿」為何要引發自爆事件？

她現在會不會仍在某個地方尋求幫助？

我……

這次難道不該設法找到千鳥，阻止她自爆，拯救她嗎——……？

他滿心焦躁導致走路不看路，差點在轉角跟某人撞個滿懷，有驚無險地躲開的佩施曼少尉帶著責備之意望向他。那雙冷漠的綠眸，卻旋即換上了關懷的神情。

「葉格少尉，你怎麼了？臉色這麼糟。」

「沒什麼……抱歉。」

自己的臉色大概是真的糟到極點，陷入絕境到別人都忍不住要關心吧，但他不知該做何解釋。見他含糊地搖搖頭，佩施曼大概也看出了他的混亂心情。她依然帶著關懷的表情，從口袋裡拿出一顆牛奶糖塞給他之後離開。

達斯汀停下腳步使得安琪終於追上他，這次換她來關心：

「……達斯汀。」

此時即使是聽見她的聲音，達斯汀依然不想回頭。

看到達斯汀呆站原地看都不看她一眼，可以想像安琪一定是用她那美麗的藍眼睛……彷彿天空最高遠之處的藍眼睛凝視著他，她就像碰觸傷口一般小心翼翼地說下去。

……千鳥的眼睛……

是美麗的紫色。那時他覺得宛如拂曉時分的天空。

「你認識其中一名『小鹿』，對吧？——是不是你之前提過的，那個叫千鳥的女生？」

「她是我的朋友……住在我家隔壁，是跟我同年紀的兒時好友。」

達斯汀這麼說並不是要糾正什麼，安琪聽了卻悄悄倒抽一口氣。

達斯汀沒察覺到。

「千鳥是個溫柔的女生，不可能會想搞出什麼自爆事件。她一定正在某個地方等人救她。就算不是這樣……我也不希望她把自己炸死。」

沒錯。

「我想……設法拯救她。」

拯救不知人在何方，甚至不知是否還平安無事的千鳥手裡的牛奶糖，早已在不知不覺間捏爛了。

由於同時還得提防具有同等射程的聯裝式磁軌列車砲（鬥神孔雀），電磁加速砲型的砲擊每次只有數發程度，打打停停，但對於被攻擊的屬地居民們來說，這數發已足夠形成威脅。第一次大規模攻勢發生之際，即刻制定的電磁加速砲型討伐作戰，也遲遲沒有命令下來。

一旦被砲轟只能坐以待斃，不知道何時會輪到自己，也不知道這種恐懼何時始得結束，屬地居民這次再也承受不住心理壓力了。

成群的自主避難者，從屬地遷往較為安全的首都領地，或是其周圍的中央屬地。

在初次造訪的中央屬地的陌生道路上，一個自主避難團體的卡車因為載了過多家產而陷在水溝裡動彈不得，一支正要前往戰場的補充兵車隊見義勇為，停下來幫忙。

「……這個用人力是拉不動了。喂～把一輛車開過來，拉他們一把。」

「老伯，你們是從哪個屬地來的？……哦！所以是同鄉了，是哪個村子？」

「哎呀，總算是得救了，真是謝謝各位阿兵哥啊。沒想到竟然能在他鄉遇見同胞……」

眾人熱熱鬧鬧地把卡車拖出水溝，邊忙邊聊故鄉聊不完的話題。

「那麼老伯，你們路上小心啊！」

「各位阿兵哥也是，注意身體！」

最後，彼此就像一家人那樣揮手道別。心想「見到同胞真是令人懷念」、「多麼可靠啊」，補充兵與自主避難的民眾各奔東西。

「——你這是幹嘛啊，小老弟，這麼吃得開啊。帶著這麼多小公主，是先帝陛下的私生子還是什麼啊？」

一行人為了尋求落腳處而到橋下看看，遇見一位「先來的」老者如此對他們苦笑，而他也是尤德等人進入屬地納雷瓦這座西郊城市之後初次遇見的居民。

屬地納雷瓦從首都領地或中央屬地來看的話，雖是靠近國境的邊疆屬地，但與西部戰線之間隔著屬地費沙，因此離戰場還有段距離。當然在第二次大規模攻勢戰線後退時，也未指定民眾撤離該區。那麼應該是自主避難了。

「老人家也是，住處倒是挺風雅別致的。城裡的人似乎都去避難了，您也是遵從指示？或者是……」

「謝謝王子殿下以禮相待啊。是啊，就是那個叫什麼電磁加速砲型的臭鐵罐開打了。這裡目前還平安無事，但隔壁城鎮已經遭受轟炸，所以大家都嚇得逃去『帝都』啦。」

果然是這陣子電磁加速砲型反覆發起的砲擊造成的。最近相關新聞的次數已經遠多於「小鹿」的事，他也在猜想傷亡人數想必不少。

先不管這些，尤德皺起眉頭。

「那麼老人家您也還是快逃吧。電磁加速砲型的砲擊確實有辦法炸毀這座城市。而且彈速也快得不比一般，等射擊開始就逃不掉了。」

「『帝都』再大，能擠人的空間還是有限。所以我這與世隔離的老太婆還是罷了吧。」

……原來是老太太啊。

只因對方形貌瘦小枯乾又曬得黝黑，就擅自認定對方是男性實在太不應該，尤德自我反省。

千鳥怯怯地探身向前。

「可是，可是老奶奶，我覺得妳還是快逃比較好。待在這裡……會沒命的。」

「妳說得對。但是隨心所欲風雅度日，臨行有雪花與烏鴉輓歌弔唁，豈不更加快意？比起被人貼上早已捨棄的名牌大做文章要好得多了。」

老婦人呵呵大笑。曬黑的臉龐與乾癟的嘴唇，只有一雙眼睛是嫣紅的。

「你們不也是如此嗎？知道可能會沒命卻特地結伴來到這裡，我不知道你們想去哪兒『遊山玩水』，但這不就是你們選擇的道路嗎？既然如此，那也稱得上快意人生了。祝你們一路愉快，各位公主殿下與王子殿下。」

穿起衣櫃裡顏色最暗的衣服，妮娜讓身穿喪服的伯母帶著，來到位於聖耶德爾郊外的，聯邦軍戰歿軍人永眠於此的國立公墓。

這是伯母學生時期一個朋友的軍人丈夫的葬禮。位於大陸北方的聖耶德爾，十二月的墓地遍地積雪。

就像妮娜以前曾經看到一位跟哥哥年紀相仿的軍人哥哥，來為她哥哥掃墓那次一樣，陰冷酷寒的下雪天，視野皚然而朦朧。

哥哥的朋友馬塞爾大哥哥後來告訴她：「那傢伙也跟尤金是朋友。」她最喜歡的貓咪大玩偶，就是馬塞爾哥哥與那個辛耶哥哥送她的禮物。

她請馬塞爾哥哥幫忙傳話，要辛耶哥哥下次也一起過來，而伯母也請他下次放假一定要帶人家過來，可是後來「下次放假」就沒有了。

「軍團」的攻擊日益激烈，聯邦軍最後還是輸了，然後就是無止無境的苦戰，有很多人……就像她的哥哥，以及這場葬禮的死者一樣，一個個死去。

放進簇新墓穴裡的棺柩似乎太輕了，裡面恐怕沒有躺人——妮娜的幼小心靈終於明白，她最喜歡的哥哥去年夏天戰死時，棺材雖然密封，最起碼人有回來已經算是不錯的了。

「……為什麼到了現在，才忽然發生這麼多壞事……」

似乎注視著同一幕光景的某人，脫口而出的話語莫名地縈繞耳畔。

身為共和國義勇兵之一，克勞德的異母哥哥亨利．諾圖中尉所屬的大隊由聯邦軍人與共和國義勇兵共同結成，雙方在短期間內經過多次人員補充，換了不少新面孔進來。

「……我就說我們這陣地，從不久之前就被集中攻擊了嘛……！」

泥巴摻雜半融的雪在戰壕底部形成積水，簡直要把人凍死。亨利一面咒罵，一面新開一箱彈藥拖出彈鏈，替多人合用的固定式重機槍裝上。為預防槍身過熱而中間隔著短暫休息的連續斷音，弄得整個陣地噪音不斷。

來自數十公里後方砲兵陣地的反突擊火力儘管粉碎了鐵青色波瀾，隨之又有新一批機影踩過那些殘骸連綿不斷地進逼。賴以保命的八八毫米反戰車砲連聲咆哮，讓整個陣地明白越過風雪向前推進的戰車型數量之龐大。

以日期來說是前幾天，但從亨利等人的感覺來論，這個陣地已經持續目前的狀態很長一陣子了。與其說是這個陣地，不如說成這個部隊感覺更貼切。

旁邊一個聯邦出身的部下笑著損他：

「『軍團』原本是八六，所以大概是討厭中尉跟其他人吧！」

「可能喔！你們比較倒楣被我們連累！」

在戰鬥的喧囂與亢奮情緒之下，彼此開玩笑都是用吼的，而且以玩笑來說內容也頗為敏感，但彼此的關係既然可以毫不客氣地亂講地獄梗，反而可以說大家感情還不錯。在這種慘烈的戰況下，比起把怨言憋在心裡悶不吭聲來得好多了。

「實際上我們共和國人確實是不錯的誘餌！誰教我們有著一頭閃亮銀髮呢！」

共和國出身的部下也跟著起鬨，語氣一樣是在開玩笑。只是聽起來有點自暴自棄。

「哇——正義的國度怎麼可以這樣啊——搞什麼誘餌作戰——」

「既然號稱是正義的國度就該拿出正義的作風，乾脆弄個超級英雄過來一招解決吧。」

「好想要有超級英雄喔。」

「不知道先技研有沒有在祕密研發～」

「我倒想問援兵都死去哪裡了！那些戰鬥屬地兵（野狼）都在幹嘛啊！」

「我點的一鍋燴怎麼還沒來啊——！」

摻雪的泥巴只差沒把人凍死，眼前的成群「軍團」怎麼打也打不完，因此只能耍耍嘴皮子或說點無聊笑話趕跑恐懼與不滿。即使快被凍僵，戰鬥也把大家都累壞了，但看到部下們還有精神與力氣鬼吼鬼叫，在大隊中官拜最上級的中隊長，軍階則是與亨利相同的尼諾·科蒂盧中尉苦笑起來。

「這裡一直在遭受集中攻擊，所以不斷派人掩護啊支援的附近其他部隊應該也消耗得很厲害吧。大家再撐一下。這樣好了，結束之後就來杯熱咖啡與家鄉味濃湯吧。」

「是，長官！」「但是中尉自豪的一鍋燴（Eintopf）配方辣死人不償命，我還是算了！」

「你說什麼？竟敢批評別人老婆的拿手好菜……」

「諾圖副長家鄉的一鍋燴是什麼味道？是不是放了滿滿的豬肉啊！」

不理會臉色認真地難看起來的尼諾中尉，部下嘶吼著說。這個夠沒格調的笑話讓亨利忍不住噴笑出來，並給出回答……以前繼母常煮給他們吃的一鍋燴，是……

「很遺憾，是魚肉跟蝦子！哪天我煮給大家吃，好吃到包你們嚇一跳！」

如同約納斯告訴她們的，蕾娜與阿涅塔都走不出國軍本部別館宿舍的那間連通套房，情報終端、行動終端與同步裝置被沒收後也一直沒還回來。但是房間裡本來就有電視，所以可以看新聞，而且只要說一聲，要哪一家的報紙都會送來。換言之，至少他們並不限制兩人接收公開資訊。看來等問題解決後，應該真的會把她們送回前線。

……既然這樣，為什麼不准我聯絡辛他們？蕾娜生氣地想。在這間本來提供給高官住宿的房間裡，她坐在奢華的沙發上。

受到「保護」以來的這幾天，她到處查看上鎖的門窗想設法溜出去，結果現在變得房間一隅永遠有約納斯或女性士兵部下守著，但她故意看都不看他們一眼。

「這不能怪我們，事情突然變成這樣，大家一定會擔心呀。我也很擔心大家。如今軍械庫基地變得更接近戰場，『軍團』的攻勢又沒有一刻停息。」

本來以為很快就能重逢，誰知卻被迫分隔兩地，辛一定很為她擔心。就算如此，他們也不至於……

「大家才不會衝動到一知道我們人在哪裡，就立刻上門搶人。簡直是瞧不起人嘛。」

「不，我看很難說吧……」

看到蕾娜氣鼓鼓的樣子，阿涅塔有點敬謝不敏地說。特別是辛，總覺得他好像會像條狗一樣飛撲進來。還有西汀也是。

以及眼看阿涅塔被帶走，宛如自己被抓一樣激動抗議的賽歐……雖然他比起狗，更像一隻難以取悅的貓。

「……你有聽見嗎，約納斯少尉！所以，請你至少把同步裝置還給我們！」

到最後蕾娜還是無法視而不見，轉頭對約納斯說道。即使這番怨言是故意講給他聽的，約納斯照樣面不改色地置若罔聞，淡定地回答：

「基於安全考量，恕難從命。」

尤德託她傳話時並沒有料到會拖得這麼久，所以安瑪莉也猶豫了老半天，但還是決定轉達給他。

她覺得這樣比起等到以後為時已晚，才在某個契機下得知自己在不自覺間棄對方於不顧要來得好一點。

「可以跟你說句話嗎……達斯汀？」

她發出聲音，叫住正要前往處理終端共用辦公室的背影。達斯汀回過頭來，看著安瑪莉的銀色雙眸染上詫異之色。

隸屬第一大隊的他，與第四大隊的安瑪莉至今從沒說到過話。達斯汀身為唯一一名共和國出身的處理終端，在機動打擊群之中其實小有名氣，因此安瑪莉也聽說過他這號人物；但安瑪莉就只是其他大隊的百餘名隊員之一，達斯汀不太可能認識她。

「妳是……？」

「我叫安瑪莉．彌爾，第四大隊砍刀戰隊隊員。尤德有話要我帶給你……」

直到這時她才想到達斯汀可能也不認識身為第四大隊長的尤德，不禁為此擔心，所幸他似乎認識尤德。「喔……」雖然仍面帶詫異，但這次點了個頭。

「那麼……妳應該是跟尤德一樣負傷住院了？……有什麼事嗎？應該說，尤德怎麼沒跟妳一起？」

她先是覺得奇怪，隨即恍然大悟。關於尤德跟「她們」一起離開的事，機動打擊群的指揮官、幕僚，還有這次特別參與的研究班長應該都知道了，不過達斯汀所屬部隊不同，又只是一般隊員，這類情報不會對他公開。總隊長辛必然同時認識尤德與達斯汀，但以他目前的精神狀態不太可能想到要分享資訊，因此也不可能從他口中得知消息。

「尤德必須去另一個地方，對，所以只留下了口信。只是……你畢竟是共和國人，如果這會危害到你的立場，你可以當作沒聽到沒關係。他說你如果來不了也是無可奈何的事。」

「？什麼意思……」

「你認識一個叫千鳥的女生嗎？」

啊！白銀雙眸瞪大後凍結。

「一個有著亞麻色頭髮，紫色眼睛，像人偶一樣漂亮的…………看來是認識了。」

安瑪莉從他的反應理解了一切。太好了。

雖然尤德說來不了也沒辦法，而千鳥似乎也是這麼說的。不過就連安瑪莉都覺得既然是老朋友，能讓兩人見到面當然最好。

「尤德跟那個女生一起走了。那個女生也是『小鹿』……已經來日不多了。她怕傷及無辜所以離家出走，但她說死前希望能再見到大難不死的兒時好友……也就是你一面。所以尤德才要我問你，能不能去見她……呀！」

達斯汀忽然用力抓住安瑪莉的肩膀，把她嚇了一跳。

「尤德跟她在一起，對吧？……那妳知道千鳥現在在哪裡嗎！」

他那雙銀色眼瞳之急切……

安瑪莉被它震懾住，不住地點頭。

「知道。當然了。」

這個尤德也有告訴她，否則達斯汀沒辦法去見她。而且也因為如此，包括尤德託她轉達這個口信在內，這事安瑪莉至今沒告訴過任何人，當然也沒對那個憲兵說過。

不然萬一他們被追上，尤德不惜擅自脫逃也要保護她們的決心就白費了。安瑪莉只說他們要去共和國，但那是因為共和國如今遠在「軍團」的支配區域深處，她不認為對方聽了會相信。

經過長達十餘年的戰爭與斷絕，那個憲兵恐怕並未意識到一件事。

即使共和國如今躲在要塞牆鐵幕內側，國土只剩狹小迫窄的八十五個行政區——但從前卻是與聯邦的前身帝國國土接壤的鄰國。

如果是國土邊緣的地區——儘管仍然說不上近，其實就在西部戰線目前防衛線的另一頭。

「目的地是位於共和國領土東端的諾伊納西斯。他們會從屬地費沙經由戰鬥領地尼法·諾法、諾伊達福尼，還有尼昂提米斯前往那裡——如果一路按照行程的話，現在應該就快進入費沙了吧。」

西方方面軍目前以縱貫西部戰鬥領地一帶的森蒂斯·希崔斯防衛陣地帶為據點，其中一端橫跨戰鬥領地尼法·諾法，以及此時尤德等人眼前一望無際的生產領地費沙兩地交界處。

費沙是第二次大規模攻勢的居民疏散地區，西部地區則是後方支援部隊的展開區域，但與屬地納雷瓦相接的東端這一帶還沒有戰火的氣味。在加緊收割後被棄置不顧的一大片無人麥田，在聯邦西部特有的丘陵地帶中起伏無垠。

千鳥等人屏息注視著這片寧靜無聲的冬日丘陵，只聞風吹過田園與周邊林子樹梢的聲響。

來到這裡之前經過的屬地納雷瓦，也已經有很多村鎮因為進行自主避難而變成空城，但全體居民完全撤離的費沙，呈現的又是另一種寂靜。在這宛如人類滅亡後的沉靜世界裡，僅剩可能是牧場主人不忍心就這麼拋下而從羊圈放出來的羊群，在遠處山丘上猶如一團團的薄雲被冬日陽光照得金光燦爛。

從前一陣子開始，收音機就再也收不到訊號，想必是自主避難後，廣播設備也被棄置了吧。縱使無法確認戰況多少有點困擾，但尤德覺得這樣對千鳥她們反而更好。與其讓她們一邊前行一邊為了已成定局的「小鹿」之死以及無辜受害者痛心，倒不如根本別聽比較好。

反正遲早會走到前線附近，那裡也有廣播電台，而且屆時其他「小鹿」應該也已經抵達無人場所了吧。但願事情能夠就此平息下來。

「……走吧。」

「好。」

在冷風中按住亞麻色長髮，千鳥點點頭。

尤德說包括同步裝置在內，他沒帶上任何通訊裝置。

但只要知道他們人在哪裡，到了附近就可以打信號。煙霧彈也好信號彈也行，夠用來傳遞達斯汀的所在位置了。甚至只是生火冒煙也行。

可以讓千鳥知道他來見她，來救她了。

受到這股衝動所驅使，達斯汀轉身就走。甚至沒發現自己無意識中把文件夾板掉在地上。也沒聽到安瑪莉的驚呼。

「你別走啊！——等等啊，達斯汀！」

達斯汀的眼裡，如今只有距離太遠還不可能看得見的，這座第一隊舍的出入口，以及軍械庫基地的閘門。

他現在就穿著軍服與靴子，不用擔心妨礙行軍。雖然沒那閒工夫準備生火的材料，到了當地再設法弄到就好。刀子——他最起碼都會隨身攜帶萬用刀，當然現在也帶在身上。他已經學會了星座定位法，所以指南針或地圖都不需要。他可以現在就直接去找她。

總之，他非去不可。

她已經說了希望達斯汀去找她，所以他非去不可——十年前的那一夜一度讓他以為天人永隔，這次他一定要去到千鳥的身邊。

這次一定……

要去救她……

一道清新的聲音，瞬時冷卻了沸騰的思維。

「等等——達斯汀！」

情急之下發出呼喚，叫住他之後……

安琪卻接不了下一句話了。

她知道不能讓達斯汀上路。她不慎聽見了安瑪莉的口信內容。如果為了達斯汀的生命安全著想，實在不該讓他上路。尤德擔心達斯汀是共和國人，這麼做可能會讓他落入艱難的立場，殊不知有更重大的原因不該讓他上路。

屬地費沙是緊鄰戰鬥屬地尼法．諾法的——西方方面軍防禦陣地帶的腹地。

尤德與名叫千鳥的少女，此時就在與軍團爭戰不休的激戰地正後方。

再加上軍械庫基地的所在地屬地席爾瓦斯，與費沙或尼法．諾法都並不相鄰，現在去追也無法在一時之間追上。雙方只能在作為終點站的共和國領土東端的諾伊納西斯，或是最後途經的戰鬥屬地尼昂提米斯會合。

兩者如今都是「軍團」的支配區域。

不可能到得了。

如果是八六或「西琳」的話或許還有辦法……但達斯汀的話絕對是力不從心。憑他的能耐別說回來，連目的地都抵達不了。

安琪明白這個道理，卻一時語塞呆站原地。

因為他如果不去，這就會成為他的傷痛。

一旦棄之不顧，這件事就會變成達斯汀的舊傷。

他說過那個少女是他的朋友。說過很想救她。

所以如果讓達斯汀棄她於不顧，這對溫柔善良又品格清高的他來說，必然形成永遠無法治癒的傷痛。

這些安琪都很清楚，所以，她無法再多說什麼。

安琪不希望達斯汀去，卻又不想傷害他，所以不知道還能說些什麼。

但是看到安琪呆站在那裡的表情，達斯汀卻恢復了理智。

安琪曾經叫他不要死。而他也答應了。

而後一旦冷靜下來，就不得不想到自己剛才竟然沒做任何準備，有勇無謀兩手空空就想衝出去，更何況就算做足了準備，這仍是一條險阻重重的道路。

也不得不承認憑自己的本事，去了就絕對無法活著回來。

安琪凝然佇立不動，神情因內心的不安與糾葛而扭曲。

她應該已經想到以達斯汀的能力是走不到的，但沒有多說什麼，也沒有說「你不能去」，為了他竭力把話吞回去。

達斯汀不可能背叛得了她……也不願意背叛她。

他好不容易才勉強對她笑了笑。

「抱歉害妳擔心了，我不會去的……我哪有那個本事嘛。」

他沒那本事在「軍團」支配區域裡前進。別說西方方面軍的陣地帶，就連後方的費沙現在也被運輸與後送弄得亂成一團，容不下他。千鳥是可作為解開事件全貌重要樣本的活生生「小鹿」，尤德則是逃亡士兵，不能讓人知道他們的下落，所以連跟聯邦軍報告以獲准通行都辦不到。

無論如何想盡辦法，都去不了。這道理他明白。

「妳放心，我沒忘記我們的約定。我會好好活著，不會去送死的。」

可是，千鳥既然託人捎了口信，其實應該正盼著我去找她才對。

既然告訴我她在何方，其實應該在等我去救她才對。然而我竟然又要再次捨棄她？

為了守護冰雪魔女的心願，付出這個代價。

「我會讓自己奸詐一點的……這點奸詐的行為，我甘願做。所以，別露出這麼傷心欲泣的表情。」

安琪聽了，神情卻更加悲痛地扭曲。

村子裡所有人都像是一家人，很少有外人進來，所以他們大概沒想過會有人來行竊吧。

確定房門只以頂多就是擋擋烏鴉或野貓的掛鎖鎖上，尤德往無人農場一隅的倉庫門上狠狠踹了一腳。原本就做得不夠堅固又經年劣化的掛鎖啪嘰一聲破裂彈開，沒做抵抗就為他們開啟了大門。

不知是對粗暴行徑的抗議，還是倉庫在用它的方式努力抵禦入侵者，門板嘰嘰作響地轉了回來，這次尤德用手推開它環顧室內。用於下田或類似用途的刀具，與生鏽掛鎖正好相反，散發出經過細心保養的光澤並擺放得整整齊齊。

看得出來直到避難的前一刻，它們都被珍惜使用。尤德對此感到一抹歉疚，但仍東挑西選，揀出重量與長度稱手的柴刀帶走。至今其他地區總是還有居民在，所以他不好意思這麼做；但這裡居民都走了，帶把這種刀具絕對比較方便。

千鳥她們在他背後，睜圓了眼睛探頭看著。

她們看到尤德檢查門鎖時應該就知道他想闖空門，但似乎沒想到他會把門踹開。

「用來抵擋熊或狼嗎？」

「當然不是。」

尤德淡定地搖了搖頭。他用收在鞘裡的柴刀指指千鳥她們背後，那一片收割後的田地。

這似乎是以農業為主的屬地特色，城鎮零星遍布於萬里平疇與放牧地之間；雖然無論是在已經走過的米亞納、納雷瓦，或是這個屬地費沙，都是這樣的景觀……

「屬地費沙如今已經是西方方面軍後方支援部隊的展開區域了。住家或街區等等只要成了障礙物應該都會被清除，所以有可能會找不到可以遮風避雪的建築物。我們需要用刀具蓋個克難的遮蔽小屋。」

光靠生起火堆不夠抵禦冷風。其實臨時建造的遮蔽小屋還是會冷，能避免則避免，但找不到地方的話也只能將就了。

原來是這樣啊……千鳥她們依然睜圓著眼，小聲說道。

然後互相交換一個眼神，各自毅然決然地點了個頭。

「那麼，刀子拿來。」「我們也要帶上。讓我們也來一起幫忙蓋小屋吧。」

意外的提議讓尤德回望她們，千鳥鼓足幹勁探身向前。

「因為今後我們如果連小屋都不幫忙蓋，會給尤德造成太多負擔。我們也得做點事才行。」

再說，對，那位老奶奶不也說過嗎？

這是自己決定要來，實際踏上的道路。既然按照自己的決定成行了，豈不是一件快事？

因為這是她們的第一趟，也是最後一趟旅程。

「所以尤德在做的這些事……我們也想試試看。」

在受到拘禁時，蕾娜的同步裝置與其他通訊終端似乎都被沒收了，無法與她取得聯絡。一同受到「保護」的阿涅塔也一樣。

去他的保護，辛滿腔怒氣無處發洩，但也不能以這種精神狀態跟隊員們相處，因此工作結束後只好到菲多的待機空間消磨自由時間。等到熄燈時間將近，他回到兵舍時，在走廊上看到芙蕾德利嘉似乎正在想心事。

「……芙蕾德利嘉，妳怎麼了？」

出聲關心後，她略瞥辛一眼。

「余沒什麼，是達斯汀與安琪……」

辛一聽就意會過來，點了個頭。他已經從安瑪莉那邊聽取了尤德的報告，知道其中一名「小鹿」是達斯汀的舊識。

……辛這才發現自己忘了告訴他，正在思索時，芙蕾德利嘉一副看透他心思的態度聳了聳肩。

「汝也不好過，怕是無心顧及達斯汀了吧。余會拜託可蕾娜、克勞德或托爾去管這事，汝就不用費心了。」

「……抱歉。」

她說得對，坦白講，辛也不認為現在的自己能分神去照顧那兩個人。

「無妨，讓余處理便是。若有個萬一，余還可代汝把達斯汀那廝扔進『軍團』堆裡去呢。」

對，我是這麼說過。辛總算被稍微逗笑了。

「這就實在不能假手他人了……否則，我可能會挨戴亞的罵。」

你這傢伙，怎麼能讓一個小朋友去幹這種事啊！大概就像這樣。

因為如今已然變得比辛年輕的他，個性上是真的會為這種事情動怒。

幸虧尤德預料到千鳥她們初次使用柴刀會不太順手而提早開始做準備，遮蔽小屋趕在日落前完成了。

「好棒喔，真的是房屋……！」

「沒想到用樹枝或木頭，就可以蓋得出來耶。」

也不過就是能撐過今晚就好，把連葉子都沒弄掉的樹枝搭起來或是鋪在地上做成的棚子，稱不上是小屋，但琪琪與卡瑞妮卻用大受感動的眼神注視著它，看也看不膩。

挑戰生火堆的汐陽與千鳥把罐頭從炭火上的鍋子裡拿出來，阿思哈與伊梅諾應該是去撿枯枝了才對，但怎麼看都是在玩。她們剝掉快要脫落的樹皮，發現躲在裡面過冬的一群瓢蟲而興奮地尖叫，又撲向沙沙搖動草叢前進的老鼠或什麼動物。

千鳥噘起嘴唇。

「好了啦，真是，不要只顧著玩。晚飯都已經弄好了。」

雖然只是熱過的罐頭，配上稍微烤過的又重又硬的麵包，但對於從生火到顧火堆全部自己包辦的她來說，似乎已算是一頓像樣的「晚餐」了。

「來了～」四人紛紛回來，有點喜孜孜地聚攏在地面挖出來的火堆周圍。

「那飯後的茶我來泡。」卡瑞妮泡好了松針茶，大家喘口氣之後，尤德攤開地圖確認從明天起的行程。

「我們現在位於屬地費沙，西北方鄰接戰鬥屬地魯尼瓦，西南方則與尼法．諾法相鄰，兩地都有西方方面軍布陣。就像我白天說過的，費沙是西方方面軍的支援部隊展開區域。雖然沒有居民，但這次我們必須留意聯邦軍。」

不至於遭到殺害，但無可避免地會在受到拘留或安置之後被送往後方。順便要說的話，被視為逃兵的尤德無庸置疑地會陷入更麻煩的處境。

千鳥她們神情嚴肅，圍著用夜光顏料畫出路線的地圖。

「聯邦軍的陣地帶與『軍團』的巡邏線，我們可以藏身於尼法．諾法北部的原生林穿越過去。這裡會花上最多天，妳們要有心理準備。然後我們在『軍團』支配區域中往南走，先到諾伊達福尼，再往西走到尼昂提米斯。」

從兩年前辛等人突破「軍團」支配區域的經驗，可以推測只要能越過它們的巡邏線，警戒反而會變得較薄弱；況且「西琳」她們也多次證明人類大小的小集團，有辦法入侵支配區域並於內部展開行動。眼下「軍團」已經消滅共和國，得以將兵力集中在西部戰線，想必不會在支配區域內平白設置遊軍。

只要藏身在無數連綿的丘陵背後、無名森林、高過人類個頭的草原，以及南北長達四百公里的廣大荒野中，區區幾個人類無論是大小還是熱源都微乎其微，應該沒那麼容易被發現。

伊梅諾微微偏了偏頭。

「那……有沒有什麼我們需要注意的地方？」

「有幾點。首先等到接近西方方面軍的陣地之後就必須小聲說話，尤其是夜裡更不能大聲喧譁。當然在『軍團』的支配區域也是一樣。聲音在夜間會傳遞得意外地遠。還有如果需要一個人生火的話，也要像現在這樣挖個洞，在洞裡生火。」

尤德他們八六幾乎都還不會抽菸，不過站夜哨的士兵糊塗地抽菸，結果被敵方瞄準火光開槍，是每個戰鬥屬地兵都知道的老教訓。

尤德想起從班諾德那裡聽來的故事，又補充了一句。雖然他不太擅長開玩笑。

「所以想找尋昆蟲或小動物嬉鬧的話，最好趁現在做個過癮。」

「是～」伊梅諾她們齊聲答應。千鳥鼓起臉頰拍了一下尤德的背，但力量輕到跟小鳥停在身上沒兩樣，他連肩膀都沒晃一下。

約納斯儘管為了保護共和國的兩名軍官而離開主人身邊，並未疏於聯絡工作。

他詢問「小鹿」事件的調查進度，同時尋思該跟蕾娜她們透露多少，另一方面他是因為身為隨從服侍主人已久，才看得出來主人臉上的淡淡倦色而惦念著。看來西部戰線的戰況依然不樂觀。主人像是真的累了。

『——還有，其中一名少女被發現已自殺身亡。當然不可能有在生前取得同意，不過先技研的反生物武器部門已經以驗屍的名義進行調查了。』

「…………」

那真的是自殺嗎？約納斯心想。

雖說正值冬季，並且已動員警力與首都近郊的駐屯部隊進行搜索，但一具想必是躲避著人群自殺的屍體，有可能維持可供調查的新鮮度被發現嗎？

看來約納斯的內心疑慮被敏銳地感應到了，維蘭似乎露出了一絲苦笑。接著傳來現在已經難得聽到的勸說語氣，若是剛開始侍奉主人的幼年時期姑且不論。

『是「自殺」，約納斯。現在的狀況不允許士兵跨越那條界線……再說，一個年幼的柔弱少女選擇在變成人肉炸彈之前自我了斷，你不該懷疑她的勇敢與決心。』

既是利用細胞功能來合成硝化甘油，屍體喪失功能的細胞便派不上用場。縱然清楚這一點，對於一個未曾接受過軍事訓練或學著以身護主的平凡少女來說，選擇自盡確實是相當可怕的決斷。

約納斯慚愧地闔起眼睛。

冷靜透徹與冷血苛薄理應是兩回事，而對情報慎重詳查的態度，也絕不等於遇事一律抱持負面觀點的猜疑心理。

「屬下失禮了……那麼這樣看來，或許可以比預計得更早讓媒體報導正確資訊了。」

『坦白講，我並不想公開此事就是了。只是也由不得我。』

錯誤資訊或是不負責任的謠言，有時會導致民眾陷入不安或恐慌情緒。尤其是目前戰況一味惡化，聯邦的社會氛圍正在全面性地變得日益險惡。公布正確資訊是可望成為解決之道……問題是這些正確的情報，偏偏正好與流傳的謠言有所雷同，也難怪他會這麼說。

也就是關於新型自走地雷，或是生物武器的那些說法。

「現在想想，或許不該讓媒體報導那則新聞呢。」

『那只是小事罷了。反正就算不報，這類猜測其他人也想得到。我的意思是說，你看，偏偏「又是」共和國搞出的問題。』

意外的回答讓約納斯眨了眨眼。

在知覺同步的另一頭，他的主子罕見地悄然發出了一聲長嘆。

『這下子就有了一個國民可以譴責的明確邪惡對象了……在目前的狀況下，這樣只會徒增更多麻煩。』

電磁加速砲型的砲擊持續不斷，來自邊境屬地的避難民眾一天多過一天，即使是聖耶德爾與周圍的中央屬地，也終於面臨容納能力的問題。

飯店或集合住宅的空房間，在第二次大規模攻勢之後就開始接納難民，幾乎已經全滿。目前政府先把所有能開放的公共設施全數挪用為收容設施，但數量也有限。更遑論每天消耗的糧食或日用品。

賽歐連日被派去建造收容設施，並且辦理糧食分配，一有空檔就得接收來自各處的要求、抱怨或請願，又得四處奔波處理其中一部分的問題，整個人已經搞到體力透支。前線戰鬥人員嚴重不足，以致於不光是預備役，就連後勤人員也有許多人被調走，因此賽歐他們這些留下的後勤單位也極度缺乏人手。

他忽然想喝點甜的，例如焦糖咖啡什麼的，於是搖搖晃晃地來到了基地營站的餐飲部。

然後發現到一件事。

「……奇怪？」

他要去的那家咖啡店，還有兩邊的連鎖速食店，甚至是在餐飲部設櫃的所有店家——雖然只是微幅，但價格全都上漲了。

怎麼回事？賽歐邊想邊先點杯焦糖咖啡再說，漫不經心地喝著的同時，把這件事放在心裡，無意間忽然想到了答案。

「啊，是因為屬地吧。」

伴隨著第二次大規模攻勢的戰線後撤，有部分生產屬地的居民被疏散，而這也就表示他們原本工作的農地、牧場還有工廠失去了生產能力。

造成的影響經過兩個月，以物資不足與物價上漲的形式顯現在聖耶德爾及其周遭地帶。收成結束的農產品目前還好，但乳製品、肉品或日用品就有問題了。

看著新聞提到政府正在研討部分生活必需品改採配給制的必要性，蕾娜喝了口阿涅塔替她泡的合成紅茶。

這類嗜好品的製造廠想必會首當其衝改為生產培養肉或合成澱粉，因此今後必定不是價格飛漲就是重視生產性而犧牲品質。如同在共和國也是除了首都貝爾特艾德埃卡利特的百貨公司等極少數商店之外，據說其他地方的合成紅茶與合成咖啡都令人難以下嚥。

「該不會再過一陣子，之前那種塑膠炸藥就會變成主食了吧……」

看來阿涅塔也想到了同一件事。她一臉戰慄地小聲脫口而出，聽得蕾娜不禁微微苦笑。第一次大規模攻勢的那兩個月，她們吃第八十六區的合成糧食已經吃怕了。就是那種連稱之為食物都不配，味道令人懷疑人生的白色黏土狀物質。

蕾娜這輩子再也不願意碰那個東西了，而阿涅塔想必亦有同感，不過……

「聯邦國土比共和國廣大很多，資源也更豐富，再說共和國至少牆內地區沒那麼慘，所以應該不至於吧。」

「或許是這樣沒錯，可是聯邦國土更大，就表示人口也多出更多呀。從生產屬地不斷有居民避難，農地與工廠也一處處被棄置，所以生產能力也在下降，物資不足的情況今後只會繼續惡化下去，最壞的情況還是有可能發生的。」

蕾娜思考了幾秒鐘。她說得對。

然後她也開始害怕了。

竟然又要……再拿那個當主食？

逃離電磁加速砲型的自主避難，對交通堵塞的軍方運輸網造成了進一步的負面影響。這些難民集團並未受到行政管理，也沒人指示他們移動的路線與目的地。有時也會進入不該經過的場所。難民頻頻堵塞住軍方的運輸道路與列車鐵軌，或是聚集到供應站索取支援物資，妨礙了物資的送出與到達。本來就已經在苦撐的後勤單位不得不另派人手負責誘導或警衛工作，最後終於到達了極限。

結果使得妮雅姆・米亞羅納中校隸屬的北方第二方面軍與其他戰線，全都開始出現明顯的補給延遲狀況。

要求的彈藥、燃料、醫藥品與補充的士兵都沒到。這樣一來提出申請的單位也會把延遲時間算進去而申請得更多，進而加重了後勤的負擔。戰力與物資不足，導致原本守得住的據點因此失守，原本救得活的傷患不治身亡。「軍團」壓迫戰線已經造成士兵日夜傷亡，這種現象又助長了傷亡人數的增加。前線要求增派更多兵員，後勤的負擔與疲勞也與日俱增。

然而現在的戰況，卻是補充兵一上戰場就開始喪命，導致前線永遠兵力不足。

「真教人頭痛。這該怎麼辦呢？」

米亞羅納中校忍不住要嘆氣。物資與戰力的不足都令她煩惱。

唯一值得慶幸的是，最起碼糧食供應尚且保持順暢。在聯邦國內，高品質的糧食會優先供應給軍隊。這是因為三餐的品質會直接影響到士氣。所以令後方城市煩惱不已的商品不足與品質低落問題，目前都還不關前線的事。

再過不久，甜食或菸酒等嗜好品，在後方就要變成奢侈享受了吧。

操縱她的座機的青年駕駛員（Operator），在一旁語氣正經八百地說：

「也許有一天，『只要從軍就能填飽肚子』這句在我們聯邦軍會變成很有效果的廣告詞呢，小姐。」

「你這是在講哪個年代的事啊？」

這句極不得體的黑色幽默令她不禁苦笑。竟然搞到讓沒飯吃的失業人口加入軍伍，這在光榮顯赫的「帝國」歷史上可是從來沒有的事。

察覺到說笑的氛圍，這次換副官同樣以戲謔的口吻說：

「不如乾脆把難民獵捕起來，當成補充兵如何？這樣既能一舉消解兵力不足問題與運輸負擔，又能解決後方的糧食短缺。」

米亞羅納中校加深了苦笑。雖然她知道副官只是想幽默一下。

「別胡說了，西斯諾。」

「小鹿」們看來幾乎皆已抵達人煙稀少之處，成功隱藏行蹤了。

某段時期連日發生的自爆事件，這幾天忽然變得一點新聞也沒有。想來應該也不是發生了卻沒報導，事件很可能是真的平息了。

「照尤德聽到的說法是，大家都是抱定了這種打算離家出走的……所以，或許還算值得慶幸？」

「小鹿」少女們跟辛或者其他處理終端都不認識，但彼此都是八六。看來大家多多少少都有在關心此事，談話室或餐廳的電視變得常常轉到新聞節目，但是看到現在變得都在報導各戰線的苦戰與避難的混亂狀況，可蕾娜輕聲低喃。

安琪這陣子總是很快吃完自己那份餐點，便端著另一人的托盤離開餐廳，所以人不在這裡。

萊登一邊把聯邦最常見的早餐——培根燉豆送進嘴裡，一邊回話：

「應該也不是沒有人想到對共和國復仇，但畢竟避難地點沒公開嘛。這樣的話，大概也沒人想要波及無辜吧，如果她們願意這麼做的話，最起碼算是個安慰。」

「對呀，最起碼。」

「……可是，既然這樣……」

聽到辛輕聲自言自語，萊登與可蕾娜都只是瞄了他一眼，沒再追問什麼；但辛就連他們的反應都沒察覺。

「小鹿」們似乎都已經躲藏起來，自爆事件從新聞中消失，葛蕾蒂也說書面調查有在進行。

可是……

無論發生什麼事，就算是本來應該陪在身邊的人不在了，食慾也不會因此而有所減損。就連自己這具以維持戰鬥所需體力為最優先的身體，以及自身作為戰士的習性都讓辛氣憤不已，緊緊握住叉子。一度勉強壓在心底的煩躁，眼看事情如此沒有進展，也不免重回心頭。

「那為什麼蕾娜還沒回來？」

就尤德從「小鹿」她們那裡聽到的說法是，她們就像地雷一樣，被設定了自爆處置用的定時裝置。

「之前克羅少尉作證說那些逃跑的女生期限就在這個十二月，這個說法似乎得到證實了。」

研究班長與葛蕾蒂在她的辦公室，分享從查抄資料確認到的「小鹿」追加調查結果。這些資訊誠然不適合直接告知八六們。

「基於這一點，雖然這麼說很殘忍，不過她們終究只是實驗階段的受試者，『還』不是兵器。他們沒進行洗腦或賦予條件就把普通女孩直接拿來用，所以那些女孩當然也會想避免傷及無辜了。我猜也許不會再發生下一場事件，這事會在不知不覺間被大眾淡忘，等到進入新的一年再低調公布事實真相，發布安全宣言就行了吧。」

只要少女們趁著這個月，全數躲藏起來自己炸死的話。

葛蕾蒂輕嘆一口氣。儘管就像他所說的，這麼說很殘忍。

「也就是說，事情應該會就這樣慢慢淡化吧。正好被電磁加速砲型的相關報導蓋過，或許也能說是一種幸運？」

只要少女們最起碼不會因此被冠上惡名的話。

「……話又說回來，等事情自然淡化是應該的，但真希望他們能早點把米利傑上校與潘洛斯少校還回來呢。況且關於米利傑上校，諾贊上尉可能已經快要發火了。」

葛蕾蒂也知道蕾娜與阿涅塔目前正受到維蘭的庇護，而且既然說是庇護，兩人必定待在安全的地方，並受到良好的待遇……不過其實葛蕾蒂還沒告訴辛，維蘭就是那個提供庇護的人。因為辛目前已經處於極力按捺脾氣的狀態，要是得知此事的話必定會大發雷霆。

「其實呢，我也不是不能理解妳最討厭的那個斬人老兄的判斷啦。」

研究班長啜飲著添加咖啡因，而且濃到真的活像泥水的替代咖啡說道。他出身於「女武神」的開發公司——也就是葛蕾蒂老家企業的另一名經營者的家族，與葛蕾蒂從小就認識，彼此之間多少有點難解之緣。

「妳應該也不例外吧，葛蕾蒂。失勢的君王注定受絞刑，落敗的英雄注定被處死啊……雖說英雄就算打了勝仗，有時還是會被處死就是。總而言之……」

「……我明白。」

葛蕾蒂目光稍微低垂。維蘭與軍方高層就是在提防「那件事」，才會決定保護那兩人。

「視情況發展而定，她們……特別是米利傑上校會落於危險處境。不但有可能無端受累……更有可能連帶發展出更糟的狀況。」

大概是第二次大規模攻勢後都去避難了吧，宛如藏在森林裡一處被放棄的小聚落，就是尤德他們今天的落腳處了。

少女們的側臉顯然抵擋不了在床上睡個好覺的誘惑，因此尤德在此處駐足，選好一戶民宅後撬開打上釘子的家門。所幸聚落位於偏離公路的森林裡，而且小到連做中隊的宿營都不夠，不太可能被發現。替冬季較早來臨的日暮時分做準備，他用布把嵌著木板而非玻璃的窗戶遮起來，點亮被丟下的燈具。看來這個聚落還沒有接電線。

千鳥她們興味盎然並顯然鬆了一口氣，環顧陌生的聯邦西部邊境的民宅。

「原來聯邦鄉下的住家長這樣啊。」

「跟首都很不一樣呢。跟共和國也不一樣。」

擅闖他人住家似乎讓她們有點內疚，但已經好久沒有接觸到桌子椅子，還有木頭蓋的地板、牆壁與屋頂了。用來炊煮的燒柴火爐似乎還能用，卡瑞妮立刻把它點燃起來。

看著少女們先是仍然有點生疏地生火，然後拿出鍋子與罐頭開始準備晚餐，無意間尤德陷入沉思。

結果，達斯汀還是沒能過來。

按照預定行程的話，他應該會在費沙這裡前面一點的地方跟大家會合，所以大概不是話沒帶到就是耽擱了吧。如同聯邦軍對「小鹿」也太慢展開行動一樣。

而屬地費沙位於戰場腹地，之後進入的戰鬥屬地尼法．諾法則完全在戰場範圍內，更是不可能會合。就算達斯汀本人失去冷靜想趕來，身邊應該也會有人阻止他。

……只可惜沒能讓他們見面，否則會更好。

無論是對達斯汀……或是如此期望的千鳥來說都是。

千鳥並不知道尤德在想這些事，開開心心地等鍋子裡的水燒開。圍繞身邊的琪琪、伊梅諾與汐陽也是。

「感覺有點像童話故事裡的住家耶。好像會住著等人來探望的老奶奶。」

「真的！不然就是勤勞的小矮人，或是小山羊兄弟。」

「搞不好會有驢子背上騎著雞，在外面鳴叫喔。」

大家不約而同地望向木窗，正好外頭有某種野獸或動物發出了叫聲。

「……會是驢子嗎？」

「不知道……」

尤德心想幸好不是野狼，況且離窗外也滿遠的，但他也不知道那是什麼動物。還有，什麼是背上騎著雞的驢子？

把色澤偏紅的頭髮剪得參差不齊，一行人當中性情最活潑的阿思哈說道：

「啊，不過，我曾祖母以前就是住在像這樣的家裡喔！我曾祖母說她小時候村子裡還沒拉電線，煮飯都要燒柴！」

「是這樣喔？」

「像我家也是鄉下地方。我小的時候啊，要去鄰村還得走上一整天哩。」

阿思哈露出懷鄉的笑容瞇起眼睛……緬懷包括尤德在內，身在戰場的八六幾乎都早已遺忘的故鄉。

緬懷對尤德來說早已連零星片段也無法憶起，也不覺得懷念的故鄉。

無意間，尤德的問句衝口而出：

「……那是什麼樣的地方？」

他自己反而很驚訝，竟然會問這種問題。

自己竟然……會想問問看這種問題。

也不知道為什麼，他無法回望少女們投來視線的多彩眼眸——千鳥那淡紫色的雙眸，只好把眼睛轉向燈火，接著又問道：

「妳們以前生活過的……妳們想回去的故鄉，是什麼樣的城鎮？」

由於身為總隊長的辛與他的副長萊登，還有可蕾娜與安琪，是最早被聯邦收留的一群，被視為八六的帶頭人物，所以有很多事要忙。包括機甲群的營運，以及似乎正在祕密進行中的下次作戰相關事宜。

即使同為先鋒戰隊的隊長級人員，托爾再加個克勞德也無法完全為其代勞，所以最起碼他們四人無法撥空處理的雜事，兩人想幫他們處理掉。

例如照顧在處理終端當中，還是只能說實力墊底的達斯汀。

托爾來到躲在屋裡足不出戶的達斯汀房間門口，說道：

「達斯汀，飯還是要吃啦。還有，最起碼吃飯時間出來外面吃啦。」

在狹小得活像走道空間的房間裡，坐在床上的達斯汀頭低低地不肯抬起來。

「我沒胃口……」

「吃不下也得吃。不管是那種爛斃了的合成糧食還是剛才有人在眼前被炸飛，你都得吃。否則發生事情時會沒有體力行動。」

在第八十六區，事情就是這樣運作的。不管身體再不舒服或是死了多少人，那些臭鐵罐一樣會毫不客氣地打過來，所以無論身處於何種狀況都得填飽肚子，以備隨時可以應戰。

這個原則在這聯邦的戰場上當然也一樣適用，而達斯汀是處理終端。跟托爾他們一樣都是處理終端。他必須學會這麼做，所以托爾非得把達斯汀帶離房間不可。

「如果你不想要有人出聲關心你，我就帶克勞德過來，讓他走在你前面擺臭臉。所以好啦，我們去吃飯吧。」

「……你不也在為我擔心嗎？」

托爾用鼻子哼了一聲。

「我是作為小隊長，擔心先鋒戰隊少掉一個戰力。你這笨蛋少跟我撒嬌了。」

別再依賴雖然同為處理終端，但並沒有要跟他做好朋友的托爾，或是看到達斯汀關在房裡一連好幾天，身在戰場還敢耍任性為些有的沒的事情懊惱，卻每天默默把三餐用托盤送到房門口的「某某人」了。

達斯汀這才終於望向他，無力地苦笑著。

「說得對……那既然都撒嬌了，我講這些你聽聽就算了，好嗎？」

這些話不能對安琪說。

他擔心可蕾娜或芙蕾德利嘉會去告訴她，所以不想跟她們講這些；辛、萊登或維克則是無暇抽空。馬塞爾的話，一定沒辦法像托爾這樣聽聽就算了吧。這麼無聊的廢話。

托爾聳聳肩轉身就走。他既沒說「你說我就聽」，也沒說「跟我來」，冷淡的態度反而讓達斯汀心情比較輕鬆，斷斷續續地接著說道：

「……她是個既溫柔又漂亮的女生，那時我覺得她就像公主一樣。」

托爾走在前面，頭也不回。

「那個叫千鳥的女生？」

「嗯。」

宛如達斯汀以前很喜歡的英雄故事裡登場的公主殿下，宛如年幼的他崇拜的騎士發誓效忠的那位公主。

「那時我覺得——她就像是我該守護的公主。」

可是……

——達斯汀，你今天晚上，絕對不可以看外面。

母親的那句話還有她那鐵青的纖細面容，讓達斯汀心生些許懷疑，卻乖乖聽話，當天晚上連窗簾也沒拉開就上床睡覺了。

他到現在依然記得。隔天早上，街上異常安靜。

每天早上他過去迎接時一定會走出來的隔壁鄰居千鳥，還有她的雙親都不見了。路上與店家都沒有半個人影，讓他驚疑不安地趕往了學校。他以為學校裡一定會有人在，期盼著至少每天去上學、玩耍，跟班上同學或千鳥共度時光的那個場所，能維持與昨天不變的樣貌，幾乎是懷著祈求的心情在無人的街上奔跑。

結果學校……學校也是一個人也沒有。

那時他才第一次專心盯著以往從沒注意過的電視新聞……新聞裡講的事情全都很奇怪。說什麼有色人種是敵人。千鳥他們是敵人。這根本是不可能的事，可是新聞講得好像它是無可撼動的事實。

達斯汀感到難以接受，但大發謬論的電視節目與周遭旁人卻與他恰恰相反，一天比一天變得更不對勁。那些有色物種根本就不是人類，是進化失敗的劣等種。是有著人類外形的豬。是活該跟「軍團」廝殺的無人機零件。可是千鳥他們明明就是人類。

當時的達斯汀，還不知道該講什麼來糾正這一切——面對日漸錯亂的世界，他只能茫然自失，無力挽救。

自以為是童話故事中的騎士，結果發生變故時卻幫不上忙。

所以……

「這一次——我無論如何都想救她。」

因為這麼做……

才是為了替共和國將功折罪，而志願加入機動打擊群的自己——真正該做的贖罪行為。

被共和國從各地趕進第八十六區的數百萬人，倖存下來的就成了八六。他們即使是同一戰隊又同為處理終端，出身地也截然不同；同理，千鳥她們「小鹿」也各自有著不同的出身背景。

琪琪說，她出生於一座尖塔林立的古老城市。汐陽來自能夠就近瞭望盟約同盟山地的村莊，卡瑞妮在南方的副首都朱斯提提亞長大，伊梅諾描述了金色麥浪的輝煌，阿思哈把照顧羊群的每日生活講得樂趣無窮。大家都有各自的家人與朋友。

最後輪到了千鳥，先說起她遷居的美麗簇新城市，最後講到了一起長大的青梅竹馬。

那個像童話故事中的王子一樣，溫柔又可靠的鄰家男孩。

揮揮手說明天見，結果就此別離的最好的朋友。

「……我怕他會擔心，所以本來想跟他見個面。」

帶著在追憶中淡淡微笑的眼神，千鳥低垂著眼眸結束敘述。

——他們當中該不會正好有一個男生，叫達斯汀．葉格吧？

達斯汀是白系種，但也是帝國出身，因此千鳥一直很擔心他會不會也被送進了收容所。後來湊巧聽到研究員提起革命祭當中的事件與名字，千鳥才知道他還活著並且住在牆內，這卻讓她更加擔心了。

大規模攻勢爆發在即，當她得知在那場最後的革命祭，作為首席畢業生進行演講的男學生的名字……

——這種狀況要持續到什麼時候！

他對著全體共和國民眾，說出了那樣的話。如果他那麼說是為了我……

如果是因為他覺得自己拋下了我，沒能保護我，才會公然反對共和國的作法……

「我擔心那對他會變成一種詛咒，所以本來想跟他見個面……但事到如今就算見到面，可能也會變成另一種詛咒——所以沒見到面或許還比較好。」

只要知道他平安無事……

只要知道他活過了大規模攻勢與上次那場大型攻勢，就足夠了。

「或許……這樣比較好。」

「…………」

尤德對此抱持懷疑。

至少他覺得……如果是他的話……

與其連詛咒都得不到，還不如……

伊梅諾身體往前傾，說道：

「最後一個嘍……尤德，你的故鄉是什麼樣的地方啊？」

「幾乎都不記得了。那段時期沒那個心思。」

「啊……」伊梅諾當場住口，但尤德接著說了下去。拾起些微殘存，難以稱之為回憶的風景片段。

「我想，祖先應該是離共和國相當遙遠的地區。現在回想起來，那裡在各種習慣上都跟其他城市有所差別。雖然也沒有因此而被排擠……」

例如說給他聽的童話故事，例如紅茶的沖泡方式。他已經難以憶起母親與親戚們的容顏，不知為何卻只記得那濃郁的甜香。

他不斷地割捨那一切，活了下來。

雖說第八十六區的戰場一年存活率僅有〇·一％，但代號者比較「長命」，也有不少代號者多年共同奮戰。例如辛他們先鋒戰隊五人，例如西汀她們布里希嘉曼戰隊，例如克勞德與托爾。

但尤德是真的就他孤身一人。

沒有最後那個戰隊的同袍，也沒有在那之前隸屬的戰隊認識的熟面孔。他是真的連一個戰友也沒有——就這麼隻身加入了機動打擊群。

「大概只是運氣不好吧。代號者——存活下來的老兵本來就很容易被調往激戰區，而大家可能都沒強悍到能同時保護別人吧。我與周遭的其他人都是。」

然後他就這樣弱小地……保護不了任何人，也沒試著去保護，這樣獨自活了下來。

因為從未試著保護過誰，所以無論誰死了都不會成為傷痛；因為從未試著保護過誰，所以每個人只讓他留下記憶，卻未成為回憶。

這份扭曲與寂寥——他早有自覺，卻不曾試著改變。

——可能會變成另一種詛咒，所以沒見到面或許比較好。

這種想法……

是對的嗎？

沒留下舊傷，也沒有任何可供緬懷的回憶。與其這樣活下去，我……

「我寧可他們其中哪個人……對我施加詛咒。」

萊登原本以為待在聖耶德爾基地的賽歐，也許會在偶然間聽到蕾娜的去向，然而隔著知覺同步送來的回答只有失落。

「連阿涅塔都被帶走了啊……」

『至少她們兩個，都不在我這個基地裡喔。我猜應該是在國軍本部，但我找不到藉口過去又沒認識熟人，所以沒辦法確認……蕾娜或阿涅塔都沒有跟你們聯絡嗎？』

「沒有……搞得辛那傢伙像吃了炸藥似的，老實說我快被他煩死了。」

幸好他在隊員面前還懂得稍微自我克制，不過面對推心置腹的萊登就連裝都懶得裝了。

不只是在掛念達斯汀而心煩意亂的安琪面前，遇到可蕾娜他也還會勉強克制一下，大概是保有最後一點自尊心吧。雖然可蕾娜根本就感覺到了，很為他擔心。

賽歐笑了起來，好像真的覺得很搞笑。

『什麼，所以他變得像一條鬧脾氣的狗嗎？還真想看看辛現在是什麼樣子耶。』

不愧是長年以來的老朋友了，猜得真夠準確。

『不過我懂他的心情。我也是親眼看著阿涅塔被他們帶走，總是會擔心嘛。現在想起來都還很火大。』

「怎麼？你們已經變這麼要好啦？」

『才沒有好嗎？你們大家是怎樣啊。』

看來賽歐跟現在這個基地的同僚處得不錯。而且人家都已經看出來了。

賽歐似乎嘔氣地呼了一口氣，然後忽地壓低音量說：

『……不過，雖然想了就生氣，但那樣做或許是對的。我是最近才有這種感受。』

「嗯？」

『你們那邊的隔壁城鎮已經避難完了，所以一定沒這個煩惱吧。我們這邊……聖耶德爾不管是基地還是城裡，氣氛都已經糟到不行了。』

賽歐這麼說的時候，又看到走廊另一頭有幾個人指著他不知在議論什麼，他瞇起一眼。是因為把他看作共和國人阿涅塔的朋友，還是因為是八六而把他當成「竊聽器」，他才懶得去理會。

起先在第一次大規模攻勢結束後，立刻興起一陣批評政府的言論，接著當「竊聽器」事件曝光後，對共和國人與白系種顯出敵意，然後現在又多了這一件。

「關於戰死人數與難民的增加，大家都在吵是誰不好或是誰做得不對，好像在互推責任似的，真的煩死了。機動打擊群也有被說喔，說什麼趕快去把電磁加速砲型打倒就沒事了，不曉得在拖什麼。我很想告訴他們那就再追加十個辛，還有可蕾娜、安琪或是萊登，總之先把每個處理終端都各自複製十個送過來再說。還有蕾娜、王子殿下與葛蕾蒂上校也要。」

『賽歐，冷靜點。尤其是維克那傢伙，再多來十個的話根本噩夢一場。』

「如果再追加神父大人與征海艦隊的話就完美了吧……總之因為這樣，我也覺得身為共和國人的阿涅塔好像是真的不適合留在基地。現在大家這樣殺氣騰騰的，她要是留下來一定會被拿來出氣。」

萊登壓低嗓門問：

『……電磁加速砲型的砲擊，有這麼不妙嗎？』

「砲擊本身好像是還好。只是，除了先前就有難民，現在又有自主避難的民眾逃過來。主要是大家對那些人有所不滿與反感。」

『嗯？為什麼會是「對避難民眾」有反感？』

如果是「難民有所不滿」，那他還能理解；萊登的這種疑問聽得賽歐直嘆氣。那是當然的了。

賽歐在事情實際發生之前，也完全沒想到會變成這樣。

「因為他們跟原本的居民之間，簡直是衝突不斷……！又是語言不通又是看不懂警告標語的，就算先不講這些好了，商店也總是人滿為患，公園還有圖書館全都被改成住宿設施而不再開放使用，所以有人就嫌他們礙事，叫他們滾蛋。更離譜的甚至血口噴人，說什麼邊境語很難聽或是邊境人一副寒酸樣看了就討厭。那些來避難的人聽了當然不會默不作聲，大小糾紛就更是沒完沒了。」

如果衝突與糾紛沒完沒了，當然不免會有人受傷。豈只是動手打人的市民與難民，不巧路過的無辜民眾也要遭殃。

就算沒有這些問題，站在首都居民的立場，仍然覺得是難民搞破壞，害得他們失去生活的安定。

「有些人認為家人的生活因此受到威脅，就連基地也開始有很多人把難民——乾脆說屬地或邊境的所有居民好了，都當成了罪犯或有害動物。有的軍人甚至說想親自出動把農奴與異民族全都趕回邊境，好像這是理所當然似的。老實說，真的很可怕。」

就好像聯邦，還有世界……

都正在以無可挽回的方式——逐漸變質。

居民雜亂無序的避難方式，導致軍方運輸網路的混亂與前線的戰力低落。國內生產能力降低，再加上避難地點首都領地、中央屬地的居民與難民之間的嫌隙日益浮上檯面。

「……這才是敵軍的目的吧。」

眼看電磁加速砲型的砲擊形成契機引發種種難題，亞特萊苦澀地呻吟。

「鬥神孔雀」的登場，使得電磁加速砲型變得難以達成它原本的開發目的——亦即對要塞與陣地的集中攻擊。照理來講列車砲如今應已淪為占據空間的昂貴擺飾，想不到卻在這時轉用到惱人的攻擊手段上。

「還真是使出了一種惡毒的招數啊。這麼準確地擊中帝國的弱點。」

聯邦——其前身齊亞德帝國是個多民族國家。與生俱來的色彩自不待言，每個族群都有他們各自的文化與語言。

而帝國統治階層除了百姓的這些差異，還更進一步塑造出無數的隔閡。

不只是臣民與戰鬥屬地兵的差別，都市居民與農奴、中央與邊境、征服者與被征服者——帝國人民長久以來，一直被分裂成無數的小團體。以免民眾團結起來推翻貴族的統治。

帝國變成聯邦之後藏在國民名牌底下的——僅僅只是掩蓋起來的這些分裂，如今正逐漸重新浮上表面。

首都居民對於既跟不上時代又目不識丁的邊境民族，充滿嫌惡與鄙視。相較於故鄉屬地的質樸生活，首都領地獨享宛如不同世界的便利、優渥的生活水準，招來了憤慨與猜疑。儘管應該只是巧合，隨著戰線後撤而來的物資短缺——出於超級大國的優勢而至今得以維持的首都領地的富足生活忽然沒了，正好跟難民流入當地的時機不謀而合，也造成了負面觀感。人們在發生壞事時總是硬要找出原因，並且樂於接受單純好懂的因果關係，會對哪些事情聯想到何種關聯性，是再明白不過的事。

……關於同樣也正巧在這個時間點曝光的「小鹿」事件，所幸似乎會以她們的全員死亡作結，軍方高層應該也打算暫不公開，靜待事情淡化。

但亞特萊依然煩躁地嘆氣。

對瑟琳進行的審問……

皇室派領導階級的哪些人變成了「牧羊人」已經確認完畢。意外的是宰相與直屬其下的眾將軍似乎都未被「軍團」吸收。再加上據說不只一架的總指揮官機當中也不包含皇室派，他們只存在於包括指揮據點在內的戰區級指揮官機。因此這波砲擊，最起碼可以說並非皇室派眾將官的所作所為。

另一方面來說，這也不像是一般民眾……尤其是在「牧羊人」當中占了多數的八六少年兵的風格。

他們只懂得一個機甲中隊程度的部隊運用方式，軍團或方面軍規模的後勤之繁雜瑣碎恐怕非他們所能想像，甚至可能根本不具備後方供應線的概念，遑論理解懷藏龐大人口與無數雜質的「社會」具有何種弱點。

如果對方知悉這一切，甚而還能像這樣擊中要害的話……

「我是認為此人必定是軍人，而且是鄰近國家的高級指揮官……」

戰爭爆發初期亞特萊還是個孩子，自己國內或許還知道一點，但與外國軍人幾乎素不相識的他，不太可能會認識此人。

矓起的黑瞳反射全像式螢幕的藍光，如野獸般發亮。

「……這傢伙，究竟是誰？」

「軍團」顯然是專挑補充士兵、過去遭受帝國征服的少數民族，或是白系種較多的陣地集中攻擊。

代替這些每次被敵軍突破就脆弱地潰逃的士兵，老兵部隊就得負責收復陣地了。這種狀況一再上演，老兵們一再為了補充兵、異民族或白系種付出不小的犧牲，不滿情緒便漸漸高過同情。

這群沒用的補充兵。被征服的民族，終究就是外人。都怪共和國那些人渣被前八六變成的「軍團」報復追殺，害我們聯邦也跟著倒楣。

總是我們在受累。

「軍團」專挑補充士兵、少數民族或是白系種較多的陣地集中攻擊，因此補充兵、少數民族與白系種經常有大量人員傷亡。他們一再遭受集中攻擊，死傷慘重之後，又一再上演相同情況。

老兵、聯邦人與其他色彩的民族陣地，卻沒有這種現象。由於暴露在猛攻之下戰死的永遠是自己跟同袍，漸漸地新兵們除了恨透「軍團」，也開始對聯邦軍的老兵們懷恨在心。

看來我們是被派到被當成誘餌、容易戰死的地點了。那些老兵自己不想死，所以拿我們當替死鬼。征服了我們又把我們當成二等公民，侮辱我們白系種懶惰懦弱。

所有壞事全推給我們。

伯母已經很久不讓妮娜一個人出門了。

即使一起出門也會用大衣與自己的身體擋住妮娜，而且絕不靠近有任何人大聲說話的地方——有人情緒激動的地方。

儘管伯母極力護著她，妮娜還是明白原因了。

「……白毛頭（Weißhaarig）。」

前往常去的市場途中，今天又有人於擦身而過之際口出惡言，帶有尖銳敵意的語氣讓妮娜縮起身子。那是自帝國時代便存在的老舊俚語，是一種對白系種銀髮的揶揄與侮辱。

如今在學校，她也常常會被不認識的同年級學生或學長姊用同一句話辱罵。老師以往會不准學生罵髒話，現在卻坐視不管。豈止如此，甚至曾經有個心情惡劣的教師也這樣叫過她。說她是膽小不會打仗的白毛頭公主。

明明她那從軍捐軀的哥哥，才不是什麼膽小鬼。

看起來像是屬地出身的難民群眾幾乎占據了街上整條人行步道，揮舞著拳頭在爭辯些什麼。他們個頭矮小但看起來身材健壯，曬得發黑的肌膚滿是皺紋。看在妮娜眼裡，簡陋樸素的服裝似乎相當過時。

他們高聲說話，想吸引嫌他們擋路或找麻煩，只瞥一眼就逕自走過的市民們回頭。他們似乎是緊鄰南部第二戰線後方的邊境屬地居民。戰線腹地建造中的預備陣地剷平了他們的故鄉城鎮與田園，引起了這些不滿與反對。

「軍方不要再後退不就得了！他們沒那膽量保護民眾，盡是些孬種！」

「那是我們的故鄉，我們的田地！能任由別人這樣欺凌嗎！」

結果從人潮當中，投來了一個回應的聲音。

帶著取笑的語氣。

「那也得怪你們這些禽獸守不住陣地吧。你們是自作自受。」

難民們頓時變了臉色。

這種反應又引來了其他得寸進尺的聲音。混入人潮，躲在群眾背後，卻儼如代表群眾發聲似的理直氣壯。

對，你們是自作自受。都怪你們沒能守住國境。自己沒用，還敢擺出被害者的嘴臉。真要說的話，現在就連首都附近都在遭受砲擊了，誰還管你什麼田地啊。

反正都是已經不要了的土地嘛。

難民們勃然大怒。

「你說誰是禽獸？別把我們跟那群畜生混為一談！」

「還有，什麼叫做已經不要了的土地？……你們侵略別人的家園，奪走我們祖先傳下來的名字、收成與土地所有權，還敢說什麼不要了的土地！可惡的侵略者！」

有人不耐煩地對此表示唾棄。都幾百年前的事了還在翻舊帳。

另一個人清清楚楚地嗤笑了。說得對，還不快對帝國大爺下跪？你們這些戰敗的蠻族狗。

「……我們走，妮娜。」

伯母語氣僵硬地催促，她們一轉身，就聽到背後爆發了一陣叫囂。

如今首都，已經不管何時何地都充斥著這種聲浪了。

這項事實比起爭吵的聲音更令妮娜害怕，抓住伯母做家事變得粗糙的枯瘦手掌。

「小鹿」相關偵訊已經結束，但普呂貝爾等人依然被扣留在聖耶德爾的看守所。

普呂貝爾推測必定是扣押的研究資料，或「小鹿」的活體相關調查有所進展。這麼做是為了當調查結果出現其他需要確認的事項時，省得人員再跑一趟，也可預防他們逃走。

她在受到監禁的房間裡，狠狠握緊了拳頭。

這個房間裡雖然沒有電視與收音機，但從每天送飯過來的警官神色或走廊上隱約傳來的對話，就能推想出外界現在的氛圍。不僅是對他們白系種的惡意，聯邦人之間對彼此的隔閡與怨憤也在日益升高。為了尋求這份怨憤的發洩對象，每個人都在你我之間尋找獵物。

在這種狀況下……

「萬一連『小鹿』都被當成共和國的責任──被指名譴責的話……」

──身體很不舒服。

在聖耶德爾的市中心，百貨公司門口的聖誕祭市集。少女坐在位於最熱鬧的一隅，圍著經過裝飾的高大樅樹的磚頭花壇上，出神地望著行經眼前的璀璨光輝。看著即使現在是白天依然耀眼的燈飾與反射燈光的星星裝飾、玻璃吊飾與人們的笑容。

逃離新家之後躲藏至今的聖耶德爾，比起她一年前被帶來這裡的時候，如今整個城市的氣氛變得尖酸刻薄到令人無法置信。

即使是一年前和平如人間天堂，看起來像座友善城市的聖耶德爾，剝掉外皮之後，終究也跟第八十六區的那間研究所沒有兩樣。

然而這個聖誕祭市集是這般的閃亮晶燦，人群看起來是如此地幸福。

對於要將大家捲進來，她也不是全無良心苛責，但是……

「……沒辦法啊，因為我已經動不了了。」

她身體不適，視野像是不停地搖晃打轉，思維如陷入迷霧般無法正常思考，所以她已經動不了了。

因為被放進腹部、胸部深處的「炸藥生成細胞」已經甦醒過來，將她改造成了炸彈，所以她實在是動不了了。

所以……

所以她要在這裡，在這舉行慶典，人潮熱鬧擁擠，大家都顯得興高采烈的地方……即使一定有很多親子、朋友與情侶在這裡度過幸福時光……

「怪不得我，對吧。」

這麼做一定……自己在這裡做出的事情，一定能對共和國收到極大的報復之效。

她把蒐購囤積的整包螺絲釘用力抱緊在連大衣都沒穿的胸前，站起來往前走——收養她的新姊姊帶她在街上逛了一整天，挑選了一件最適合她，幫她買下的大衣，她實在捨不得，在來到這裡的路上就脫掉丟下了。

在這種大冷天卻連大衣都沒穿的異常模樣與蹣跚的腳步，引起了他人注目。有人指著她往後倒退，也許是因為在重複報導的重要人證照片看到過她。

儘管現在才發現，已經太遲了。

「對不起。」

趁著最後這段時間，至少我們可以前去無人的場所，在時刻來臨之前回到我們的故鄉；同伴如此呼籲過，但她沒有接受。甚至沒有聯絡回覆。

就連待在那間地獄般的研究所，仍然沒有失去笑容的琪琪；堅強可靠，就像個大姊姊的卡瑞妮；個性溫柔……簡直就像童話故事中的公主一樣，美麗溫柔的千鳥。

她恨透了她們。

因為她們即使身處那間地獄般的研究所，仍然沒有失去笑容，仍然像是大家的大姊姊一樣，仍然溫柔待人，所以她恨透了她們。她們大可以去憎惡、怨恨那些人，卻不這麼做，所以她恨透了她們。最恨的就是她們那種想都沒想過要報仇的，清白廉潔的秉性。

因為她恨透了她們，所以……

就連這份清白廉潔，都會被自己的復仇毀於一旦，所以……

「只能跟妳們，說聲對不起了。」

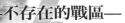

第三章　如何回答

在聖耶德爾發生的「小鹿」自爆，造成了至今最嚴重的死亡人數。

同時，這次自爆也是首度有「小鹿」抱持明確的惡意發動。

在群眾聚集的聖誕祭市集正中央，不躲著人也沒有一聲警告，而且該名少女還抱著大量的螺絲釘。蓄意抱著提高殺傷力的金屬片走進人群，選在最起碼算是僅有的幸福空間的聖誕祭市集，進行了自爆。

而更不湊巧的是，就在這場慘劇發生的不久之前──「小鹿」的真實身分已向大眾公開了。讓民眾得知她們是共和國……又是共和國機密開發的自爆兵器。

是拿八六作為材料製造出的自爆兵器。

而後再次沸騰的「小鹿」相關報導，如今只差沒主張對她們進行獵捕行動了。輿論認為應該迅速將她們全數捕獲，盡早處分完畢。具有人類外形的自爆兵器與真正的人類無從分辨，這還不夠危險嗎？任何可疑對象也應該盡速全數逮捕。催生出她們的泯滅人性的共和國人叛徒，更是不該放過。

從收音機聽到這種新聞節目，一股冰涼的恐懼與莫名的不安讓密爾皺起眉頭。初來乍到的時候，聯邦的新聞內容有這麼咄咄逼人嗎？有像這樣不管哪個節目，都染上了完全一致的敵意與猜忌嗎？

無論是對於「小鹿」，還是密爾等共和國人都是如此。這種論調，與其說是厭惡共和國人，或者是排斥、憎惡他們……

「感覺更像是……覺得我們很可怕……？」

為了讓幕僚與大隊長級人員確認時事，餐廳的電視本來早上就會轉到新聞節目，但現在西汀等人自己也開始在意每天的報導內容了。無論是「小鹿」事件，還是事件的相關輿論。

「感覺真糟耶。」

西汀只是自己在咕噥，但萊登正好就在旁邊，所以回答了她：

「又是似曾相識的狀況。都想找出是誰不好或誰該負責，誰是叛徒或誰在說謊……不然就是找到了叛徒，忙著想辦法對付他們。」

對，就跟小時候看到的「軍團」戰爭初期共和國的新聞一樣。

當然是帝國不好了——當時西汀被輿論牽著鼻子走，單純地這麼想，如今已經離世的妹妹也天真無邪地當應聲蟲。

被藏匿在共和國內的萊登，或許還有看到後續報導。目睹國民與報導彼此互相搧風點火的結果。

滿陽低喃道：

「簡直就像是在尋找敵人……不對，是想要有個可以對付的敵人……不是『軍團』，該怎麼說呢？就是能夠更輕鬆地……」

能夠單方面踐踏的——數量居於劣勢而無力抵抗的「敵人」。

「……原來維蘭大人憂心的，就是此事嗎？」

約納斯走向窗戶想拉開被狄比拉起一半的窗簾，這時他輕聲低語，那雙黑瞳所關注的，似乎是從位於基地深處的宿舍無法看見的外頭狀況。

「……此事？」

蕾娜不解地問，約納斯先是一臉不解，然後意會過來點點頭。

「噢，對了，妳聽不見……是這樣的，有民眾在基地外吵鬧。或許是對國軍本部的訴求，不然就是對行人的政治煽動吧——他們要求『說出真相』，隔離『小鹿』相關人士、共和國人與難民，公開傷殘軍人以及歸國士兵的所在地區。他們說反正這些人都是『感染者』，乾脆全數驅除乾淨有何不可？」

阿涅塔驚愕地抬起頭來。對人類用上驅除這種字眼未免太過偏激，但有另一件事令她吃驚。

「等一下……基地外有人講話，你能聽得這麼清楚？窗戶都沒開耶？」

「德根家在夜黑種當中，就是『這樣的』血統。」

夜黑種的異能，正是優越的戰鬥能力。看來他的家族更是以敏銳的五感見長。

之所以會為維蘭參謀長效力——作為隨從侍奉他那堪稱古老將門的家族，或許正是因為具有此種異能血統，或是為了作為隨從而保有此種血統。

「『炸藥生成細胞』純粹只是性質類似病毒，並不具有感染能力——但國民似乎已經認定『小鹿』指的就是自爆病毒的感染者。基於這點，他們要求政府對於這種自爆病的『感染者』採取處理措施，或者乾脆『讓他們來』處理，這種聲浪正在逐日高漲。」

也就是要求政府盡速找出「感染者」進行隔離，並施以適當處置。

話是這麼說，但不存在的病毒感染者自然無從搜尋或隔離起。軍方與政府都堅持徹底報導正確消息，反而造成國民愈加不滿，指責有關當局坐視自爆病這種顯而易見的威脅，或是事到如今還想掩蓋事實。事態演變之下，如今……

「……已經有幾起自爆事件的『被害者』與他們的家屬、歸國士兵或難民成為了獵捕『小鹿』的對象。他們堅稱自爆病毒來自『軍團』……先前流傳的戰場與其周邊地區已被汙染的謠言，也對整件事造成了影響。」

市民原本就已經對侵害日常生活的難民累積了不滿情緒。尋求發洩管道的不滿情緒一找到好用的排擠藉口就抓著不放，「小鹿」的標籤早已脫離那些「炸藥生成細胞」的受試者少女，擴大到妨礙生活的屬地民，或是連戰連敗的軍方廢物身上。

既然感染來源是戰場，那麼遠離戰場的首都領地一帶——自己這些市民就是「乾淨」的，不會成為排除對象；此一念頭造成這番理論更易於被人們所接受。

約納斯睇起一眼。他那敏銳的聽覺繼續捕捉到蕾娜無法聽見的聯邦國民們的嗟怨之聲，剛才恐怕也是先過濾掉不堪入耳的字眼才轉述給她們。

「這件事讓國民認定屢次做出背叛行為的共和國，是真正的邪惡存在——既然邪惡，就應該被排除……讓他們學會了只要能賦予一個正當理由，就可以理直氣壯地排斥異己。原來大人在憂心的，就是這件事啊。」

至於前線士兵可是全都身在戰場，要說到「感染者」的話，所有人都可疑，就連自己也不例外。他們誰都不想認為自己是被排斥的對象，因此……

「……什麼人類變成自爆兵器，這不合理吧。怎麼可能有一種病會讓人變成炸彈？」

因此所謂的「小鹿」也不可能是這麼回事。不可能是什麼自爆病毒。

「我看應該是新型的自走地雷吧？……因為無從分辨，所以才隱瞞不報吧。」

因為假如體內藏有炸彈的話，用手術或其他方法切除不就得了？是一種病的話，把它治好不就得了？如果原本是人類的話，大可以這樣告訴她們，只要表示願意提供幫助，她們也應該會樂於接受才對。

之所以不這麼做，一定是因為她們其實是新型自走地雷。這不就證明了她們的真面目，其實是手術無從動起也不可能聽從人類命令的敵性兵器嗎？沒錯。

「就像竊聽器那件事，也是瞞著民眾。共和國沒說，八六沒說，那些將官也沒說。」

既然如此，那些終究是貴族出身，躲在安全地帶的大將軍……

「會不會是有什麼事對他們不利——所以『又』在瞞騙我們了？」

「——我們身上的炸彈，如果能用手術或其他方法去除就好了。」

把重新勾上蟲子充當釣餌的克難釣針拋進小溪清流，千鳥一邊說道。

他們避開西方方面軍的各部隊宿營或基地在屬地費沙中前進，而且現在已經離森蒂斯・希崔斯防禦陣地帶很近了。

但這裡是森林裡的一處深峻溪谷。琪琪她們覺得在這裡聲音不會傳出去，就有說有笑地熱中於釣魚，尤德嘟噥過：「聲音是不會傳出去，但可能會把魚嚇跑。」然而很意外地大家都有所收穫。應該說沒釣到的就尤德一個。

尤德似乎已經死心，釣竿懶得握了就插在河岸上，他望著在冬季的葉隙微光下波光粼粼的水面，只對千鳥回以視線，她繼續說下去。

釣竿是她自己做的，也鼓起勇氣翻開石頭捉了蟲子當釣餌，還自己刺在釣針上，讓她為自己感到驕傲。

既然自己能做到這種事……那麼，她也想把這件事告訴他。

關於千鳥她們在那間研究所具體來說受到了何種對待，尤德至今體貼地從不多問，想必是因為他知道大家不願提起，但正因為他是如此貼心，千鳥認為更是不說不行。

說出她們的……自己的懦弱與狡詐。

「就像我一開始跟你說的，『小鹿』被設計成經過預先設定的時間也會自爆，但這項機制沒有完成。」

如同地雷除了會在壓力等條件下引爆，也具備定時自毀的安全裝置。不再是戰場的地點不能長期放置地雷，但要找出無數布置的地雷一個個挖出來也費時費力。正因為這種軍武有時甚至必須分布埋設於自國領土上，出於國內民眾的安全考量，自爆焚毀的機制不可或缺。

然而「炸藥生成細胞」的這項安全裝置，無論是在動物實驗或是八六的人體實驗階段，直到最後都沒能發揮出研究人員的預期作用。

尤德將視線轉回清流的波光上。

「……『所以』妳們才會在今年進入十二月之前，提前一齊離家出走？」

「嗯。我們的期限就是今年的聖誕祭，所以一旦進入十二月就隨時都有可能爆炸了。其實早在更久之前就有風險了，應該更早離開才對。」

作為安全裝置進行自爆焚毀的活性劑生成細胞——與「炸藥生成細胞」一同植入體內，照理來講應該會在預設時間經過後甦醒的細胞，實際上卻無法準時從休眠中甦醒，導致「小鹿」將會無預警地自爆。

例如設定時間為十天後的情況下，有時還不到十天就自爆，有時則是過了十幾天才自爆。更別說若是指定時間以年月為單位，差距會變得更大。在運輸或待命期間隨時可能無預警自爆的軍武根本無法運用，但也不能沒有自毀機制就把變成炸彈的活人送上戰場。既然當初的目的是強行將當事人轉化為炸彈，就更不能這麼做。

如果只把自毀用機制做成機器，或許問題會圓滿解決，但為了在敵國內部引發多疑的恐慌，「炸藥生成細胞」把戰俘也視為預設的植入對象。如果安全裝置設計成性質顯然異於人體而容易被發現的機器，那就本末倒置了。

「……真要說的話，『炸藥生成細胞』並不像共和國以前嚇阻過帝國的那樣，能夠輕易就把生物轉化成炸彈。引爆需要給予活性劑，植入也需要動外科手術，而手術期間我們都被迷昏，所以即使是我們也不知道細胞群的正確位置。『炸藥生成細胞』的材料是『小鹿』本身的細胞而不是異物，所以就算進行精密掃描也無法識破。」

不知是否鄰近戰場的關係，在這裡聽不見鳥叫聲。而現在已是嚴寒天氣，所以也聽不見蟲嗚。唯一能聽到的只有小溪流水聲、樹葉偶爾摩擦出的聲響，以及琪琪、阿思哈、伊梅諾與汐陽歡鬧的笑聲。

「就算有其他方法可以找出『炸藥生成細胞』，又怕會在做檢查或動手術的過程中爆炸。為了救我們可能會害醫生或護士犧牲生命，我不認為聯邦會願意幫助這樣的人。如果真的願意救我們，那我就更不願意害死那些醫生了……更重要的是……」

千鳥感到有點難以啟齒。她已經決定，要把自己的懦弱與狡詐說出來了。

即使如此，要對這個堅強的人暴露出自己卑鄙的心思──仍然需要勇氣。

「……我很怕到了聯邦，一樣會把我們當成實驗動物對待。很怕他們會把我關起來進行解剖，然後要我死。」

所以，千鳥逃走了。所以她保持沉默。

即使知道這樣下去遲早會死，然而一想到可能又會遭受到在第八十六區研究所受過的對待，那種恐懼感簡直勝過了一切。

一想到有可能會被囚禁、殺害，就令她恐懼至極。

她用就連身旁的尤德也聽不見的音量，悄悄地小聲低喃：

「我不想死……我怕。」

魚兒上鉤了。

千鳥抓住被釣起的活跳跳魚兒，一咬牙把牠砸向旁邊一塊石頭，弄死了牠。

這是今天等一下要吃的。

聯邦政府與軍方，都不曾阻止新聞媒體自由報導。乘著受到保障的自由，要求獵捕「小鹿」的報導節目在聯邦全境播出。

各條戰線的士兵有來自首都領地近郊，還有來自邊境屬地的，他們也直接接收到這類訊息。報導要求有關當局隔離充斥著「感染者」或新型自走地雷的邊境難民。不能再讓白吃白喝的無用農奴繼續威脅市民的安全。

首都領地出身的士兵們憤慨不已。

我跟同袍在這裡拚了老命作戰保護你們，你們這些被我保護的農奴居然還忘恩負義，害我們心愛的家人陷入危險？

邊境出身的士兵們憤慨不已。

我跟同袍在這裡作戰保護你們，你們這些帝都的侵略者竟然還想排擠我們心愛的家人？

被人這樣對待，我們……

還得繼續——保護農奴，保護侵略者嗎？

自從市集發生過那場慘劇，辛不時耳聞的現況簡直是一天壞過一天。無論是前線的戰況，或是後方國民們的聲浪都一樣。

所以現在辛更不能強烈要求釋放蕾娜，這讓他對自己憤怒不已。

聯邦軍的內部，正在不斷分裂成無數族群。不只是歧視共和國人，每個人的敵意各自朝向不同方向，進一步擴大裂痕。

一旦這些敵意化為實際暴力──萬一蕾娜因此被「流彈」所傷，霎時聯邦軍將會全面失控。作為軍事組織的秩序將會蕩然無存。

為了讓聯邦軍保住軍隊的體制與戰力，絕不能把蕾娜送回前線。

同時，也為了實現與她共同期望的終戰──為了確實執行「大君主」作戰計畫，現在不能任由聯邦軍崩散瓦解。

此外，如果為蕾娜的安全著想，與其讓她回到目前可能會因為是共和國人就被友軍用槍口指著的前線，不如繼續留在後方來得安全多了。

這些道理辛都明白，但他還是嚥不下這口氣。

因為，蕾娜的個人意志全被忽略了。

她被人剝奪自由，而辛只能坐視不管。

蕾娜絕不會甘於被保護的立場，而辛也不願被人用這種方式搶走蕾娜。

要不是身負總隊長之職──自己擅自脫隊會對機動打擊群的整體士氣與統轄造成影響，他恨不得現在就去把她搶回來……對，他最厭惡的就是自己竟然像這樣滿腦子的責任與職分。厭惡自己假裝成熟明理，卻不去營救蕾娜。

厭惡自己只能待在這裡忍受內心糾葛，而不採取行動。

「該死……！」

「小鹿」的相關報導，如今變得與過去的共和國新聞並無二致。跟以前屏棄、排斥八六，做出強制收容的決定時完全一樣。

這件事讓達斯汀心懷恐懼。

如果現在每個新聞節目、每個國民都如此敵視她們，聯邦說要保護千鳥她們會不會只是說說，其實是要把她們每一個人獵殺殆盡？就像共和國做過的那樣，會不會把她們所有人都當成罪犯或家畜一樣宰殺？

在事情變成那樣之前，自己難道不該設法營救嗎？

他如此心想，看看尤德說過會從戰鬥屬地尼法．諾法前往諾伊達福尼，再經由尼昂提米斯抵達諾伊納西斯的戰場區域地圖。

「……哈！」

不禁發出的自嘲笑聲，淺淺地撕裂了受傷乾燥的嘴唇。尤德告訴他的預定路線……

「他解讀不出這條路線」。

從屬地費沙，前往戰鬥屬地尼法・諾法。接著南進前往戰鬥屬地諾伊達福尼，轉往西方進入戰鬥屬地尼昂提米斯，而後繼續西進，抵達作為目的地的共和國領土諾伊納西斯。

畢竟是要穿越互相對峙的兩軍之間進入敵地，想必不可能完全按照預定行程，但至少安瑪莉把中途點（Waypoint）告訴過他。他卻無法解讀出中途點之間會怎麼走。假設需要迂迴的情況下勢必選擇的路線，或是必須穿越的「軍團」巡邏部隊可預測的部署位置亦是。

光憑人家給予的指示，達斯汀沒那能耐去見她。

就連尤德預估的路線設定技術（Navigation），達斯汀都沒有。

「哈哈，原來是這樣……真要說的話，我連人家告訴我的路線都不會走嘛。還去救她咧，我連抵達她的身邊都辦不到……！」

這種狀況，要持續到什麼時候？

原來光只是喊著這種句子，根本一點都不夠。明明做得不夠，他卻只是嘴上喊喊就結束了。他自己並沒有發揮什麼力量。他自己也只會責怪別人，只會出一張嘴，其實什麼都沒有做到。

沒有足以抵達她身邊的技術，也沒有能讓自己生還的本事。真要說起來，就算與她重逢了，也沒有援救的手段。因為無論是除去「炸藥生成細胞」的醫療技術或知識，達斯汀都沒有半點概念。

自己還要繼續這樣到什麼時候？

繼續無能為力下去，繼續對自己的無能為力渾然不覺。繼續自以為有在付出，其實什麼都沒做到。

握成拳頭的手中，被揉皺的地圖發出刺耳的沙沙嗤笑聲。

在本以為空無一人的陰暗會議室裡，看到那個彷彿正在默默慟哭的背影……

安琪終於做出了決斷。

「……達斯汀。」

靠達斯汀一個人，無法生還歸來。

既然如此，那就由自己帶達斯汀過去。由自己來保護他，引導他前往他尋求的地點，前往他的青梅竹馬等待的地點。

安琪作為處理終端已身經百戰並具備相襯本領，她辦得到。

——為了我，讓自己奸詐一點。不要捨棄生命。

是我用一副傾訴愛意的嘴臉，對達斯汀說出這種只會毒害他、事到如今完全只是詛咒的話語，所以這個詛咒必須由我來解除。

「達斯汀，我跟你說……我跟你一起去。我帶你去。」

雖然這樣會被視為逃兵，但她不在乎。也不會給同袍們造成太大困擾。

儘管對不起一面掛心蕾娜，卻因為肩負總隊長的責任而竭力壓抑的辛，但自己終究不過是一個小隊的隊長。對機動打擊群的戰力、統率與士氣造成的影響不會有辛那麼大。

她很清楚，這是一種卑鄙之舉。不是她期盼達斯汀做到的小小耍詐、少一點道德潔癖的那種可愛的小卑鄙。這是泯滅良心的卑劣之舉，是無從挽回的背叛行為。即使如此，至少只要能守護達斯汀的內心……

「一定來得及的。所以我們一起走，現在就動身……去救那個女生吧。」

達斯汀半晌沒有回頭看她。

然後才慢吞吞地，用冷卻的銀色眼睛望向她。

我們一起，去救那個女生吧。

——妳……

分明是妳，叫我不要死，叫我一定要回來……希望我寧可耍詐也不要送命。

明明就是妳詛咒了我，讓我必須拋下千鳥。

「妳怎麼有資格說這種話？更何況安琪，這件事與妳無關吧。」

沒錯，只要能借助安琪的力量，他確實可以抵達千鳥的身邊。

身為八六代號者當中資歷最老的其中一人，安琪有辦法跨越戰場與「軍團」大軍，抵達千鳥身邊。她跟達斯汀不一樣。

因為不像軟弱無力的達斯汀——她很堅強。

所以這件事跟安琪無關。

軟弱的自己，這種力不能及的感受與痛苦，安琪都不會了解，因此這件事跟她無關。所以，最起碼……

請妳不要說什麼「我帶你去」，最起碼不要對我講這種話，逼我面對自己的軟弱、怠惰與無力。

「這些魔女的詛咒，我已經受夠了……請妳不要來管我。」

忿忿地說完後，他才發現……

等到背後傳來短促地倒抽一口氣的聲音，他才終於發現自己說了什麼。這才終於有所自覺，發現自己一時情緒上來、心情激動，說錯了什麼話。

達斯汀急忙回首，看到安琪轉身跑開。泛著青藍的銀色長髮徒留殘影，掠過達斯汀的視野。

所以達斯汀不知道，她在那個當下露出了何種表情。

直到不知是「看見」了還是察覺到了某些跡象，隨後換成芙蕾德利嘉衝進來用前所未見的凶惡態度罵他愚蠢之前，他一直只是呆站原處無法動彈，所以無從得知。

「你們在做什麼——那邊是雷區啊！」

看到其他中隊的一群士兵，竟然想把幾名少年新兵趕進前方的地雷區，亨利大驚失色地衝上前去。在這最前線的一隅，此時戰鬥只是勉強停息片刻。

豈料這些士兵卻讓新兵們暴露在流彈與踩雷等危險之中，不懷好意地笑著回答：

「哪有怎樣，只是想把他們送回媽媽身邊啊。」

「得先搞清楚他們是不是新型自走地雷才行。回得來就是自走地雷，回不來的話，恭喜大家『曾經』同袍一場。」

「又不會怎樣，就只是鬧著玩嘛。反正這些傢伙跟我們又『不同色』。」

不同色——膚色或是頭髮、眼睛具有其他色彩的異民族。

什麼新型自走地雷，其實他們並非真的相信此種說法。用愉快的笑臉，蠻不在乎地承認他們這麼做是因為對方是異民族。

只因為得到了迫害他人這種好玩的娛樂方式，以及在坐困戰場時獲得小小消遣的藉口，大家就一副難看的笑臉真的玩起來了。

「在前線能這樣胡鬧嗎？況且這真的只是在鬧著玩嗎？——我要向上級報告。我不是你們這個中隊的，沒有義務幫你們隱瞞。你們把這套拿去跟大隊長或憲兵說吧。」

畢竟最令人傻眼的是，連這個中隊的隊長與副長都加入了他們。

樂趣這樣反覆被人潑冷水，士兵們的臉上明顯有了火氣。

「得了吧，你煩不煩啊……！」

「白毛頭滾一邊去！你一個『共和國人』還有臉講啊！」

被對方這樣唾罵，反而讓他膽子大起來了。

「對，沒錯，我就是共和國人——所以我更要告訴你們，別再做這種讓自己後悔的事了！」

突然被人靠得這麼近又聲如洪鐘地罵回來，眼前的中隊長一時措手不及。對著稍微退縮、身體倒退的他，亨利當面指著他的臉。

他以前聽說過，被人用手指指著的人，就不再是埋沒於團體之中的一張臉孔或是不用負責任的某某人，而是必須對自己的作為與選擇負責的獨立個體。

「對，就是你，卡萊里中尉。西蒙尼．卡萊里中尉。我記得你才剛結婚對吧？」

「你想說什麼——……」

「你敢把你剛才的所作所為，告訴你太太嗎？敢自豪地說『我在戰場上跟大家一起把不同顏色的傢伙趕出去，讓「軍團」殺了他們』嗎？小孩出生以後呢？『有個你這個年紀的小孩，因為顏色跟我們不同，爸爸就任由他去送死了，很帥吧？』這種話你講得出口嗎！——講得出口才怪吧，中尉。你也是，還有你，還有你，還有你，還有你也一樣！」

亨利看到誰就指著誰。指著表情如出一轍到無從分辨，以同樣的思考與判斷凝聚成一個團體的一群人異樣的神態。

被指名道姓而脫離群體的士兵慚愧地別開目光，或是這次才終於出於自己本身的感情而怒形於色。那是毫無正當理由的憤怒，是因為從群體的一個齒輪被強行變回個人，是因為罪咎與責任都不用自行背負的安逸遭到剝奪。

「不……不要說出來就沒事……」

亨利訕笑著打斷那人。

「你白痴啊？怎麼可能不會穿幫？畢竟共和國就穿幫了。整個國家聯合起來想掩藏，結果還是被全世界知道了。所以你們的所作所為也一定會穿幫。然後你們就成了別人口中的惡魔，一輩子都會有人罵你們泯滅人性！」

不知不覺間，自己也在嗤笑。就好像把整張臉都撕開，嘴角有如傷口裂開般齜牙咧嘴地揚起，炯炯的眼光幾近癲狂。

「就算真的沒穿幫，告訴你，就算瞞得再好，也早就被你自己發現了。就算誰都不知道，你自己也是知道的。所以你是跑不掉的。遲早有一天得面對現實，你會逼你自己面對現實。就像我……」

對。

就像我一樣。

就像我是排斥、迫害並虐殺八六的共和國人的一分子，但我也是繼母與克勞德的家人，我卻連繼母與克勞德也排擠在外，默許別人迫害、虐殺他們，自己則舒舒服服地苟且偷生。

「我就是這樣。我對家人見死不救，然後若無其事地過了十年。我以為我不在乎。但是錯了。我弟弟還活著。當我得知他還活著之後，就再也騙不下去了。不得不承認自己是個對弟弟見死不救，還足足十年忽視這個事實的混帳王八蛋！」

所以亨利無法容忍這種事。

自己的罪行，無法見容於亨利自己的內心。亨利無法不譴責自己的罪行——排斥並迫害弟弟，還別過頭去不敢面對事實。

「你們逃不掉的。就算過了十年孩子都大了，或者光只是在街上看到同樣年紀的小孩，你就會在某個時刻突然崩潰。別以為可以逃避，因為你是永遠擺脫不掉自己的。所以罷手吧，趁著還能挽回的時候。不要變得像我一樣！」

「知——知道了啦。該死！」

卡萊里中尉說道。他就像鬧脾氣的小孩那樣跺腳，被亨利幾近哭叫的凶惡態度嚇壞，眼神之中充滿恐懼。

「被你這樣鬼吼鬼叫，興致都沒了。不做就不做，以後也不會再這麼做了。這樣你滿意了吧？」

所以，請你別去告狀。講這話的時候，幾乎是用一種好說歹說的語氣。

然後他瞄了一眼那些少年兵，尷尬而簡短地小聲告訴他們：

「……是我們不好。玩笑開過頭了。」

儘管不是一句玩笑開過頭，就能了結的問題。

跟著那些魚貫返回定點的背影，少年兵回到了崗位——他是那個中隊的士兵，除了跟去別無選擇。

離去之際，少年兵瞅了他一眼。褐色的肌膚，極淡金色的頭髮與淡色眼瞳。

「——白毛頭。」

亨利有點愣在當場。

雖然說，確實是這樣沒錯。

儘管他並不是想逞英雄，希望獲得感謝才介入其中。

接到通知趕到現場，旁觀整件事情的尼諾中尉，把手掌放在他的肩膀上。

之前他幫忙轉接過克勞德打來的電話，後來亨利有時會跟他聊兩句。

「中尉……放心，我懂你的。」

「……嗯。」

「……諾贊上尉。」——

連身為外國軍官的奧利維亞都來關心，讓辛知道自己是真的已經陷入困境。

事實上，他的確不知道該怎麼辦才好。

「奧利維亞上尉，我……」

身為外國軍官的奧利維亞並非辛的下屬，即使同為上尉，以正規軍官來說，奧利維亞更有資歷，而且是比他年長的成年人。但年紀差距也沒大到形同父子……是個幾乎就像哥哥或堂表哥那樣，是個適合抱怨或訴苦的對象。

「我該怎麼做才是對的？我以為只要問題解決了她就會回來，所以才壓抑自己，可是問題非但沒有解決，反而還變本加厲，我是不是從一開始就該抗命去把她帶回來？就因為我是指揮官，是軍人，就連這種命令都得一直服從下去嗎？我很想去把她帶回來，可是我是總隊長，要是這麼做的話……」

我……

是戰隊長、指揮官、軍人，是機動打擊群處理終端當中的最上級總隊長。

可是，蕾娜卻不在這裡。我很想去把她帶回來。

「所以一個人只要長大……就會變成這樣，行動處處受限嗎？」

聽到辛真的就像小孩子一樣這麼問，奧利維亞說道。極其簡短。

「沒錯。」

雙眸中帶有剛硬的藍色。

「長大成人，變得不再是受到大人保護的孩子，就表示除了自己之外，多出了其他必須保護的人事物，增加了必須負責的對象。不能只為了自己而活著，為了自己做出的選擇而犧牲的不再只限於自己一人。長大成人，就代表要變成這樣的身分。」

「…………」

為了聯邦，為了任務，為了不讓少年兵（八六）殺人，那個獨眼少將慷慨捐軀。

明明那麼做等於是拋下妻小不顧，他卻仍為了身為將領的責任殉死，可能已打定了主意把妻小未來的人生託付給聯邦軍，以及辛他們的機動打擊群。

以前我回答他，我是個軍人。

而他告訴我，你必須活得對得起自己。

「而你現在做不出行動，對，是因為你對自身責任有著正確認知。是因為你能夠正確判別你眼前的選擇，還有它們將導致的後果。你重視米利傑上校，也重視你的戰友，而且有必須背負的責任……更進一步考量，米利傑上校當前並非處於險境。你之所以沒有行動，是因為你知道為了守住她的歸宿，現在是必須靜待的時間。」

「……可是……」

等到現在，這已經成了無比煎熬。

他忍不住要想，蕾娜也是，機動打擊群也是，會不會其實有種方法可以兩種問題一次解決？這種想法正是他的煎熬來源。

「上尉在上次作戰的時候，也看到了吧。並不是永遠都有一個妙計，可以順利解決所有問題。有時我們也只能選擇不算最差的道路。」

有時候甚至陷入失去太多卻無法討回，只能默默承受的局面。

好比上次的作戰，那個萬福瑪莉亞聯隊恐怕就是失去太多同袍與家園，最後才會終於承受不住。率領聯隊的女性指揮官，以及那些無名青年就是血淋淋的例子。

他們承受不住而付諸行動，結果帶來的是毀滅。他們拒絕接受只能說不算最差的道路，結果走上了最淒慘的一條路。

……那太殘忍了。

直到自己也被逼入絕境，辛才終於發現自己對他們產生了這種想法。

默默承受不想失去擁有的一切，不願再被奪走任何人事物而產生的衝動，竟是如此地令人難熬。

因為珍惜，所以默默承受才會如此令人難熬。

見辛低下頭去，奧利維亞苦笑起來。

「不過話雖如此，還是得想辦法消消氣吧？應該說下次在把自己悶壞之前早點找事情做，抒發一下情緒吧……總之我已經申請借用演習場進行格鬥戰了，就陪你打一場吧。」

辛也勉強擠出類似笑容的表情，用玩笑話做回應：

「原來如此。那就『討』教了。」

奧利維亞的苦笑更深了。

「怎麼覺得語氣有點怪怪的？……先聲明，我的對人格鬥技巧沒機甲戰鬥那麼行。我去把修迦中尉也找來……」

「憑萊登那點本事不夠我練習。得再多來一兩個人才行。」

作為進一步的玩笑話，辛對不在場的萊登給予極不尊重的評價，結果萊登本人來了，淡然處之地告訴他：

「辛，我就知道你會這麼說……所以，我請到你最喜歡的神父大人來陪你過招了。」

辛心生一股戰慄，視線望去一看。

只見老神父一如平常地比起人類更像是錯過冬眠時期的灰熊，往那原本就夠粗壯的胳膊使勁，隆起了肌肉給他看。

辛差點沒昏過去。

蕾娜為了「小鹿」事件被拘禁到現在，導致辛這陣子積了一肚子的怨氣；這事在他身邊的瑞圖等人也早就察覺到了。

大概是作為一種發洩吧，辛、萊登與奧利維亞，以及不知為何也加入行列的從軍神父，在演習場比試過招，就連天不怕地不怕的八六們也難掩內心戰慄與一抹傻眼無言。神父強得跟怪物似的已非新鮮事，但萊登在他的掩護之下也在頑強抗戰，辛狂暴發威的程度更是早就超出了訓練範圍。

就連似乎不擅長與人搏鬥而第一個退場的奧利維亞，在場上都大顯身手了一番，讓年輕小夥子們簇擁著他說「上尉打得漂亮！」或是「真佩服您有膽量跟那樣大爆氣的隊長挑戰！」等等。

「……話又說回來，今天的隊長火氣真的很大耶……雖說有神父大人從旁掩護，但修迦副長也真能撐。」

「哦，玩得挺開心的嘛。我也來『路見不平拔刀相助』嘍，狼人弟弟！」

瑞圖躲得老遠傻眼旁觀，西汀中途加入戰局，喊著前兩天在電影祭看到，似乎是助陣時必須高喊的咒語。萊登也配合著一躍而起發動突擊，神父退後，而辛則是表情刷上了明顯的敵意。

「啊——這下我看我們也該加入了。」

「好啦，走吧，馬塞爾。」

「我也要嗎！」

托爾、克勞德與馬塞爾邊說邊加入戰局，雖然馬塞爾立刻就被擊倒，不過這下總共有四人圍攻了。

即使如此，辛到最後仍然把所有人一一擊退，只能說東部戰線的死神威風未減，但縱然是辛，在這場戰鬥中似乎也不敢鬆懈，肩膀配合著呼吸上下起伏。

自從西汀參戰以後，就轉為旁觀的神父問道：

「平靜下來了嗎？」

「是。心情暫時暢快多了。」

辛用衣袖粗魯地擦汗，如此回答。「好~那請大家喝一杯吧~」躺著不起來的托爾繼續躺著舉拳朝天，「這是你應該做的──！」西汀跟著一起喊。

「意思是想要我泡紅茶給你們喝嗎？我來泡？誰不好找找我？」

沒錯，看來辛確實是稍微鎮定下來了。聽到他說出很久沒聽到的玩笑話，萊登從背後往他頭上一掌拍下去。

「別講得好像公然宣稱要把鹽巴跟砂糖搞混似的。」

「我是想放玉米粉。」

「有哪裡不同？不准玩食物。現在連後勤那些人聽到都會宰了你。」

躲得遠遠地糊里糊塗看到最後的瑞圖見狀，喃喃說道：

「還好吧，那樣加好像可以。應該會變得像是紅茶凍那樣吧。」

「如果不是諾贊上尉精心製作的話，說不定會滿好吃的……」

正好從旁經過的滿陽用半笑不笑的複雜表情回應。本來應該會隨後接上，雖然想像不到會說什麼，但想必一樣平淡的聲調，今天卻無法聽見。

「……等尤德回來了再讓他吃吃看，聽聽他的看法吧。」

將「小鹿」提供的資訊留給聯邦軍，尤德就這樣和那些「小鹿」一起失蹤了。現在聯邦軍與警方，都在追緝他這個逃亡者。

大概是不惜如此也要去做，才會默默地獨自離開吧。

打算全部責任由自己來扛，才會獨自離去。即使如此……

滿陽露出了小小的微笑。

「就是啊……等他回來吧。」

如同事前提醒過的那樣花了不少時間，一行人穿越戰鬥屬地尼法．諾法的西方方面軍防衛陣地帶，以及「軍團」那一方的巡邏線，走完了這段說短算短，說長倒也很長的路程。

來到如今已淪為「軍團」支配區域的戰鬥屬地諾伊達福尼的西部，北方邊界一處無名幽邃森林的盡頭，尤德一行人在此駐足。

這裡有一座大湖泊，跟森林一樣，可能只有過去的當地居民為它取過名字。在樹林形成青綠倒影的水面與樹木林立的湖岸，三三兩兩地聚集著不計其數的長頸白鳥。

汐陽睜圓了她那雙平時像是沒睡飽般下垂半睜的眼睛，喃喃說道：

「……是天鵝嗎？」

「天鵝也有，不過──大半都是普通的鵝。」

也有可能是鴨子，這時尤德才發現他從來沒特別分辨兩者的差異。在第八十六區，偶爾也會看到這種不是雞的家禽。可以抓來吃。

大概是民眾避難時放生的家畜有一部分四散逃離戰火，最後聚集到「軍團」支配區域了吧。與人類同樣屬於攻擊對象的熊或狼會躲著「軍團」。這塊前線腹地，對小型家畜而言成了安全地帶。

話雖如此，狐狸跟猛禽類也不在「軍團」的攻擊對象之內，況且這些生物終究習慣了受到人類保護。尤德猜想這附近的狐狸或山貓，可能有一陣子不愁沒東西吃了。

不過這些充滿肅殺之氣的想法都藏在心裡，因此千鳥她們不會知道尤德在想什麼。

豈止如此，看到家禽當中似乎最與人類親近的幾隻鵝呱呱叫著走過來，她們全都笑逐顏開。

「哇，好溫馴喔～！」「好可愛……軟綿綿的……」

這下看來……

尤德識相地心想，最好還是打消抓一隻來當晚餐的念頭比較好。

非但救不了千鳥，連安琪也傷害了。連心愛的她，都被他用不該說的話去攻擊。

這些事情，把達斯汀逼得更是痛苦。

既然如此，即使知道到不了，或許自己還是應該一頭衝進戰場去追千鳥才對。既然自己是這種人，或許乾脆連安琪也一併背叛，拋開歸返或生還的念頭衝進戰場，能跑多遠就跑多遠算了。

他很希望有人來肯定這個念頭。但不可能有人會回應他這種任性想法，於是他再次去找安瑪莉，想求得一句能變成契機的話語。

一看到達斯汀那張臉，安瑪莉登時嚇得睜大雙眼。

「……真對不起。也許事到如今，不該跟你說那些的。」

「除了那些，千鳥還有說些什麼嗎？」

安瑪莉說到一半被他打斷，但他毫不在意地繼續說下去。很抱歉，他不在乎。

比起這些，他更想知道千鳥說了什麼，期望千鳥或許會出言譴責他的軟弱無力。

或許會給他一句話，讓他無地自容、魯莽盲目地衝向戰場，就這樣一路奔跑到力盡身亡。

「像是質問我為什麼沒有救她，或是罵我泯滅人性……或者叫我乾脆去死之類的？」

安瑪莉微微偏了偏頭。她一眼就能看出達斯汀臉色極糟，因此並不在乎他講話牛頭不對馬嘴或是欠缺邏輯，只是……

「她沒有叫你救她，她……」

「尤德，你看！」

千鳥說著跑了過來，臂彎裡緊緊抱著的不知是鵝還是鴨子。這隻鵝似乎想找人陪牠玩而撲進了她的懷裡，逗得她眉開眼笑，像孩子一樣興奮。

「這孩子很黏人，而且好愛撒嬌喔。牠好像很喜歡人家摸牠。來，尤德你也摸摸看！」

淡紫色的眼睛閃閃發亮，露出他幾乎還沒看過的，無憂無慮的笑容。

在她的催促下，尤德幾乎是無意識地伸出了手。

不是伸向一雙黑眼睛看著他的那隻鵝，而是千鳥的亞麻色長髮。

伸向髮絲微蓋兩側，被長途旅行弄得不太乾淨，但白皙透亮的臉頰。

千鳥驚得睜大了雙眼。

儘管睜大了眼睛，但沒有逃開。

下個瞬間，真正的天鵝們發出從那優美身姿無從想像的怪獸般叫聲，飛離了湖泊。

雖是發自另一種生物，但畢竟就是警告的叫聲。鵝群被嚇得一陣恐慌，到處逃竄。千鳥懷裡的這一隻也急忙振翅飛去。

「呀！」「唔哇！」

兩人當然各自後仰躲開。差點就要碰到她的那隻手也因而離開。

周圍的鵝鼓動翅膀，不是隨處亂跑就是跳來跳去，使得脫落的羽毛在四面八方輕柔飄飛。兩人滿頭滿臉都是如雪片般——只可惜稍微髒了點的朵朵絨毛，神情呆愣地面面相覷……

千鳥、尤德不約而同地笑了出來。

裝作不知道彼此心裡都想掩飾前一刻那股奇妙的衝動。

安瑪莉露出幾乎可說是詫異地，好像想問他幹嘛想得這麼複雜的表情。

「她真的只是想見見你啦。說因為是朋友，希望能見你最後一面……畢竟發生過大規模攻勢

什麼的，所以那個女生似乎一直很擔心你，知道你平安是很好，但既然這樣的話，希望最後可以和你重逢。說因為你是她最好的朋友。噢，對了。」

面對暗自屏息的達斯汀，她做出臨時想到的表情補充了一句：

「她說如果可以，希望能當面跟你說對不起。說那時明明約好明天還要一起上學，一起去玩，對不起她毀約，離開了。」

他沒想到會聽到這些。

繼而……仔細想想，其實這就是很一般的小小願望。

這讓達斯汀為之愕然。

「……這些……」

我連這些事情，都不記得了。

連她只是很平凡地想再見到朋友一次，都想像不到。

我到底以為這樣的自己，能拯救千鳥的什麼？

從什麼時候開始，我竟以為千鳥在向我求救？

簡直好像把自己當成了什麼與眾不同的救星似的。

好像自己是代替愚眾背負罪孽，為其贖罪的聖人似的。

好像把千鳥……把那些被帶離那個簇新城鎮的朋友們，當成了粉飾自己的悲劇。歷經悲劇、秉持正義的自己，把他們當成象徵正義的錦旗高舉揮動。

——這種狀況要持續到什麼時候！

嘴上這麼說，卻這麼無動於衷地，遺忘並捨棄了與他們之間平淡無奇，但原本是那般珍惜的回憶。她和其他人都曾經是他人生的一部分，都是活生生的人，他卻比誰都忘得更乾淨，只把他們當成正當化與自私的贖罪名義。

「……我……」

無論是電視播出的新聞報導與廣播節目，還是恩斯特居住的官邸窗外的首都，從這裡無法看見的聯邦全國上下，如今籠罩在一片嗟怨之下。

這份嗟怨主要並非針對不具人心的「軍團」，也不是只朝向共和國。而是對於聯邦國民同胞的嗟怨。

都怪開發「小鹿」的共和國、隱瞞真相的政府、八六或歸國士兵的「感染者」，害得現在到處都可能藏有人肉炸彈。那些難民分明就是一群乞丐，分明是因為這些傢伙逃離農場或工廠導致生活變得困苦，卻毫無自知之明地發出不平之鳴、發牢騷，簡直礙眼。電磁加速砲型的砲擊與龐大的戰死人數，都要怪沒有及早打倒「軍團」的軍方、政府、執掌軍事的那些貴族、養來戰鬥的戰鬥屬地兵無能。都怪機動打擊群分明是英雄組成的精銳部隊，卻怠忽職守。這些沒用的八六。

恩斯特喟然而嘆。宛如呼出一口火焰。

如果對於背負十字架的救世主，譴責他不該還沒救濟完世間萬物就撒手人寰……如果自己只會藏身於安全的後方，辱罵戰場上那些官兵士卒是廢物的話……

那麼只會責怪別人而什麼都沒做的你們自己，不才是真正無用的廢物嗎？

「到手了，尤德！你看你看！」

阿思哈驕傲地展示一隻脖子折斷的肥雞，尤德看了也不禁睜圓眼睛。

「是妳抓到的嗎？」

「是狐狸啦！」

她說她正好碰到一隻狐狸解決了這隻雞，狐狸被突然出現的巨大生物嚇壞，就丟下獵物逃走了。

……好吧。

在野生動物之間，互搶獵物是常有的事。

況且就算把雞留下，那隻落荒而逃的狐狸，也不見得就會回來領取失物。

「……妳真厲害。」

「是吧——！」

阿思哈顯得好不得意，舉起她搶來的雞。

「哇，好棒喔。」

「竟然會有雞。妳是怎麼弄到的？」

「好棒喔好棒喔！可以正式慶祝耶！」

正好千鳥、汐陽與琪琪也在這時回來，汐陽抱著木柴，千鳥與琪琪卻是大量的蘋果。千鳥心情雀躍地微微偏頭。

「蘋果可以拿幾顆作配菜……剩下的做成蛋糕。砂糖跟麵包都還有剩，這可是難得的日子，得做得正式一點才行。」

「切片烤過之後用麵包夾起來，撒上砂糖就會像蛋糕了吧？尤德你覺得呢？」

還真是摘了一大堆回來……正在如此心想時，汐陽的詢問讓尤德眨眨眼睛。蛋糕？

千鳥她們笑了開來。

「討厭啦，你忘了嗎？」「尤德有時候其實還蠻迷糊的呢！」

「……抱歉，到底怎麼回事？」

他怎麼想也想不到就直接問道，少女們淘氣地彼此對望，數了「一、二、三」之後齊聲說：

「今天是聖誕祭！」

聯邦軍在這十年來，到了聖誕祭會盡量提供前線特別的餐點。重組肉排佐傳統風味蘋果醬，以及揉合果乾的厚實蛋糕。

如今這點東西，已經討好不了誰了。

裝甲步兵青年維約夫・加圖甚至心懷厭惡，瞪著這些在故鄉村莊從沒見過、使用大量砂糖與雞蛋做成的奢侈蛋糕，不屑地說道。你們這些人從以前就在獨享這種奢侈美食，可是卻……

「無論是那些城市人、貴族老爺夫人還是八六，每個都只會作威作福，從來不顧我們的死活。全都要怪他們不好，所以最近會死這麼多人也是他們的錯。」

說得沒錯，周圍其他同袍也紛紛點頭。最近在「軍團」們的猛攻之下，都怪後方那些懶惰的機動部隊或膽小砲兵提供的掩護不夠，害死了一堆人。其中只有這些同袍勉強生還。大家都是從出生故鄉的村莊就認識的朋友、親戚或熟人。

「會發生這種事，絕對是因為有人做得不好——絕對都是他們害的。」

「——照本來的計畫，戰爭應該會在這次聖誕祭之前結束才對。」

語氣比起期許更具有強烈的埋怨味道，當以實瑪利發現偶爾聽到這種論調時，流言很快就像星火燎原一般擴散開來。

「本來可以用『核武』打倒所有『軍團』的。本來應該會結束的。」

「聽說是先技研開發的新武器。好像是說本來可以把那些臭鐵罐全部燒光。誰知道原生海獸(鯨魚)

卻跑來壞事。」

「是『船團國人』跟原生海獸聯合了起來。」

萬福瑪莉亞聯隊事件引發的無稽之談，在惡意與懷疑的加油添醋之下翻新了內容。它們乘著散播於戰場全域的火藥味與猜疑念頭，瞬間延燒到整個北部戰線。因為船團國人說穿了就是外人。他們原本就對帝國的侵略懷恨在心。他們其實不是人類，是原生海獸的子孫。

這些故意講給別人聽的惡言惡語，當中透露最深的其實不是侮辱而是恐懼，聽在船團國人耳裡更顯得詭異可怕。那些人就像是受傷膽怯的野獸一樣，沒來由地害怕陌生事物。

彷彿受傷而變得膽怯，被逼得走投無路，所以下個瞬間什麼事都可能做得出來，只受到恐慌與自保本能支配的野獸一樣。

「行事聰明的傷病軍人真是好命啊，不像我們還得上戰場咧！」

「這次」被當面辱罵的不是賽歐，而是負責事務處理、裝上義足的伍長，這話是一個被徵召的預備役說的。伍長只是瞪回去但沒說什麼，預備役甚至得意洋洋地回到他那夥人身邊。那些人熱情迎接他，就像讚許他的伶牙俐齒。

這種場面，也早就看習慣了。

基地已經有很長一段時間都充滿了這種聲音。

不像我們——那些不屬於我們的傢伙。

反正他們一定是耍了什麼詐，用不正當的手段享受特權。就是你們在營私舞弊，把流血犧牲都推給我們。

所以你們是叛徒。你們才應該去死。

賽歐緊咬嘴唇。

——結果，共和國……

並不是只有圍出第八十六區、捏造出八六族群的共和國喪心病狂。就連原本以為心智正常的聯邦，一旦狀況有變也是一個樣子。

不單是共和國。人類與他們的社會只要哪個齒輪錯位，很容易就會走向完全相同的、歧視與排斥的不歸路。他們極度不願接受自己或同胞的損害與死亡，到最後就會把這些轉嫁給其他族群，並視其為一種正義。

「……這樣豈不是……」

眼看議會提案將來到首都的難民送往前線補充兵源，而且社論也持贊同立場，讓蕾娜倒抽一口冷氣——為了避免發生市民被徵兵的悲劇，充員制度勢在必行。反正他們都是放棄了在生產屬地盡自己義務、白吃白喝的一群無用廢物，這點用處總該派得上吧。

聯邦改行民主共和制的時日尚淺，特別是在屬地缺少學校，有很多民眾還不會讀書寫字。這份報紙特以首都領地之中的知識階級為閱讀族群，因此想必是認定了屬地難民不會看到這項主張才敢這樣寫吧，但也未免太……

五色旗象徵的精神，若是價值無人認可，也不過就是一張廢紙。她想起有人曾經這麼說過。想起那人唾罵自由、平等、博愛、高尚與正義不過是一場空虛的幻想時，側臉浮現的表情。

民主主義這類觀念，對人類來說還太早了。

這種結論……

難道不只是共和國，對這個國家……甚至在任何地方都適用？

一個陌生的冷暗聲調，岔進了她的思緒。

「關於這個充員制度，在議會還沒拍板，但背地裡已經決定了。除了報上講到的，還會從屬地當中生產力較低的地區，以及首都領地裡的無業窮困階級進行徵用。反正都是『無用廢物』，無論是議會還是那些市民，想必都不會反對吧……妳對這事有什麼看法？共和國的白銀女王。」

她嚇了一跳轉頭過去，看到一名黑髮黑眼，二十來歲的青年軍官無聲地站在門口。銳利而甚至顯得冷酷的眼神，習武之人的體魄，還有那骷髏手掌持握長劍的部隊章。

一旁待命的約納斯愕然地倒抽了一口氣。

「諾贊爵士……」

青年看都沒看他一眼就直接喝斥：

「誰准你現在開口了？你這條狗，給我安分待著！」

約納斯咬咬牙，無話可回。

神情出於受辱以外的原因而歪扭，很可能是顧及主人的立場，還是回到原位候命了。

蕾娜的雙眸先是流露關心之色注視著他，接著視線轉向青年，謹慎並壓低了聲音予以回應。

阿涅塔明明也在同一個房間，明明位置靠近蕾娜，這個出自諾贊家族的青年自從進入房間以來，卻從沒看她一眼。

跟蕾娜認識的兩個「諾贊」簡直毫無半點共通之處，闇色目光冷酷苛刻，宛若一把戰矛。

「什麼看法？」

「只是想知道像這種在聯邦犯了大忌的言論，現在國內民眾竟然是自己在大聲嚷嚷，看在妳這個共和國人眼裡是多愚蠢可笑的行為罷了。」

「你是在諷刺我嗎？」

青年的嘴角稍微歪扭，形成了一種嗤笑。

就連這麼個小動作都跟辛沒有分毫相似之處，蕾娜發自內心感到安慰。

「對喔，也可以這樣解釋。失禮了，我沒那個意思，只是想聽聽妳的見地作為日後參考。想知道當妳看到國民竟然自己承認一向推崇的理念終究只是個口號，自由與平等只不過是有能者踐踏無能者的好用藉口時，妳有什麼看法。」

當著出身低微、不幸無法享有才智、學問與意志的「無用廢物」面前，宣稱人權也只不過是得天獨厚者才能享受的「特權」。

自以為「聰明」地如此主張，殊不知即使是無用廢物，即使再愚笨、懶惰或懦弱，一樣會心生不滿。

「聯邦到頭來也不是什麼好東西，只不過是高高在上踐踏他人的階級，從貴族變成聰明有為的偉大公民罷了；自以為腦袋靈光的白痴現在讓另一群白痴這樣批評自己，妳出身於怎麼說好歹也維持了五色旗理念三百年的共和國，對此不知有何高見？」

說起民主主義，亞特萊向來把它視為一種極其繁瑣累人的玩意。

每個人都得當自己的王。每個人「至少」都得為自己的人生負責。但當然也有人無法承受這份沉重壓力。在自由與平等的美名之下，無可避免地會出現一群人連自己的人生都扛不起來，一輩子被迫面對這種無力感與一事無成的挫敗感。

即使如此，如果還想維持這份沉重的自由與平等的話，就該建立一套救濟制度。建立讓那些一無是處的人，最起碼能獲得替代性滿足的機制。一套就算無法對任何人做出貢獻，最起碼能誤以為自己成就不凡的機制。宗教也好愛國心也好，甚至是娛樂（Circus）也好。如同古代帝國用以提供民眾正義感、歸屬感與狂熱的公開處刑，或是競技場的戰車與角鬥士。

為的是不只填飽民眾的肚子，也提供他們的空虛心靈最起碼的彌補。

如果連這麼點自保手段都沒想過，這樣的政權遲早要被顛覆。僅僅為了具有才智、學問與意志之人存在的社會，將會被生來弱勢的人所顛覆。

大權獨攬的君王，注定被民眾吊死。

家財萬貫的富豪，注定被窮人吊死。

得天獨厚者擁有得越多，就越是招致生來一無所有者的怨恨。

無論再怎麼財多勢重，刀子一捅就能讓人喪命。再愚笨的弱者，要捅死一個人亦非難事。

如果他們連這個道理都不懂的話……

若沒有一個國民有意護持人權而不是只做表面工夫，甚至連起碼力求自保的責任感都沒有的話……

「我個人並不想搞什麼第二帝制，那太麻煩了。但是……請妳這位共和國的白銀女王告訴我，我們齊亞德的百姓……」

名為人類的生物……

「照妳來看，他們有聰明到……背負得起自由這玩意兒嗎？」

認為他們當真值得享有自由與平等嗎？

蕾娜思考了片刻。

然後說道：

「首先……你聲稱這一切都愚不可及，但我認為你也同樣愚蠢。」

亞特萊微微抬高了下巴。

「……是嗎？」

「不只是你，我也是。對，人類是愚蠢的。我也是愚蠢的。也許我們永遠配不上聖賢之名。也許我們直到最後，都無法讓自由與平等這些無力的幻想化作現實。但我必須說……」

被他這樣把問題擺在眼前，似乎反而讓她領悟了。被問到這些問題，反而讓她能將想法化為明確的話語。

什麼人權，什麼自由、平等或正義，諸如此類事物，確實只是一場幻夢，並非實際存在的事物。正因為如此，每個國民都有義務守護這場幻夢的價值。對於這些實質上毫無價值的空話，每個國民必須賦予它一份價值，並努力維繫下去。

例如在自由之名或人人平等的責任之下，人們必須努力活出自己的價值。並且基於這個信念，在博愛、高尚或是正義之類的旗號下，盡可能努力對他人伸出援手。

……蕾娜其實很清楚，自己從以前到現在，一定也在某些時刻，做出過同樣的行為。不，不是某些時刻。就是在共和國。置身於對現實視若無睹充耳不聞，把自己關在狹窄美夢中的可悲祖國，自己一定也不知道有多少次，在內心某處對國民徹底絕望。

儘管自己也是個會心生這種念頭的愚者。

「我們所需要的並非聰明的頭腦，諾贊爵士。」

在共和國無人使用這個敬稱。即使在聯邦，時下想必也只有貴族才會使用這個敬稱，但蕾娜刻意如此呼喚對方。呼喚一個直至今日仍然自詡為支配者，耍弄過時的貴族理論，跟不上時代的帝國貴族。

人們需要的，是活出自我價值的努力。是在能力可及範圍內幫助他人的努力。

然後——如果有人還是沒有能力，也要試著不鄙視他們的無能為力。也試著不要因為別人有能力，就蓄意拖累有能力的人。

試著不去排擠活在自己身邊的其他人。

「我們所需要的並非聰明的頭腦，而是善心。就算厭惡對方或疏遠了對方，最起碼不要開口叫對方消失。需要的是決心，要求自己守住這一點點的善心。沒錯，現在的聯邦這些都沒有。而且……我認為你不只是現在沒有，以往或今後也都沒有這份善心。」

怒目直視亞特萊那雙輕視他人、顏色如黑夜的帝國貴族眼瞳，蕾娜說道。用她那帶有燃燒般的高溫，屬於共和國人的白銀瞳眸。

「你要搞清楚，帝國貴族。你的這份冷酷……才是真正沒有必要的愚昧觀念。」

戰鬥屬地諾伊達福尼西部「軍團」不多，但也不是全然沒有，一行人穿越這裡的運輸路或供應站之間的地帶，終於抵達西邊的戰鬥屬地尼昂提米斯。

亦即早在百年之前，就由共和國割讓給帝國的前共和國領土。

在深邃幽暗的森林中，汐陽笑著跟尤德、千鳥還有琪琪圍著升起的火堆。裊裊升起的煙被重疊的葉叢打散，火光受到挖深的土坑阻擋，不會洩漏出去。他們置身在這幽暗的黑夜森林中。

「終於來到這裡了，尤德……謝謝你。」

翌日清晨，她就這麼消失在森林裡的某個暗處。

一對前貴族夫妻之前收養了「竊聽器」，如今他們已人去樓空的宅邸遭人放火。

理由是貴族都是聯邦公民的敵人，所以搞不好真正勾結「軍團」的其實是他們。

有一名士兵一度遭到「軍團」的獵頭行動帶走，死裡逃生回到聯邦軍防衛陣地帶，聯邦軍卻沒有任何一處防衛陣地願意收留他，最終還是死於「軍團」手裡。

他們的理由是這人也許不是逃過了獵頭，而是叛逃投靠了「軍團」。

某個陣地撐不過「軍團」的壓迫，發出救援請求，附近所有友軍卻全部見死不救。有很多共和國人的義勇兵，被派到那個陣地作為補充。

他們的理由是，無論是共和國人，還是與共和國人一起打仗的士兵，說不定都已經變成了人肉炸彈。

在北部第二戰線的一個戰隊，有幾名農奴出身的士兵遭到殺害。
他們挺身保護在洛織尼亞河修復作戰中救出的難民兒童，卻遭到同為聯邦軍人的同袍殺害。
理由是難民與袒護他們的這幾個傢伙，搞不好都已經受到了「軍團」的某種汙染。

然後……

沒有發生任何戲劇性的變化。
沒有鋪天蓋地的百萬大軍與猛烈砲擊，也沒有自天際驟降的無數雷霆。這種正適合毀滅性結局的光景，一幕也沒有上演。
只是，面對跟昨天一樣發兵挺進的鐵青色大軍與砲彈豪雨，從前天甚至是更早之前就停滯不變的戰況……以及讓將士們徹底明白到，明天、後天甚至是更久以後都不會有任何改變的那數不盡、算不清的機影，隊伍綿延至地平線盡頭還在源源不絕地出現集合……
不是激戰不斷的戰線前緣第一陣地帶第一線的部隊。反倒是自後方經過通行路線前來救援，準備前往陣地第一線的部隊內心先被打垮了。

不同於正在阻擋「軍團」的猛攻，將己身暴露在砲火中，在極度亢奮與奔竄下浴血奮戰的部隊；正因為他們仍然保有理性，內心反而被打垮了。

「要我現在跑去那種地方？」

等於是去送死。事實上也的確有很多人，死在那場鋼鐵波濤與火雨之下。

我不想去。我不想死。不要，不要，不要。

不能怪我，因為那些傢伙……

「那些傢伙，明明是貴族養的狗。」

明明是臣民。明明是戰鬥屬地兵。明明是外地人。明明是農奴。明明跟我們說著不同語言，有著不同色彩。明明就是一群愚蠢懦弱的廢物。明明就是一群空有力量卻不肯幫助我們的廢物。

現在，竟然要我為了那種人……

為了那些毫無付出，卻強迫我們去流血犧牲，懦弱無能的傢伙……

為了那些不肯救我們，卻輕視、壓榨我們，強悍卻好吃懶做的傢伙……

「我才不想為了那些人去送死。」

所以……

所以……

「我有權利不幫那些傢伙打仗。」

這絕不是真心話。

他們只是怕了而已。比起不顧性命地正在抵禦敵軍而奮戰的友軍，比起後方那些無能為力的國民，他們愛惜自己一個人的性命勝過了祖國或故鄉，不過如此罷了。

不用等別人來質疑，他們自己最不能接受這項事實，所以得替自己正當化。好欺騙自己，隱瞞難以令自己接受的卑鄙、懦弱。不用講給別人聽，這藉口是替自己找的。

聯邦國內近期一連串的騷動，為他們提供了正當化的藉口。以第二次大規模攻勢的敗北與共和國的一再出醜作為契機，引爆了導火線——但事實上真正的禍因，在於聯邦自成立之初便包藏其內的無數對立、失和、鄙夷與敵意。

是聯邦國民長達十年無暇顧及戰爭以外的問題，拿正義國度當口號逃避現實，沒有一個人願意正視的火種。

士兵們停止前進了。他們互相點頭，肯定彼此的不滿與自保心態。

憑什麼我們得為了那些傢伙去送死？不能讓我們的親朋好友，為了他們那種人去犧牲。對，說得一點都沒錯。所以對他們見死不救又有什麼不對？我們根本就沒有義務非得去救那些傢伙不可。

同樣的言論與情緒在名為小隊或中隊的集團當中，一再重複並得到迴響，繼而變得更為理直氣壯。從「我」變成了「我們」，用這種模糊的自稱消除自己與集團之間的分界，自己的恐懼心理與他人的不滿情緒交相混雜，漸漸變得無法區分。然後就在無法區分的狀態下，繼續擴大。

因為那些傢伙跟我們不一樣。那些傢伙不是自己人。

因為那些傢伙不是我們這邊的，所以——是死是活都不關我們的事。

界線劃分了。

名為「我們」的群體，變成所有人受限於同一種憤怒的單一生物，得出的結論在群體內部迅速傳開，然後不受反駁地為大家所接受。個人的意志面對群體的共同意見，終究是渺小無力的雜音而已。更遑論什麼正義或尊嚴。

本來應該前往第一線的部分援兵，這時後退了。為了「我們」，對「他們」見死不救。好幾個小隊與中隊開始三三兩兩地逃離戰場。

宛如直接以黑影剪成的一隻凍蝶，飄飛在茫茫風雪的隙縫間。

†

透過在高度二萬公尺處滯空的警戒管制型的眼睛，「軍團」各指揮官機看見了聯邦戰線目前仍算微小的裂縫。

也不是哪個戰線特有的現象。每個戰線皆是如此。儘管時間先後有些差別，但聯邦的十條戰線全都有類似現象，第一陣地帶最後排的陣地，或是來自更後方的援兵開始潰散了。

他們既沒有被橫颳彈雨困住，也不會一轉身就被戰車型逮住。後方也沒有另一條戰壕令他們難以後退。正因為只要想逃就能立刻逃走，陣地帶最後排與來自後方的援兵才會第一個輸給死亡恐懼。

『第二階段壓迫完成。』

當然，聯邦戰線光是西部的總長度就有四百公里，「還」不至於導致如此長而厚的戰線全面崩毀。只不過是各地的幾支步兵小隊或中隊零散地脫離陣地，若從戰線整體來看有如灑出了幾滴水，還只是微不足道的逃兵個案罷了。

前提是能在這個階段控制住的話。

『進入第三階段——打開突破口。出動重機甲部隊。』

†

畢竟自我保護是生物的本能。當「軍團」此種鋼鐵災厄步步進逼時，如果有人當著自己眼前逃走，自然也會有人抵不過誘惑。

見一支中隊逃亡，另一支中隊也起而響應。看到步兵逃出戰壕，相鄰的戰壕也有士兵逃走。發現背後的碉堡在不知不覺間變得空無一人，本該接受那座碉堡掩護的陣地士兵們也跟著逃命。

拋下正在激烈駁火的第一陣地帶第一線，本該提供第一線火力的反戰車砲陣地與火力據點一一被棄守。

長久遭到「軍團」攻勢削弱的各戰線，由於極微小的一部分從後面散逸而變得更為細瘦……

†

對準這些以極小規模漸形消瘦的陣地，投入戰線的「軍團」重機甲部隊猛然而過於精準地，將它們的矛頭捅了進去。

†

這一帶先前就因為「軍團」的攻勢造成大量損害，正急需援兵。援兵卻遲遲不來，甚至連擔任掩護的第二線以下火力據點與反戰車砲陣地等等也被棄守，丟下薄薄一條第一線的戰壕與陣地孤軍奮鬥，對抗重戰車型的驚濤駭浪。

自然不可能撐得住。

被突擊的衝擊力道衝破，或被猛攻的壓力所壓碎，轉瞬間多個陣地遭到突破。一如堤防裂痕開始滲水後，滲透的水擴大裂痕最終導致潰堤的現象，「軍團」重機甲部隊踏平淪陷的戰壕入侵第一陣地帶，於建立橋頭堡的同時從側面接連吞沒周邊戰壕或陣地。

沒有援兵。

本該迎擊入侵兵力，掩護第一線友軍的第二線以下部隊都急著逃命去了。地處遙遠後方而無法直接目測第一陣地帶的砲兵陣地，如今因為觀測員遁逃，唯恐誤射友軍而無法開砲，甚至連本該設法應付「軍團」入侵的機動防禦機甲部隊，都未曾現身。

「不行了，隊長——每條路都『被友軍』堵住了！」

「該死……」

聽到偵察兵帶回來的報告，機甲指揮官咬牙切齒。他們是負責機動防禦，在後方的第二陣地帶——全機預置於步兵們的第一陣地帶後方的機甲部隊。

從第一陣地帶或是更前方逃走的士兵，當然會出現在這支機甲部隊的面前。他們的出現堵住了道路。由於無秩序地逃亡，他們同樣無秩序地淹沒了機甲部隊的交通路線與戰鬥區域，導致機甲部隊被困在原地，既無法出擊也不能參戰。機甲部隊的強項，本就在於毫無間歇的機動戰鬥。一旦在逃跑步兵的人潮中淪為固定砲台，豈止無法發揮迎擊之效，根本是成了活靶。

以強大火力與機動力為傲的機甲部隊，竟被本該並肩奮戰的逃亡士兵奪去其戰力。

得不到增援、砲火掩護與機甲部隊的迎擊，敵軍打開的侵入破口封不起來，不斷地縱容「軍團」一一入侵。退路遭到截斷，來自側面的迂迴攻擊開始嚇跑了侵入破口周邊的部隊，他們周圍的部隊發現自己被拋下，更是跟著逃命。

假如軍隊維持正常運作的話，本來應該還能修復的破口，就在無人修補的狀況下不停擴大。

「媽媽，媽媽。等等我。等等我。」

在民眾早已疏散完畢的戰場上，傳出不該存在的幼兒哭聲。

咦？一名敗逃的步兵忍不住停步轉頭，一個幼兒輪廓的物體抓住了他，接著立刻自爆——是幼兒型的自走地雷。儘管在聯邦戰場上比傷兵型來得少，但早在十年以前就開始在戰場上徘徊，不過是隨處可見的一種「軍團」自爆兵器罷了。

這應該不足為奇，然而一陣過剩的恐懼驚叫，卻跟著犧牲者的血肉一起爆發散播。

「小、小孩爆炸了！」

「是『感染者』，他們混進前線了！」

「是新型的自走地雷。跟人類一模一樣的新型，真的已經被送進來了！」

把人類變成炸彈的人造病毒，外觀一如人類的新型自走地雷。以「小鹿」事件為導火線流傳的無數謠言，偶然與補充兵們還不熟悉的幼兒型產生連結，催生出新的恐慌與疑惑。恐怕無論是自走地雷自己，或是在打開突破口的同時企圖引發敗逃士兵的混亂，送來自走地雷的指揮官機們也沒料到會引發這場恐慌現象。

具有人類外形的敵人——與真正的人類幾乎如出一轍的敵人是真有其事，而且早已潛藏在自己與同袍身邊。它們擁有人類臉孔，假扮成人類，實際上卻在虎視眈眈地伺機殺害自己與同袍。

既然如此……

在恐慌情緒下，失控的猜疑目光更進一步朝向身邊其他人……由「我們」組成的群體以外，不屬於「我們」的那幾個人……這些非但不是自己人，搞不好根本是敵人的傢伙。

誰知道這些傢伙，會不會才是自走地雷或人肉炸彈？

豈止「可能」是敵人，誰知道他們會不會其實——根本就是隨時等著害死我們的，真正的敵人？

第一陣地帶遭到突破，而且連事實誤認的猜疑都在延燒，但同時也有許多部隊繼續堅守崗位，或是一些援兵趕赴第一線以圖搶救戰友。

後撤的逃兵敗卒，如同他們擋了機甲部隊的路一樣，也與這些友軍發生了衝突。

他們彼此互相堵住了去路，或是擋住了射擊線，雙方只能在原地打轉。但本來不該出現在這裡的一群逃亡者說什麼也不肯讓路，兩者就此僵持不下。兩邊都在怒斥著「別擋路」、「快滾開」。不滿與恐慌，或者是焦躁與戰意使得雙方都脾氣暴躁，怒斥旋即變成了痛罵與怒吼。

被粗聲粗氣的叫罵一煽動，不滿、恐慌、焦躁與戰意，全都更是火上加油。

最後終於有人低聲說道。

反正這些傢伙，跟我們也不是一掛的。搞不好根本就是敵人。

反正這些傢伙是拋棄戰友的逃亡士兵，是可恥的叛徒。

既然這些人敢擋我們的路──動手驅除他們不是合情合理嗎？

槍口朝向了跟自己一樣的鐵灰色軍服。

這個動作扣下了最後的扳機。

逃亡的部隊，對同袍開槍了。

敗逃的部隊，遭到了同袍的槍擊。

目擊這項事實的士兵，透過錯綜複雜的通訊系統將部分狀況傳達出去，事情又經由那些耳聞之人透過同樣錯綜複雜的通訊與潰敗的混亂，如星火燎原般一路延燒。傳話過程中又摻進了誤解、鄙視與無意識的惡意，讓整件事原貌盡失，越滾越大。

在敵軍進逼眼前的戰場上做出自相殘殺的行為，會導致士兵無法信任託付背後的友軍。人類無法長時間承受四面八方被敵人包圍，隨時可以殺死自己的恐懼感。

聽說有幾個同梯被射殺了。是被那些卑鄙地逃走、貪生怕死的外地人殺的。

聽說有幾個老鄉遭到就地擊斃了。反正一定是鄰近聚落的那些人幹的，我們本來就互看不順眼了。

我們的夥伴，被貴族老爺、那群禽獸、農奴、侵略者、外地人、逃亡士兵、擺老大哥架子作威作福的老兵、沒用的補充兵……被「那些傢伙」殺了。那些傢伙，殺了我們無可取代的同伴。

那些傢伙全是敵人。

誰要跟敵人並肩作戰啊。反正一定會背叛，反正一定會棄我們於不顧。反正——他們就跟臭鐵罐沒兩樣，都會殺害我們。誰要跟那種人並肩作戰啊。要我繼續跟他們混在一起我都不願意。

現在唯一能相信的，唯有我們自己的同伴！

名為聯邦軍的巨大組織，僅僅是以這個名稱讓成員誤以為大家都是同胞，實則為無數屬性各異的成員組成的集團，就在這一刻……

分崩瓦解，依據無數屬性分成了無數弱小的小團體。

†

對於共和國軍人瓦茲拉夫．米利傑來說，帝國是與祖國邊界相接的威脅，而身為上校的他，無疑也早已掌握該國的結構與弱點。

『反聯邦西部戰線，第三階段完成。開始全面進攻。』

透過警戒管制型的觀測，無動於衷地確認聯邦軍的自我毀滅之後，無貌者下達命令。

為了預防臣民同心合力，帝國刻意在人民之間留下無數區別誘發失和狀況，再讓這些分散如沙的民眾集團隸屬於貴族之下，貴族之間則以血緣與利害關係互相連結，這就是帝國作為一個完整國家的構造了。

名為貴族的紐帶後來被革命所廢除，但聯邦只顧奉行名義上的民主制度，而將國民之間的無數裂痕放著不管，會演變成這種崩壞局面無疑在所難免。

靠著龐大人口與廣袤國土的恩惠撐過十年歲月，甚而在第一次大規模攻勢打了「勝仗」，對聯邦來說反而成了敗因。內在的傾軋也以戰爭為藉口，一年又一年地漠視不管。甚至又打下了擊毀電磁加速砲型這個乍看之下功業彪炳，實則毫無意義的戰果。

由於從來不是一個急需解決的議題，所以直到人心真正渙散的那一刻之前，很多聯邦國民甚至對自己國內的宿疾渾然不覺。

公開並報導「竊聽器」這個共和國的背叛行為，成了決定性的一擊。

做出那種事，無啻於在國內上下自行散播猜疑與瓦解的種子。等於是在誤信大家都是聯邦國民的無數小集團之間，大肆灌輸「就算同為人類，外來分子——他人終究不值得信任」的觀念。

『第一梯團，開始挺進——對敗走的西方方面軍展開追擊。』

†

士兵們惡狠狠地拋開賦予他們聯邦軍人之名，帶來錯覺、幻想與連結的名牌。名為聯邦軍的組織不堪一擊地瓦解，或許同時也摧毀了名為聯邦的國家。

在指揮中心背對冷峻地播放這些場面的全像式螢幕，維蘭參謀長轉向了他的長官——西方方面軍司令官。

這麼一來，聯邦軍便再也無法發揮作為軍隊的功能，無以對抗「軍團」了。

即使如此……

「中將，請聽我一言——我建議將中央預備部隊投入戰線，於預備陣地帶哈魯塔利部署戰鬥屬地民的徵召部隊。接著在他們的掩護下……」

各以數十萬人組成的方面軍，縱深若包含後方支援區在內則達上百公里之長。

假若要從目前位於戰鬥屬地東端的森蒂斯．希崔斯線後撤，必須把後撤前往的屬地包含當地農地與工廠在內盡數踏平，將其改建為戰場。這麼做無啻於削弱自國包括糧食在內的生產能力，是一種毫無退路的慢性自殺行為。

即使如此，那也比現在立刻滅亡來得好。

「命西方方面軍全軍撤退至哈魯塔利陣地帶。」

在聯邦的所有戰線下達同一項決定。軍方決定讓所有戰線再次後撤至預備陣地，下令捨棄已被逼至戰鬥屬地邊緣的現行防禦陣地帶，後退到後方的生產屬地。

儘管誰都知道這是自殺行為——但也別無選擇了。

「亞特萊少爺……」

「也只能出動了吧。該死！」

不免難掩緊張心情的副長跟隨身邊，亞特萊快步走在通往機庫的走道上。

他所率領的狂骨師團，被算在「大君主」作戰的參加兵力內——因此沒被投入任何一條戰線的防衛戰鬥，本來是應該暫作保留的兵力。

然而眼下各戰線已完全潰散，不設法擋下敵軍，聯邦就要亡國了。就算要將狂骨師團或其他家族麾下的精銳部隊投入防衛戰鬥——白白斷送作為最後一線希望的作戰計畫，現在也非得把滅亡的時刻往後推遲不可。

「『帝都』的『鬼火』師團也行動了吧？……噢，那布蘭羅特的『火焰豹』師團當然也會有所行動了。」

名義上是維持首都領地的治安，為了互相掣肘，各門閥都讓自家師團進駐首都近郊。結果現在弄假成真，還真的非得出動維持治安不可。

為了牽制敵對派系，過去則是為了對征服並君臨各屬地的帝國首都進行防衛，這些部隊原本就不能投入戰線，這下子更是真的離不開首都了。

「算了隨便，反正維持治安也需要一定人數，至少關於這點還能互相合作一下。」

假如布蘭羅特大公年老昏聵到在這種情況下還以政治鬥爭為最優先，布蘭羅特家族當中自然會有人出手清理門戶。

從今而後，已經沒有餘裕讓蠢人或無用之輩苟活了。

亞特萊發揮自制力沒咂嘴，但仍發出唾棄之語。

先是締建帝國後潛藏於傀儡皇帝的影子下，接著又推動民主化擁戴大總統並躲到其背後，諾贊家族就是靠這種方式，幾度躲過走狗被烹的命運得以存活。

一個是斷然推動民主化，卻迫於應對「軍團」戰爭而未能成功操縱民心。一個是對此種抉擇帶來的動盪局面心知肚明，卻放棄長子之責獨自逃往國外……

「別怪我怨恨你們，當家老爺以及雷夏爵士——唯獨這次，諾贊也真是太糊塗了。」

既然就連以中央預備隊的名義留下的精銳部隊都被投入戰局，機動打擊群自然無法繼續作為預備戰力。機動打擊群收到了命令，要他們前往離總部最近的西方方面軍戰場。

「……確保撤退路線通暢，是嗎？」

「防衛屬地席爾瓦斯四號到七號路線，並接應來自戰鬥屬地白洛斯的撤退部隊，就是我們當前的任務了。」

說完，坐辦公桌的葛蕾蒂抬頭看著辛，冷靜透徹地接著說：

「我還不能讓米利傑上校回來。但你不許有意見。」

「……是，我明白。」

他對今已亡故的理查少將清楚地說過，自己是個軍人。發自他作為八六，決心戰鬥到底的一份驕傲。

即使如此，感性面仍然在大聲地說乾脆背叛他們算了。有個聲音告訴他，是聯邦先背叛他的。理性面告訴他一旦對不合理的要求妥協，就會被一再地要求讓步。

要他拒絕背叛行為，頑抗到底。

……他知道現在的狀況，不容他拘泥於自己一人的這些利益得失。

辛狠狠咬緊了牙關。

「我明白。我畢竟是軍人，也是八六。」

這是他有生以來，第一次——對這個頭銜感到厭煩。

如果戰線後撤到生產屬地席爾瓦斯的話，位於當地西端的機動打擊群總部——軍械庫基地就成了前線。

不是適合安置外國王族與豪門千金的地點。

當聯邦軍官搭乘想必是勉強調度來的小型航空器來到軍械庫基地，要求維克與柴夏去避難時，柴夏與對方僵持不下。

就她一個人。

「殿下暫時外出了。再說，我也不能讓獨角獸王室成員背負捨棄自己的聯隊與戰友，獨自退至後方的惡名。」

儘管語氣與表情平靜穩重，態度卻清楚表明絕不做半點退讓。她背對王子殿下私人房間的門扉，不言而喻地告訴對方，即使是這個如她所說目前無人的房間，也不許你們踏進半步。

軍官的神色變得苦澀之至。

「小姐，可是……」

「你一個平民，我有准你發表意見嗎？」

聯合王國王侯那顏色偏淡的雷火之瞳，冷峻地注視被挫了銳氣的他。

「我在告訴你，有我一人就夠了。作為你們聯邦聲稱責任已盡、佯裝無辜的藉口，這樣就夠了。」

一察覺到小型飛機的接近，維克立即帶著芙蕾德利嘉躲進菲多的貨櫃，謹慎注意觀察外面的情形。

「雖然有我在應該就夠了，但妳也別後撤了。妳得幫八六留下一張底牌，以免這座基地被軍方隨手拋棄。」

解救聯邦、人類的「軍團」停止之鑰——將其中作為最大關鍵的女帝，當成保命符留在戰友的手邊。

「……柴夏就不用了嗎？」

「她是緊急情況下的保障，因為她能代行我的職務……只要她還活下來，就算萬一失去我的聯隊或我本人，對聯合王國也還有辦法自我辯護。」

只要給了這點面子，就算對方是王族，聯邦想必也不會再多費力氣去糾正幾個外國人的自私行為吧。

也沒那多餘心力了。

芙蕾德利嘉目光低垂……不惜亮出自己手上的一張牌，毒蛇王子選擇留在共同奮戰至今的辛等人身邊。為的是不讓他們被人捨棄。

「余得向汝致謝。」

「嗶。」菲多發出表示同意般的電子音效。維克用鼻子哼了一聲。

「妳不必向我道謝。齒輪工藝，你也是……這是我自己願意的。」

一名高挑少女的身影來到他背後駐足，她還來不及說什麼，達斯汀先說道：

「我決定了——我不會害妳傷心的。」

嘴上這樣說，內心某處卻明白自己說出這種話才真正會害她傷心。可是他也覺得無奈。

像自己這種無能為力、不事努力又自以為高尚的卑鄙小人，到頭來整個部隊都展開行動了，自己卻連一個決定都下不了；所以無論是自己只有這種選擇抑或是害她傷心難過，恐怕都是無可奈何。

「在革命祭的典禮上……」

在兩年前的革命祭，當時的達斯汀還不曾懷疑過自己分毫。

「我說『這種狀況要持續到什麼時候』。我想知道共和國，還有我們，究竟還要迫害八六多久才滿意。當時我發自內心相信，是我的話絕對不會做出那種事。可是，結果我錯了。我們所有人都一樣。把珍惜的人事物，跟其他東西放在天秤上比較。因為沒有能力兩者都選，所以只能試著守住珍惜的那一些。」

共和國也是，達斯汀也是——都一樣軟弱，只能兩者擇其一。

「沒被我們選上的就是八六、正義，還有千鳥。讓我們捨棄這些的，就是那些所謂的愛或是牽絆。就是那些我們以為美麗的事物……」

正是本來應該美麗、應該正確的愛，或是牽絆。

讓我們割捨了本來應該同樣正確、美麗的……

同樣不該割捨的……

「讓我們所有人——捨棄了正義。」

站在背後的安琪沒有回應。

她只是散發出此時已經毫不掩藏的輕蔑氣息——那種明顯到露骨程度的輕蔑很不符合安琪的個性，達斯汀詫異地轉頭一看，站在那裡的是西汀。

達斯汀不由得僵在當場。

西汀瞇起濃藍色的那一眼，眼睛底下都擠出皺紋了，好像看到一堆垃圾似的。

「……我說你啊……」

「抱……抱歉。我把妳看成安琪了……」

要把這兩人搞混根本是不可能的事，但自己就是認錯人了，這讓達斯汀更加慌張失措起來。儘管兩人都是高個子沒錯，但西汀個頭比安琪更高，體格相差甚遠，頭髮長短更是完全相反。膚色、髮色與眼睛的顏色也全都不同。

「幸好我不是安琪啦，你這死白痴。幸好也不是可蕾娜、芙蕾德利嘉、死神弟弟或萊登，而是被我聽到。」

她不屑地說：「因為我不會去告訴他們，而且不管你講什麼屁話都傷害不了我。」……不加思索的一番話，逼得他必須承認自己其實是有意傷人的。

看到達斯汀除了呆站原地什麼都不會，西汀揮了揮手轉身背對他。

「我就當作沒聽見吧……等回來以後，你給我好好反省反省。」

「……安琪。」

聽見有個聲音在叫她，都快要出擊了卻還站在更衣室發呆的安琪慢吞吞地抬起頭來。

可蕾娜聽芙蕾德利嘉說她跟達斯汀吵架了，而自從那時候起，安琪就一直是這樣了。看到她那令人心痛的模樣，可蕾娜悄悄咬住嘴唇。

達斯汀那個笨蛋，等大家從這次作戰回來，絕對要再潑他一頭冷水處罰他。或者乾脆像蕾娜上任第一天差點發生的那樣，叫部隊所有人拿油漆潑他好了。讓他自己想辦法弄掉，染上感冒算了。

等到回來以後。

安琪那雙天空色的眼眸，映著可蕾娜的倒影無力地微笑。

達斯汀說過很喜歡這雙眼睛。但安琪在內心深處，一直有點排斥眼睛的這種顏色。

「可蕾娜……對不起，害妳擔心了。還給妳造成困擾。」

可蕾娜拚命搖頭否定。安琪笑容依舊。

「對不起。我想……這次作戰，我恐怕還是會給可蕾娜還有大家添麻煩，可能會拖累大家。因為妳看我這副德性，我明明是隊長，卻完全無法冷靜下來……對不起，真的很抱歉。我這麼軟弱又無能為力，卻一直假裝自己很堅強，什麼都會……達斯汀也是，都怪我對他下了詛咒……」

可蕾娜實在忍不住打斷了她。

「我……！」

我。

我……

一直以來……

「我一直覺得安琪妳很厲害。因為，妳勇於追求幸福。妳有一個想一起獲得幸福的對象，而且也把心意傳達給了對方。」

即使身處在五年之後必死無疑，也不知道能不能活過明天，那個充滿死亡與血腥的第八十六區戰場。

後來她走出了第八十六區，但失去了戴亞。一再被迫面對他們也許就連一份驕傲都守不到最後的事實，但她還是……

她還是找到了一個人，要求他回來，也跟他說她會回來。

「不像我一直很害怕，不敢去想那種事。所以就算妳很軟弱……不，如果妳覺得妳很軟弱的話，那我更覺得……」

天空色的眼眸一動也不動。現在說的這些話，只怕完全沒有打動她的心弦。

但那也沒關係。

以後……就算現在不行，不管要等到什麼時候都行，只要以後在某個痛苦難熬的時刻，或是正好相反處於心靈平靜的時刻，這句話得以傳達到她的內心就夠了。

只要安琪自己能發現，我所知道的真正的安琪是什麼樣的人，那就夠了。

「安琪──我真的很佩服妳。」

「還留在弗頓拉埤德市的民眾，可以的話後送，若有困難就暫時收容在基地。並於基地前方的扎斯法諾庫沙森林西側一帶構築陣地。」

「我明白。好歹我也是正規軍官啊。」

代替忙著處理作戰準備的葛蕾蒂，辛把需要的準備事項轉達給佩施曼少尉，她簡短地點頭。

機動打擊群的戰鬥部隊，將出動執行西方方面軍的撤退掩護任務。在這段期間，佩施曼、整備組員以及基地人員必須負責在遍布基地周圍的密林西側構築出一條陣地帶。

前來打造哈魯塔利預備陣地帶的工兵們，陣地工事做到一半，現在得加緊趕工先完成個大概再說……雖然工程多少變得有點粗製濫造，但總比來不及完工來得好一點。即使如此恐怕時間還是不夠，因此……

「建築陣地時叫戰鬥屬地民去幫你們的忙……有需要的話，我可以留下班諾德或哪個部下給你們。」

「這你就不用擔心了。我會讓你見識長達十年只消一瞪，就能讓五個野狼般的壞小子乖乖聽話的長女本領。」

她冷面說了個笑話，然後說：

「上尉才要小心，祝您凱旋而歸。」

佩施曼少尉態度凜然，用辛也是初次看到的戰鬥服裝扮向他敬禮。

提供給共和國人避難的屬地莫尼托茲爾特，與西部戰線南邊的戰鬥屬地白洛斯以及諾伊加丹尼爾為鄰。儘管位置上不會立刻受戰火波及，但對於後撤或部隊在預備陣地的散開行動來說都極其礙事。莫尼托茲爾特全境再次收到指示，要求民眾再繼續往內地疏散。

只收到指示。這次沒有準備列車或車輛。聯邦已經沒有這份餘力了。

「所以我們必須徒步——用走的去避難。我會帶大家去安全的地方，請大孩子牽著小孩子的手跟我來。各位小朋友先忍耐一下，不要哭喔。」

其他憲兵為了誘導這座都市的所有民眾而分散各處，這裡沒有人手。擔任院長的憲兵隊長自己把所有孩子召集過來這麼說，密爾作為一個大孩子認真地點頭。

畢竟是方面軍規模——光是麾下兵員就有數十萬人，帶著無數車輛與火砲展開的撤退之行。

更何況戰鬥還沒結束，也不可能所有部隊一起出發。投入戰線的預備役部隊前去淨空撤退路線，以便第一批後撤的最後方支援部隊能夠通行。

為了防衛以西部戰線森蒂斯．希崔斯線為起點的撤退路線，行經屬地莫尼托茲爾特準備前往戰鬥屬地諾伊加丹尼爾的預備役部隊，多次和從莫尼托茲爾特往內地更深地區移動的共和國人難民集團擦身而過。

擦身而過了幾次，他們忽然起了個念頭。

反正這些傢伙，原本就是「為了這個目的」才救出來的。

如今前線瓦解，死者不計其數。為了補充匱乏的戰力——乾脆現在就由自己跟同袍將他們拿來用，又有何不對？

他立刻將這個念頭付諸實行，隨便留下一個難民集團，連小孩或幼兒都沒挑出來，就直接強迫他們轉往戰場。這十年來往往拿現場判斷作為冠冕堂皇的藉口，默許人員遇事可以於法無據獨斷專行，到了這時候終於發生負面影響。

即使如此，畢竟是全副武裝的多名軍人，對非武裝一般民眾的強制命令，他們無從抵抗。照理來講應該是這樣。

然而「巧的是」，正好有一隊共和國義勇兵行經騷動地點的附近。

難民當中又「不知為何」，有一個集團攜帶了輕兵器。

而目前留在聯邦的共和國人，都是撐過兩場大規模攻勢，遇到第三次戰火依然掙扎著想活下去的集團。

他們反抗激烈。場面火爆到心態上沒準備好要開槍卻拿槍對著他人的預備部隊即刻受到反擊，被群眾所吞沒，沒做多少還擊即遭輾壓而死。

之後只剩下對聯邦軍蠻橫行徑的憤怒——以及預備部隊的槍砲武器。

於西部戰線哈魯塔利預備陣地帶南部的屬地莫尼托茲爾特，有部分共和國人發動武裝鬥爭。幾乎就在同一時刻，洗衣精首腦伊馮娜．普呂貝爾與她的同志相繼逃出聖耶德爾的拘留所，襲擊並占領聯邦高官的私人住宅。

拘留所怎麼說也是警察機關，竟然縱容指派人員監視的洗衣精全體幹部脫逃，還搶走了受到嚴格控管的輕兵器。並未向大眾公開住址的高官私宅，「不知為何」共和國人卻能直接抵達並強行占領。然而這些疑點，卻一律不曾告知新聞媒體。

以聯邦大總統恩斯特為人質的集團在此宣布獨立，並將以屬地莫尼托茲爾特還有鄰接的戰鬥屬地諾伊加丹尼爾為領土，建立新生聖瑪格諾利亞共和國。

第四章　君可恨我否

在昨天早晨，琪琪不見了蹤影。

現在跟尤德在一起的，只剩千鳥一個人了。

千鳥的臉色很糟。她抿緊嘴唇承受著痛苦，並且絕不讓尤德靠近她。

想必是她的身體，也終於開始發生異變了吧。

「……千鳥。」

尤德出聲呼喚，千鳥費勁地只把視線轉向他。為了避免身體失溫，她躺在用針葉樹枝椏臨時鋪成的常綠被褥上。

「今天走一整天，就能抵達諾伊納西斯……妳走得動嗎？」

「……我可以的。」

千鳥費勁地點點頭，搖搖晃晃地站了起來。

「用爬的也要爬去……說過要回去的。」

在戰鬥屬地諾伊加丹尼爾東端，撤退路線上的都市基特爾蘭市。

定睛注視同樣屬於舊帝國特有的狹窄街道被屏障堵住的狀況，以及躲在它們後方的銀髮集團，辛說道：

「——第一大隊各位隊員，現在開始執行舊基特爾蘭地區的收復任務。」

共和國人發起的「獨立宣言」與占領行為，為機動打擊群帶來了新的任務。他們不得不把原本就稱不上多的戰力再次一分為二。

也就是除了原有的任務——確保戰鬥屬地白洛斯的撤退路線通暢之外，尚須解放諾伊加丹尼爾北部撤退路線上，遭受占領的各個都市。需要趕在第一批預定通過的第六七機甲師團抵達之前，排除「所有」通行上的障礙。

「最優先目標為撤除所有屏障。關於反叛勢力——說穿了就是些門外漢，只要稍加威脅就會自動瓦解。不過若對方不聽警告，或是來不及趕上第六七機甲師團的預定抵達時刻的話，則將視射殺為不得已的手段。」

以初速每秒一六〇〇公尺為傲的戰車砲彈，自然不可能具有非殺傷用途的彈藥。

戰鬥屬地民用以拘捕投降者的突擊步槍，裝填的也是實彈。論時間或運輸能力，軍方都已經沒有餘力調用鎮暴橡膠子彈了。

在後方統整起四個機甲群設置的指揮所，葛蕾蒂接下去說：

『我會盡量讓你們不用那樣做。但只要有必要，我就會下令。』

面對前線分分秒秒都在步向全面瓦解的局面，辛等人心裡都不禁暗想，戰況不是已經危急到不適合再說這些了嗎？但她依然真摯地說：

『你們要記住，你們是在我的命令下開槍。你們是手腳，我才是頭腦。扣下扳機的責任在我，不是小小尉官能承擔得起的。這點——你們必須謹記在心。』

雖然女僕被放走了，但頭號人質恩斯特已落入他們之手。這下聯邦就動不了新生聖瑪格諾利亞共和國與國民，不得不保護他們了。

本來應該是這樣的，孰料新聞報導卻讓他們知道鎮壓行動即刻開始，讓普呂貝爾與如今只剩十餘人的同志們錯愕萬分。在以大總統的私宅來說小了點的宅邸，同樣小巧的客廳裡。

「為什麼……」

脫口而出的疑問，由被人用槍口指著的恩斯特予以回答。

甚至臉上竟浮現苦笑，猶如一位老師殷殷教誨一群不太聰明的學生。

「還能為什麼呢？因為少了我還有副總統啊……既然我現在動不了，那只要迅速把我免職（炒魷魚），換人來做就好啦。」

這種既不介意丟掉高官職位，對眼前的槍口也完全無動於衷，甚至顯得開朗快活的聲調，讓普呂貝爾與洗衣精餘黨感到不寒而慄。

用高溫火炭般的眼睛環視驚恐得無言以對的他們，恩斯特露出了一絲嗤笑。

「搞不好他們還覺得這樣正好，可以把我這顆不再有用卻莫名受到擁戴的腦袋換掉呢。我倒覺得現在才動手，已經算慢的了。」

在民眾的支持……

以及那幫夜黑種的後援之下，登上大總統之座的恩斯特・齊瑪曼這個男人……

「──只能說『在十年前』，是個很好的後援對象沒錯。」

坐在開往前線的重裝運輸車上，約施卡漫不經心地聽著廣播新聞，自言自語。

恩斯特的妻子曾作為領袖主導革命，後為當權者所殺。他繼承妻子的理想，成為了下一個領袖。心愛的妻兒同時遭到皇室暴政奪走的悲劇英雄，這種身分背景想必很能收買民心。

他那種過度執著於妻子的理想，自願扛起為政者重擔的瘋狂特質……

但如今，恩斯特已經沒有用處了。

在第一次大規模攻勢的指揮中心，約施卡也目睹了恩斯特的瘋狂。見識到他那過於珍重人命以至於反而贊同捨命行為，這種邏輯矛盾的理想主義。他把內心的瘋狂表現得那般露骨，任何一個將士都無法欣然跟隨。

所以，這個人已經可以捨棄了──夜黑種那幫人下了如此判斷。

那些帝國開闢以來的害群之馬，卑鄙狡猾的鵲賊。

一嗅出財富與權力的氣味，就簇擁而上吃乾抹淨，看到獵物虛弱瀕死則毫不遲疑地捨棄不顧，再去找尋下一個獵物大快朵頤。一群只有鼻子特別靈的無恥黑老鼠。

「只有這件事我得感謝你哩，亞特萊・諾贊——幸虧有你，尤娜小姐的兒子才能免於成為那群人渣敗類的繼承人。」

掩護撤退才是首要目標。在此前提之下，使用榴彈炸出的瓦礫會妨礙友軍迅速撤退。

所以……

「——作戰開始。」

計畫是讓「女武神」進行攻堅，並快速鎮壓各個街區。

辛命令一出，隨後響徹四下的動力系統強烈的尖銳咆哮構成了第一波打擊。

這可是讓重逾十噸的機體以時速數百公里行駛的特大馬力。震耳欲聾且迴盪腹腔的機甲兵器響亮的排氣聲，光憑那音量就能令半吊子的小兵內心屈服。

對於當中很多人甚至連士兵都不是，混入了大量小老百姓的共和國人叛軍來說更是如此。

擴大的影像上，出現了在屏障後面倒退的人影。眼看「送葬者」與它的小隊健步如飛直衝過來，活像一群野獸要咬斷他們的咽喉，人潮變得更是退縮不前——機甲兵器本來不該採取這種機動的動作，但叛軍持有的槍砲經過確認，只有突擊步槍或是攜行式反戰車無後座力砲。兩者都無法正面迎擊「女武神」。

即使如此，仍然有幾把突擊步槍的槍身自屏障後方突出……但沒發出幾下槍聲。不是忘了做最初的上膛動作，就是沒解除保險裝置。這是以為只要扣下扳機就叫開槍的外行人，或是還不習慣運用自動步槍的新兵常犯的錯誤。

帶頭率領小隊楔隊隊形的「送葬者」到達屏障位置。

他們搭蓋這屏障想必費了一番心血，但被「送葬者」直接當成紙屑一樣撞碎。

群眾發出驚呼往後退，辛開著「送葬者」跳到他們中間。親眼目睹比獅子或老虎更巨大的「女武神」威容，又聽見在近距離之下更是震撼人心的動力系統咆哮，一些終於臨陣脫逃的人撞上周圍其他人，人牆轟然倒塌了——本來是想避免群眾雪崩現象的，但這樣可以讓大量人群一次全變得無法動彈，倒也正合他們的意。

要是讓後面那些人逃進街區深處就難辦了。隨後跟上的小隊三架機體射出鋼索鉤爪，塔奇納座機與瑪特里座機以街道左右兩側的建築物為立足點，衝過人潮的頭頂上方前去堵住退路，刺羽座機一路衝上屋頂平台，主要戒備的是被叛軍以無後座力砲迎擊。刺羽居高臨下，以外部揚聲器的最大音量朝著進退維谷的叛軍怒吼，命令他們跪下並將雙手交疊在頭部後方。

——雖然以鎮壓行動來說，實在太過輕而易舉。

「步兵隊，請拘捕投降者。」

從戰鬥屬地民當中徵調的女兵們豪邁地回應，跑了過去。

雖然早已料到會是這種場面，不過無論在哪個都市，叛亂集團都是一被「女武神」攻堅就脆弱地潰敗分裂。

再來只需謹慎進行鎮壓，絕對避免讓那些少年兵弄髒雙手就行了。指示原先奉命待機、負責押送工作的憲兵進入現場後，葛蕾蒂轉過頭去。

「──管制助理，這裡沒妳的事了。妳應該很擔心齊瑪曼大總統吧？」

她轉向坐立不安，心思飄到其他地方的芙蕾德利嘉，如此告訴她。

葛蕾蒂不能把這種狀態的她留在指揮所。況且面對一個家人遭人挾持而憂心忡忡的孩子，葛蕾蒂也無法叫她別去擔心那個家人。

「我覺得妳不該看那些，但妳如果忍不住就看吧。妳想的話，也可以將內部狀況事前告知攻堅部隊。」

芙蕾德利嘉聞言大吃一驚，抬起頭來。

身為戰鬥部隊的機動打擊群，與後方的教育訓練基地，無論是所屬單位或指揮系統都不屬於同一個體系。所以葛蕾蒂無法直接對「他」下達指示，但是……

「我至少可以透過所屬基地，請利迦少尉戴上同步裝置。」

方面軍規模、為數多達幾十萬人的撤退行動繼續進行。最後排的後方支援部隊已完成後撤，戰鬥屬地兵的充員兵隊伍於哈魯塔利預備陣地帶散開。接著利用支援部隊空出的區域，換成戰鬥部隊開始後撤。

軍隊無論是前進或後退行動，基本上都是採用交互躍進的方式，亦即由多個部隊一邊互相掩護一邊交互移動。基本原則是在交戰中的第一陣地帶同樣留下最低限度的留置部隊，由第二陣地帶以下各部隊掩護其後退。

然而……

與同伴們一起擅離崗位，裝甲步兵維約夫九死一生地脫離險地。

在撤退行動的過程中，他聽到了令人無法置信的命令。

是對北方第二方面軍下達的全軍撤退命令。

也就是說，他們想開溜就對了。那些貴族的大將軍、戰鬥屬地兵、船團國人還有城市人想開溜。

對維約夫的故鄉是既不拯救也不保衛，什麼忙都不幫就想逃走。

他們所有人，都對我們的故鄉見死不救！

他逃進奈西科丘陵帶的山谷，發現那裡也充塞著無以計數的逃亡士兵，不禁咬住嘴唇，心想果然如此。看吧，這些傢伙果然都是叛徒。所以才會對我們見死不救，只顧自己逃命。

而這個被叛徒擠得水洩不通的山谷……

收到警戒管制型指出獵物的位置，一群戰車型躍入他們之間。

不需要動用到武裝。它們直接用上五十噸的戰鬥重量，公平地把裝甲步兵與其他步兵一起輾斃。維約夫等人想逃，但擠在狹窄山谷裡的這些人互相擋路，逃不出去。

「機、機甲部隊到哪去了！——戰車型不是應該由機甲部隊來打倒嗎！」

戰車型的對手，應該是「破壞之杖」才對。

「軍團」入侵到後方這麼遠的位置，負責機動防禦的機甲部隊應該要來打倒它們才對。

「你們為什麼都沒來……！這……」

本來要接著罵的「這群廢物」，由於維約夫下個瞬間就被踩扁，喊到一半就斷了。

即使突破口周圍地帶一而再、再而三地提出請求，問題是前進路線如今都被逃亡士兵們堵住，吉爾維斯他們蟻獅聯隊也同樣離不開預置位置。

逃亡士兵們隨著時間經過反而更是深陷恐慌與怨憤情緒，就算命令他們滾開，事到如今也不會有人從命。但也不能因此就乾脆踩扁他們走過去，只能在硃砂色的「破壞之杖」中一味累積無法採取行動的煩躁感受。

正在準備出擊的「火焰虎」師團——大公家作為最終王牌的機甲部隊，與他連上了知覺同步。

『小狗狗，還沒死成啊？』

儘管稱呼方式與講話口氣都爛到極點，這位上校在布蘭羅特大公家當中對蟻獅聯隊一直以來算是夠友善了。換作平時的話，吉爾維斯會報以苦笑，但他現在沒那個心情，只是冷淡地回應：

「很遺憾，全員平安無事，上校閣下。被那些逃亡士兵擋了路，想出擊都沒辦法。」

『我知道——所以，掩護可以免了。準備撤退吧。』

聽到這話實在很難不吃驚。背後被吉爾維斯的沉默寡言嚇得有點戰戰兢兢的思文雅，似乎倒抽了一口冷氣。

他知道撤退命令已經下達到整個戰線。可是，竟然不等第一陣地帶的步兵後退，第二陣地帶的機甲部隊就要退了？雖說全面崩壞的局面已經迫在眉睫，但第一陣地帶還有很多人在奮戰，現在居然要拋下他們，甚至放棄後撤的掩護任務？

「上校閣下，這……如此將進一步導致步兵士氣低落，也可能會引發更多士兵脫逃。」

『「可想而知」。但是，我們也是「迫不得已」。我重複一遍，開始撤退吧，少校——小兵只能拋下了。』

為了進行機動防禦而留置於第二陣地帶以下的機甲部隊，接到了「全面」撤退的命令。

忽視部隊移動的交互躍進與交互後退等基本原則，此次撤退將徹底放棄對第一陣地帶的掩護。話雖如此，如今戰鬥區域已被敗走部隊淹沒而無從進行掩護，況且一旦等到潰散的人群到達第二陣地帶，機甲部隊將會連後撤都受到妨礙。與其把價值不菲的機甲部隊變成固定砲台，平白折損戰力，不如讓它們優先撤退，轉為維護預備陣地帶還比較有益。

同樣地，砲兵與戰鬥工兵們也接到撤退命令。全以步兵組成的第一陣地帶就此被棄而不顧。反突擊火力停止射擊，重要設施與可供戰車型通行的所有橋梁一律加以搗毀。

步兵們對此情形完全無法諒解。

珍貴的多腳機動裝甲兵器（機甲）與重砲、身為技能職類的機甲兵、砲兵以及工兵，都比步兵更具價值，因此優先順序高於步兵。這些常識大家都懂，但現在步兵無一不是滿腔怨憤與懷疑，無法諒解這種作法——而需要更高度的教育與訓練的機甲兵、砲兵或工兵，實際上大多由前貴族或他們的部下擔任，更是助長了怨憤的情緒。

對我們愛救不救的機甲部隊、膽小如鼠的砲兵，還有終究不是戰鬥職類的工兵，憑什麼可以比死命戰鬥到現在的我們先走？

流血犧牲到今天的我們，才應該享有生還的權利。

這種命令一出，就連原本還勉強堅守崗位抵禦敵軍的兵士們都士氣全失。與其變成那班貴族的棄子，不如索性逃走算了——開始不斷地有人下此決定。

只是就算做出了決定，事到如今也無處可逃了。

因為他們可是到現在還留在最前線的部隊。是正在遏止突破口繼續擴大，阻擋「軍團」入侵，與敵方部隊激烈駁火的部隊。

誰敢在敵人眼前後退，一轉身就會成為砲灰了。沒有人辦得到。

諒他們心裡有再多的怨言或是失去戰鬥意願，如今不幸留下迎擊敵軍的士兵，只要不想死就不能選擇逃跑。

在這種冷血透徹的算計之下，拿被捨棄的最前線死鬥為肉盾，機甲部隊、砲兵、工兵與還能救回的部分步兵部隊開始後撤。

共和國人對八六而言，終究不過是迫害者。

不會想特地射殺他們平白傷害自己的內心，但也沒有義務放過他們。

辛踢碎屏障，往他們身上照射瞄準雷射，看到有人逃進建築物，就在警告之後追加機槍掃射逼他們出來。不過好歹瞄準的是頭頂上方，所以只有牆壁碎片會落在他們身上。即使如此那一群人仍然渾身是血、連滾帶爬地跑出來，辛命令他們跪下將雙手交疊在頭部後方，接著前往下一個街區。尾隨的戰鬥屬地兵們對他們迅速搜個身，然後拉起來帶走。

故意維持啟動狀態的高周波刀的尖銳叫喊，嚇得一群人手忙腳亂地拔腿就跑。逃到別處還是撞上了待命的戰鬥屬地兵，但他們反而急著上前喊救命，被士兵們一一逮住──沒錯，葛蕾蒂他們確實是盡了最大努力，讓辛等人不用開槍。

他們調整街道的鎮壓順序與戰鬥屬地兵的進入位置，細心調動部隊讓叛軍自己逃到等著逮人的戰鬥屬地兵面前，省去了八六進行誘導的麻煩。從各處盡可能調用的大輸出揚聲器，用巨大音量一再反覆對整個都市發出勸降通牒。語氣中充滿威脅，好讓陷入恐慌情緒導致思考能力下降的人不假思索地服從。

拘送投降者的任務，交給從戰鬥屬地民中挑選出的女性而非軍威十足的憲兵，也是為了讓他們以為自己不會被虧待。而且並未讓他們發現，市區之外想必憲兵正在相當粗魯地把叛亂分子塞進押送車隊。

他彎過轉角。光學感應器捕捉到一名青年肩上扛著無後座力砲。眼看「送葬者」當即轉向自己，青年沒用上無後座力砲，而是高高舉起懷裡的幼兒讓他看見。

對方或許不是那個意思，但看起來就像是拿小孩當擋箭牌乞求饒命。

『等等，這裡有小孩──小孩子年紀還小！』

「丟下武器投降！放棄抵抗就不會受到傷害！」

辛透過外部揚聲器對青年大吼，那人立刻丟下無後座力砲，驚慌失措地跪下──與其現在才強調有小孩在場，何不從一開始就服從避難指示？

卻早已忘記自己的初衷是拒絕讓孩子也被送去打仗，身為一個軟弱的非戰鬥人員仍想反抗武裝軍人的蠻橫行徑，抵抗到最後才會發起這場魯莽衝動的武裝暴動。

即使這麼做魯莽而無意義，甚至是百害而無一利，共和國人竟然連這是他們總算表現出的明確戰意與保護自己的意志，都忘得一乾二淨。

辛只覺得厭煩透頂，煩躁地呼出一口已不足以減弱內心怒火的嘆氣。

對，這些共和國人終於產生了戰鬥的意志，與守護的意志。為了不讓家人、戀人、子女被人奪走，總算挺身而出了。

所以，也有一些人堅持不逃走。

他們瞪視並擋下逼近的「女武神」，好像它是一頭暴虐的魔物似的。手裡拿著突擊步槍、無後座力砲或手工汽油彈，力圖抵抗。

——那又怎樣？

遇到他們所有人，達斯汀全都將瞄準雷射開到最大功率射過去。趁著對方被高能光子束灼燒皮膚因而退縮或是縮起身體，戰鬥屬地兵立刻上前拘捕。遇到被燒傷仍然無所畏懼的人，就開著十幾噸重的「射手座」衝過去作勢要撞死對方。

反正自己已經沒有資格談什麼仁義或人道了。

救不了千鳥，又坐視祖國墮落，以為自己有所作為，其實只是袖手旁觀。軟弱、愚劣又卑鄙的自己，不管再做出多少殘忍或卑劣的行徑都無所謂了。

正是這種心態，使得達斯汀的戰鬥方式比誰都更不留情。同屬第六小隊的兩名八六同袍甚至還得拚命攔阻他。

『達斯汀，喂，達斯汀！你太過火了！』

『不用勉強自己沒關係，你先後退啦！他們不是你的同胞嗎！不要！這樣！逼自己！』

唯獨聽不見安琪的聲音。

當然了，自己都把她傷得那麼深了。她大概不會再理會達斯汀了。

「我沒事——總之現在最重要的是掃蕩叛軍，我的事……啊……」

輔助電腦發出警告。光學感應器偵測到危險物體的輪廓。

他將視線轉去。有群人肩膀扛著攜行式無後座力砲，躲在聯邦都市特有的「狹窄街道」上。

達斯汀猝然間感到一陣毛骨悚然。他忍不住按下了外部揚聲器的開關。

「——不要開砲！『那個用不得』！」

擊發。

面對一齊射出的多發成形裝藥彈，達斯汀跳躍閃避。彈速緩慢的無導引砲彈白白飛過「射手座」的腳下，反倒是用無後座力砲開火的那群人全數被火焰炸倒——無後座力砲藉由同時向後噴出部分火藥燃氣的方式，以抵銷大口徑砲彈的猛烈反作用力；為了不讓自己被它反射的後焰(Back blast)燒傷，這種武器不能用於牆壁圍繞的狹窄場所。

同胞滿地打滾的模樣令他變得面無血色。

同時，自己竟做出在戰鬥中不該有的行為，也引起了他強烈的自我厭惡——剛才，我為什麼要發出警告？遭受攻擊卻沒有反擊，根本連扳機都沒扣。

「唔……我就連對人開槍，都辦不到嗎……！」

我怎麼會……這麼軟弱？

達斯汀顯然陷入了自暴自棄的情緒。

這安琪看得出來，但她無法對他說些什麼。因為自己是留住他的一方。是安琪叫達斯汀耍詐，用這種話語下了詛咒，把他清高的品格變成了傷害他的利刃。

自己明明沒有堅強到能保護達斯汀的內心，卻偏偏有辦法對他下詛咒。

「……簡直就是個魔女。」

她自我嘲諷。巧的是，這正好與她的個人代號（Snow witch）不謀而合。這個代號是戴亞幫她取的，如今卻簡直像是一道詛咒。

大概軟弱本身就是一種過錯吧。

軟弱的人無法行善，卻能為惡。如同安琪對達斯汀下了詛咒一樣。

如果一個人只要不夠堅強，就連活得善良或正當都辦不到的話，最起碼……

「因為，我是個魔女。」

因為我是個邪惡的魔女，是個欲望深重的魔女。

所以，最起碼我抓在手裡的事物——絕不容許別人奪走。

系統發出警告。她將重機槍轉向接近的身影。一個體型微胖、看起來很和善的中年婦女正往這邊跑來。

『等一下，我要投降，所以請救救我，不要殺我！』

她邊喊著這些邊跑過來，隨後卻舉起了藏在身體陰影處的汽油彈。安琪那雙原本即已逐漸刷上荒涼色彩的藍眼睛，在此刻迅速冷卻。

雖說在「軍團」戰爭當中變得虛有其名，但戰爭法包含了保護平民的法規。

然而前提是平民必須貫徹非戰鬥人員的立場——不對戰鬥人員做出攻擊行為。

——恭喜妳了，笨蛋女士。

真佩服妳，幫我替妳自己的死刑執行令簽了名。

她臉上不自覺地浮現一絲冷笑。她把眼動追蹤的標線轉向那方。

指尖一按就能切換的副武裝重機槍，準備扣下扳機……

某人的話語如泡沫般，浮起又破裂。

那些混帳殺了爸爸和媽媽。把他們像垃圾一樣當成射擊標靶。

……這是……

我現在正要做的事情，不正是把人像垃圾一樣，當成槍靶嗎？

其實根本沒有那個必要，卻因為得到機會，為了抒發情緒或出氣，不就想對人開槍嗎？

一陣寒意讓她當場凍結。同時一句斥責刺入了耳朵。

『停止射擊（Cease fire），艾瑪少尉！』

在訓練中灌輸的命令，讓手指反射性地離開了扳機。匡噹一聲，尖銳響起的「女武神」沉重腳步聲，已足以嚇得那女性跳起來逃之夭夭。

『少尉，我們並未發出這道命令！不准擅自行動！』

第一機甲群的情報參謀大聲說道。蕾娜如今不在，由他們人數多於其他部隊的幕僚分擔職責，指揮第一群的行動。

然而慣於下令與斥責的激越語氣……卻在察覺到安琪的反應後忽地和緩下來。

不只是因為挨罵而僵住。發現她明顯地縮成一團，甚至嚇得發抖的反應……

『……這下妳懂了吧，艾瑪少尉。妳不敢開槍的。不敢開槍才是正確的。』

殺人是一件很可怕的事。就算是戰爭，就算對方是敵人或共和國人，開槍殺人仍是一件可怕的事。

參謀告訴安琪，她會產生這樣的念頭——才是正確的。

『妳屬於善良的那一邊。能夠將心比心理解他人的痛楚，跟對方一起傷心，這才是正確的。

我認為妳的這種表現才是對的。所以不用開槍沒關係，這樣就好。』

可是，這難道不是一種軟弱嗎？

我就是這樣軟弱得保護不了他，只有壞事特別在行。

「唔……！」

不對。

不是只有壞事特別在行。只不過因為內心軟弱，才會縱容自己去做那些更容易達成的壞事。

主張自己本來就軟弱，依賴並濫用自己的軟弱。就好像拿軟弱當藉口，認定了自己就是做不了好事。

「……我……」

既軟弱，又奸詐。可是……

即使如此，至少如果我還屬於善良、正確的一方的話，那我……

普呂貝爾發現，新聞節目是刻意將冷酷無情的鎮壓場面直接報導出來。鎮暴部隊並未做出屠殺非武裝民眾這種過於殘暴的行為，但也公開展示叛亂分子會如何遭受蹂躪，藉此殺雞儆猴。

或者是當成一種角鬥競技（馬戲團表演）或獸刑，讓喜愛痛快淋漓的邪不勝正或殘酷刑罰的社會大眾狂熱沉迷，忘記對執政者的不滿。

「竟、竟然如此心狠手辣……簡直把我們，把共和國人當成執行獸刑的人犯……」

遭到悽慘獵殺的同胞是殉教罪人，「女武神」就是猛獸或奴隸角鬥士(Gladiator)，興致勃勃地收看新聞的聯邦人則是圓形競技場(Anfiteatro)的觀眾。上演理應早在上古時代即已絕跡的血腥殘忍殺人秀(Roman holiday)。

恩斯特聽了反而蹙眉。

「你們也好意思說這話？把八六扔進第八十六區，現在又企圖把聯邦士兵困在前線的你們？喔，什麼人形家畜之類的鬼話可以免了。那種話就連你們自己也沒在相信吧——是啊，我倒想問你們，為什麼要做出這麼可惡的行為？」

普呂貝爾渾身痙攣了一下。

如果這些你都明白，何須明知故問？

「是為了……保護家人。」

恩斯特一言不發。普呂貝爾頓時一陣惱怒，激動地說：

「對，就是為了保護家人！說什麼也不讓心愛的子女、丈夫、父母與兄弟死在戰場上！所以才需要八六！所以才需要——豬奴的標籤！」

否則，如果不給他們貼上非人標籤的話……

萬一想到八六也是別人的子女，別人的丈夫、父母、兄弟、朋友或情人的話，明明除了讓他們去戰死沙場之外沒有其他辦法可以保護家人，卻會因此而無法承受自己的卑劣行徑。誰都不想承認自己是卑鄙小人，所以當然會設法逃避現實。

「我們這麼做也一樣，是為了保護家人！沒別的理由了！只要共和國擋路，讓你們無法後退，聯邦就只能待在現在的戰場繼續戰鬥。只能保護我們的家人戰鬥下去！——誰管什麼八六，什麼聯邦人！只要我們的家人平安，其他都隨便！」

吼叫的同時，眼淚奪眶而出。

對家人、對同胞、對祖國的愛。這些東西說穿了，也只不過是美其名為愛，藉以掩蓋真相的卑劣口號罷了。把鍾愛的人事物與其他東西放上天秤，毫不留情地捨棄不關心的那一群，這種卑劣之舉就是「愛」的真面目。所有人都同等地懷藏在心的卑劣想法，為何就只有這個男人可以擺出一副不關己事的嘴臉，簡直完全置身事外地來非難我？逼我產生自覺？

「誰不是這樣！難道聯邦就不是嗎！只要心愛的人平安無事，不管其他人要付出多少犧牲，多少人要被殺都無所謂。本來就是這樣啊！」

恩斯特微微地嘆了一口氣。

就像一頭火龍吐出細焰。

「——可以不要這樣存心惹惱我嗎？」

說時遲那時快，別說普呂貝爾，任何一個洗衣精都沒弄懂發生了什麼狀況。

伴隨著一聲打碎硬物的悶響，普呂貝爾轉了半圈之後直接癱軟倒地。

「……咦？」

洗衣精們反應不及，呆站原地。

普呂貝爾像毀壞的人偶般倒下之後，便一動也不動了。彎曲著癱在地上的手腳簌簌痙攣。一灘混濁的紅漿在地毯上擴大。更別說她的頭部已明顯變形——頭蓋骨凹陷出一個大洞。

用草率到一時竟無法看出是攻擊的動作毆打普呂貝爾後，恩斯特隨手把椅子一丟，撿起她掉在地上的步槍。檢查過槍膛後，他苦笑著把第一發子彈上膛。

「愛啊？好吧，嗯，沒錯，愛是一個人最重要的本源，這妳說得沒錯。我也知道有時候，排擠或排他行為正是從這些愛當中誕生的。」

沒有一個洗衣精敵開槍。

普呂貝爾忘了替突擊步槍上膛，但沒忘記這個步驟的人只消扣下扳機就能開槍，卻沒有人敢這麼做。

所有人都被滿身人血，卻還平靜地嗤笑的火龍雙眸中那股漆黑的嗔怒所吞沒，無法動彈。

「可是……因為是愛所以沒關係，因為這是一種愛所以沒辦法。你們只會找藉口或是將它正當化，卻從不試著反省或改進。知道人類有多醜陋卑劣，卻從來沒想到要改過自新。」

他把突擊步槍倒過來拿。握住長管槍身，槍托在前。

具備堅固的折疊式金屬管，重量不下四公斤的突擊步槍槍托，比隨便一把刀劍更沉重，但他簡直將之當成打擊武器的頂端一般朝向前方。

「只會肯定自己的卑劣，還好意思拿愛大放厥詞——如果這種愛才是人類的本質……」

這種生物滅亡算了。

泰半都是非戰鬥人員的烏合之眾，對付起機甲戰隊不可能撐持多久。第一大隊負責的基特爾蘭市區鎮壓行動，轉眼間便在全街區執行完畢。

全副武裝的共和國軍人不允許非武裝的數百萬八六國民做任何微弱抵抗，比起過去將其全數拘捕押送至他處的那時候，還要更為輕鬆簡便。

令人厭惡的聯想讓辛皺起臉孔，同時將鎮壓完畢的報告傳送給葛蕾蒂。

幾乎於同一時間，鎮壓其他都市的大隊似乎也一一報告任務完畢。預定第一個通過本地的機甲師團加快了速度。離預定抵達時刻還有充裕的時間，師團卻加快速度，使得載著叛軍正待出發的囚車不得不暫時待命，先等他們通過。

這次又怎麼了？辛皺起眉頭。論撤退的優先順序，自然是機甲師團高於叛軍。所以要待命是無妨，但是……

『——機動打擊群的，抱歉了。但我們得快點過去，否則下一批人員會塞車。』

正在暗忖時，就收到了無線電聯絡，是走在師團前面的偵察部隊。正規的資訊分享必須透過雙方的司令部來進行，在時間上不免會有所延誤，所以對方才會先打聲招呼順便做個解釋。

『後續的機甲與砲兵是還好，但最尾端的步兵已經陷入潰逃狀態了。也談不上什麼部隊或指揮體系了。沒有人要遵守後撤順序，我們不想遭殃所以只能加速趕路。』

辛忍不住蹙額顰眉。當然他事前也早就聽說，森蒂斯・希崔斯線的第一排——步兵陣地已經瓦解，士兵紛紛各自逃亡，但這……

『你們最好也趁現在做好準備，跟道路保持距離。否則一旦被那些烏合之眾包圍就動彈不得了。』

†

聯邦軍無視於撤退行動的基本原則，同時撤走機甲戰力與砲兵，並且大概是想提供被丟在陣地帶的步兵們一點最起碼的砲火支援吧，口徑大到連榴彈砲都無法與之相比，但論彈數實在少得可憐的砲彈傾落在各個戰線上。

聯邦的聯裝式磁軌砲「鬥神孔雀」以長射程為傲，即使停留於遙遠後方依然可以對最前線提供火力。這種武器設計成以數量彌補低劣的命中精度，不過如果要對整個戰場遍灑砲彈的話，其廣大的圓機率誤差半徑反而能收到良效。

只是它為了抵銷射擊後座力，而必須以兩雙駐鋤（Spade）固定機身的笨重運用方式，以及只能在四線鐵路的軌道上移動的龐然巨軀，在在都是明顯的致命弱點。

電磁加速砲型反推彈道，算出敵軍磁軌砲的位置後，開始展開砲擊。

於各戰線後方散開的「鬥神孔雀」與其運用部隊，惡狠狠地被八〇〇毫米砲彈的豪雨澆得滿頭。「鬥神孔雀」與電磁加速砲型同等的超長射程，本是為了對此種機型做牽制與反擊而生。換言之面對「鬥神孔雀」的射擊，電磁加速砲型也同樣能夠反擊。

對前線提供砲火支援的孔雀們，接連遭到巨蝶放出的雷霆擊殺。眼看前線砲擊戛然而止，重機工兵型（Aranea）搭起浮橋代替敵軍炸毀的橋梁，發出嘩嘩水聲渡過戰場的無數河川。黑鐵軍勢在對岸等待架橋完畢，軍容嚴整地組成綿延至地平線彼端的浩大雄兵。

而聯邦軍早已沒有火砲能夠阻擋、驅散這支大軍。

†

如同第六九機甲師團的偵察兵事前的警告。

辛等人離開撤退用道路，重新鋪好防衛線之後，在視野下方看到潰逃的成群步兵，確實有如大量繁殖的老鼠或蝗蟲那樣，前進方式毫無秩序可言。

他們黑壓壓地淹沒了並不狹窄的道路。既不組隊也不互相調整速度，爭先恐後地推開眼前的其他人或集團。也看不出是哪個師團或聯隊通過下方。就連指揮體系也全面崩潰，成了什麼也不是的群眾。

而且經常可以看到一些集團互相衝撞或是扭打，想必懷疑對方是那什麼新型自走地雷吧。害怕根本不存在的敵人，導致原本就時常壅塞難行的人潮又被毫無意義的糾紛打斷擋下。徒步移動的集團本來就不可能走得多快，又用自己的愚蠢行徑進一步拖慢速度。

第一陣地帶，目前由在這種潰逃狀況下仍然堅守崗位的戰壕或陣地勉強撐持住。必須趁他們擋住「軍團」的時候，盡可能將更多的步兵接回預備陣地。但這些人卻……

「……比想像中還要慢。」

辛強壓住想咋舌的心情。就算禁止這些人進來想必也沒人會聽，因此他們選在高低起伏激烈、徒步難以前進的原生林——里希奇福森林作為部署防衛線的地點。

現在經過下方的，都是丟下友軍第一個逃命的懦夫。既然這樣最起碼如果能前進得迅速一點，那麼留在第一陣地帶的部隊，或許還能在全軍覆沒之前得以後撤……

……但為什麼……

就連這點程度的判斷、冷靜與良心，這些傢伙都……

繼續堅守第一陣地帶的，是大半人員為戰鬥屬地兵的部隊。

他們被逃跑的步兵、撤退離去的機甲部隊與砲兵拋下，僅有的戰壕或陣地也已淪陷，使得他們漸漸變得孤立無援，但戰死對戰鬥屬地兵而言是一種榮譽。眼看鐵青浪濤襲捲而來，他們臉上竟浮現笑容，揮動槍身燒紅發熱的重機槍、砍到都缺了口的粗長斧頭或刀劍。

從鄰近——已經遠到無法這麼形容的碉堡，另一支戰鬥屬地兵部隊與他們連上知覺同步。

『佐托聚落的，你們還活著吧？』

「喔，吉馬．米馬的老兄！你們那邊也還挺得住啊？」

正在回話之際，身旁遠房親戚的一個老先生，跟隔壁人家的小兒子也被擊斃了。都是向前撲倒，都是正面受傷。何其壯烈啊。聽他如此呵呵大笑，聚落吉馬．米馬的同胞說：

『大官們下令叫我們也開始撤退。說是臭鐵罐們的本隊就快來了，勢必無法阻擋，所以要咱們依序後退。』

「總算要撤啦？收到……只不過……」

戰鬥屬地兵露出苦笑。臭鐵罐們的本隊。

說的是從那些反戰車屏障被全數炸掉，砲火與機甲兵器無一提供攔截的河流悠然渡河——密密麻麻地部署在河川兩岸的眼前那個大集團嗎？

「我們這邊是撤不了啦。要被突破了。」

這一次，砲擊連同他的所在位置，將整條戰壕全炸得粉碎。

†

「軍團」第一梯團本隊就此完成了渡河、掃雷與清除反戰車屏障的任務。打開並維持入侵破口，讓部分部隊深入森蒂斯．希崔斯防衛陣地，確保行進路線通暢的先遣隊隨後跟上，大舉湧入防禦陣地。

防衛力量除了捨命留下的極少數殿軍之外，就只有留置的地雷或陷阱了。

憑藉著宛若雪崩或海嘯前衛、質量龐大的威猛暴力，「軍團」第一梯團吞沒此時依然滿是人群的各條撤退路線，部分軍力更是乘勢直接殺進了哈魯塔利預備陣地帶。

†

正於哈魯塔利預備陣地前方掩護撤退的機動打擊群，也遭受了「軍團」第一梯團的海嘯攻勢。

儘管早就以辛的異能預測得知，數量也未免太多了。部隊據守於設計成具有要害功能的帝國廢棄都市群並竭力撐持的同時，後方與哈魯塔利陣地帶形成連結區的另一部隊被迫後撤——機動打擊群連同正在撤退的部隊，等於是被留在敵軍之中。

從全像式螢幕的光點（BLIP）看清局勢，葛蕾蒂提問。友軍正在後撤。那麼敵情又是如何？

「上尉，就這些了嗎？還是說……」

『還有一批。於「軍團」前線腹地有一大型部隊發起攻勢。軍團級——不，是軍級規模。推測為第二梯團。』

聽到這句最糟的回應，葛蕾蒂壓抑住想咋舌的衝動。雖然另有第二梯團也是預料中的事，然而……

「竟然是軍級規模……！」

這裡所說的軍，是指以多個軍團組成的編制單位。數個軍組合起來是集團軍，在聯邦則是方面軍，西方方面軍將五個軍團中的四個兩兩分開，整編為兩個軍。換句話說，隨後將有一支能與西方方面軍之半數相匹敵的援軍，湧向哈魯塔利陣地帶。

她做出了決斷。在這種得不到支援的平地地形，下次縱然是機動打擊群也撐不過去。

如果拿堪不堪用都還是未知數的敗走步兵「集團」，跟仍然保有部隊體制與兵員人數的機動打擊群相比，後者無疑更有價值。

「——任務就此結束。於掩護目前部隊的同時，我們也後撤吧。」

留到最後一刻，以戰鬥屬地兵為主體的殿軍，死裡逃生的人已經開始分散撤離。為了躲過一路上四面八方的敵軍，他們分散成幾個小部隊。所以不會通過這麼顯眼的路線——機動打擊群「已經沒有」需要等待的步兵了。

「為了不妨礙到其他部隊的行動，第二、第三、第四群於哈魯塔利線支援部隊展開地區內，到洛伊唐西市集合，第一群於納基韋基市集合。接著西進返回軍械庫基地。」

遲了一些之後，師團本部下達指示。機動打擊群結束現行任務並後退，前往軍械庫「戰區」從事防衛任務。

她小聲嘟噥一句：「太慢了。」然後……

「既然『軍團』已經入侵哈魯塔利陣地帶，軍械庫基地周邊也將在近期內成為戰場。這次，一定要守住我們的家園。」

在連前線兵士都只顧逃命的狀況當中，試著帶領不但是外國人，走得又慢的密爾等育幼院孩童前去避難的院長憲兵，堪稱是令人欽佩的善心人士。

這卻害了憲兵自己。

前線的後撤比預料得更快，長距離砲兵型的長射程榴彈，如今已開始零零散散地擊中屬地莫尼托茲爾特。在屬地原野上帶領孩童疏散的憲兵，頭部忽然憑空消失了。

「咦？」

是對密爾他們來說感覺還很遙遠的榴彈爆裂的破片。一五五毫米榴彈的殺傷範圍為四十五公尺——意思是在這個範圍內可以確實殺死半數人員，但當然也有些破片能保持威力飛得更遠。

瞬間掉了腦袋的屍體無力地癱倒。行列裡一個女孩被噴了滿身的霧狀血肉與碎骨，嚇得呆立不動。

失去了大人帶隊的密爾等人也是一樣。

站在如今連榴彈都會零散飛來的戰場正中央——原本就因為以兒童為主而走得較慢，落後於其他難民的密爾等人，現在更是只剩兒童，孤立無援了。

賽歐畢竟在那幢宅邸生活了幾個月，會找他去確認恩斯特家的房屋設計圖也是理所當然。

換言之他們是打算攻堅了，賽歐在挪用兵舍模組做成的臨時指揮所，明白到這件事。

也就是不考慮人質——恩斯特的人身安全，只想強行闖入迅速剷除叛亂勢力解決此事。更何況看這間軍用兵舍模組就知道，把他找來並封鎖現場的人員都不是警察而是軍人。雖說是正值全戰線陷入危機時首都發生動亂，但不具有相關權限的軍方忽然出面解決聖耶德爾的事件，仍然是一種異常措施。

擠在指揮所裡的軍官們，以及封鎖現場的士官與基層士兵，也都是有著深紅頭髮與眼睛的焰紅種，臂章的部隊章是燃燒的豹。他們是駐屯於聖耶德爾近郊的機甲部隊之一——「火焰豹」師團。以布蘭羅特大公家的相關人士所組成，是隸屬於此一門閥的精銳部隊。

看來他們倒還不想背負對大總統見死不救的惡名，說要避人耳目等到入夜再行動。這個高級住宅區已經暫時將民眾撤離而完全淨空，就連新聞媒體也一律不准接近。

在宅邸遭人占領後，女僕泰蕾莎立刻被恩斯特悄悄放走，平安無事。指揮官很不客氣地說要是反過來就輕鬆了，讓賽歐心裡升起一把火，可是對方非但不准他提意見，就連多說一句話都不准。找賽歐來使喚完了就像攆走一隻小狗般將他趕出指揮所，讓他只能懊惱地站在一旁乾著急。

怎麼辦？得想想辦法才行。賽歐不願坐視這種事發生。他絕不可能呆站一旁，眼睜睜看著自己的熟人死於非命。

行動終端震動起來，是他現在的長官。訊息顯示「戴上同步裝置等待進一步指示」。

「……收到。」

什麼意思？賽歐一面感到不解，一面戴起銀環——他考慮到首都現況，帶來以防萬一的。甫一戴上就有人連上線，喘吁吁的聲音說：

『賽歐！……喔喔，真是上天眷顧，汝就在恩斯特那廝的宅邸附近對吧！』

芙蕾德利嘉的異能，能夠看見熟識者的現況。

而她說得沒錯，真是上天眷顧。時機也太剛好了！

「芙蕾德利嘉，妳來得正好，幫幫我！」

只要能夠得知宅邸內的狀況——知道恩斯特與洗衣精的位置，應該就有辦法可以鎮壓暴徒而不傷及恩斯特。

芙蕾德利嘉的存在不能讓布蘭羅特大公麾下的火焰豹師團知道，但這方面賽歐自有辦法硬說成是藉助於辛或王子殿下的異能。

芙蕾德利嘉在知覺同步的另一頭，拚命地不住點頭。

『好，既是如此，汝務必要幫幫余——汝務必要……』

接下來的這句話近乎慘叫，完全出乎賽歐的意料。

『務必要阻止恩斯特那廝！』

畢竟是交戰的同時進行撤退。不可能讓全機一直線前往集合地點納基韋基市。

從構築防衛線的里希奇福森林帶，部隊依序移動至東北方的克什涅丘陵。於克什涅山麓的廢棄都市盧沃奇福準備好下一條防衛線之後，最後一個留在里希奇福森林的辛等第一大隊在防衛線的掩護下開始後撤。隊伍避開步兵行經的道路走北方路線，接著前往東部都市費勒奇福——這時部署於克什涅丘陵的第四、第五大隊，連同整座丘陵一併「消失了」。

辛猛地抬頭，透過光學螢幕仰望顏色沉鈍的雲霄。在雷達的偵測範圍內，砲彈於出現的同時命中目標。是超高速砲彈，加上如此強大的威力……

『是電磁加速砲型嗎！』

「『鬥神孔雀』……被殲滅了嗎？」

為了迎擊聯邦軍防衛線後方的「鬥神孔雀」，電磁加速砲型已來到「軍團」第一梯團的後方近處。混雜在少說超過千架的「牧羊人」與無數的「牧羊犬」戰吼之中，縱然是辛也沒能分辨出電磁加速砲型攻擊的那一瞬間。

緊接著，砲彈落在第七大隊剛剛到達的費勒奇福市，第二次打中克什涅丘陵，擊中第一大隊正慢慢離開的里希奇福森林，以及步兵們正在前進的道路。頂著八〇〇毫米砲彈的滿天轟雷，「軍團」機甲部隊仍繼續挺進，咬住被衝擊波與至近彈打得亂了陣腳的盧沃奇福防衛線——第三與第六大隊不放。

『嘖！第五大隊，密茲達無回應，副長接手指揮！』

『第四大隊，倖存者準備射擊，一瞄準敵機立刻開火！』

從克什涅丘陵的殘骸與滾滾塵煙中，掩護射擊飛向盧沃奇福市區。機動動作戰鬥本是機甲兵器的特長，而專為高機動戰設計的「女武神」更是擅長此道。它們四處移動，故並未聚集於一處，看來人員損害並不如灰飛煙滅的區塊給人的印象那麼嚴重。

『第三，滿陽回報平安——請第一大隊繼續後撤！我們會支援你們撤離此地！』

『第七大隊同前。費勒奇福市區已經得到掌控，開始構築防衛線——哇！』

又是一波砲擊。無導引的超長距離砲擊命中精度低，因此使得大口徑砲彈不分關鍵地形與其他場所一律平等轟炸，「女武神」無處可逃地被玩弄於股掌之間。衝擊波、砲彈碎片加上崩塌丘陵揚起的大量砂土，把倒楣的機體或戰隊推往遠處，進一步分裂隊伍。

——看來敵軍盯上的是這整個撤退路線地區。

辛如此暗忖，瞇起一眼。撤退路線至今仍被無數步兵淹沒，因此變得格外顯眼。

擊毀前進觀測機沒有意義。不是其他斥候型（Ameise）或類似機體前來頂替，就是現在已經換成警戒管制型在進行觀測。第二梯團遲早也會大舉入侵這個戰場。必須趁早……

「各戰隊以脫離砲擊區域為優先。退避地點為——」

他開啟地圖，首先注意的是「不會被選作撤退路線的地點」。

「北方，特法爾群峰。該處未部署伏兵，對敵軍機甲部隊只須做最基本的因應。」

眼前的敵軍機甲部隊，是用來將第一機甲群困在砲擊區域的棄子。雖然無法完全忽視，但在某種程度上會被電磁加速砲型自己的砲擊打毀。

指揮第一機甲群全體人員的作戰參謀予以追認。地圖資料得到更新，顯示出多處會合地點。之所以未個別顯示各個大隊的地點，可能是重視各機的退避勝過隊伍的重新集合。

迦南・紐德中尉與長弓戰隊未回應——從作戰參謀背後傳來的這句聲音，令他短暫闔眼。經戰鬥屬地白洛斯的撤退路線退至後方洛伊唐西市的第二到第四群，看來同樣也遭受了電磁加速砲型的砲擊洗禮。

為排除「鬥神孔雀」而前進的電磁加速砲型全機，很有可能已對哈魯塔利預備陣地帶全境予以轟擊。

「該死……！」

雪片……

令沉鈍雲霄天霧漫布，開始紛紛飄下。

†

將煩人的孔雀全數殲滅，電磁加速砲型輕鬆自得地逐一打擊聯邦軍預備陣地與通往該處的撤退路線，於接獲前進觀測機的報告後結束砲擊，變更準星的瞄準目標。

砲擊區域儘管尚且餘留了些殘兵敗卒與拚命保護他們的部隊，既然已以砲擊將其打散，各個擊破並非難事。電磁加速砲型對於把老鼠連同窩巢一併搗毀十分在行，但要它一隻隻去追捕撲滅就累了，因此無須用它來追擊已經分裂的部隊。

將「鬥神孔雀」殲滅之後，不再有轉移陣地的必要，電磁加速砲型留在原位，轉動它粗長的砲身……

『——雷達產生反應。』

——雷達產生反應？

緊接著，每個戰線各自預留，以備對付電磁加速砲型的「最後一批『鬥神孔雀』」的砲擊貫通了它的龐大身軀。

「你們這些臭鐵罐是白痴嗎？——豈有把用來對付電磁加速砲型的最終王牌，全數耗費在砲火支援上的道理！」

「剛才的掩護射擊另一方面也是為了釣出敵機，趁現在盡可能多擊毀幾架電磁加速砲型！」

以友軍砲兵當成誘餌的壯烈反擊開始了。神色殺氣騰騰地完成砲擊程序的操作部隊，即刻拔起駐鋤轉移陣地，疾馳於縱橫交錯的四線鐵路走避他方。

失去制空權的「鬥神孔雀」，沒有方法能夠觀測敵機是否已被確實擊毀。不過就算萬一沒能擊毀，只要能達成牽制之效，就能阻止電磁加速砲型旁若無人的行徑。

雖說是量產機型，畢竟是寶貴的超長距離砲。電磁加速砲型對反擊提高警覺，砲擊再次變得零散不一。為了避免遭受反擊，只得拖著一四〇〇噸的龐大身軀費事地轉移陣地。

避開了雷霆豪雨的戰場士兵們，再次開始展開後退行動。

†

好似巨龍咆哮，無懼於他人目光的強烈排氣聲「自背後」接近。

接回的砲兵或機甲部隊要重新投入戰局還需要時間，哈魯塔利預備陣地帶的這一隅只靠動員的戰鬥屬地民老兵、女兵或少年兵支撐住。即使殘存兵力寥寥可數，趴伏在戰壕裡的步兵們正準備迎擊新一支迫近的「軍團」機甲部隊，但一聽到這聲音全都轉過頭去。那音量實在太大、太肆無忌憚了。

「怎麼搞的……！」「該死，這傢伙是……！」

不知情的人，對從未聽過的巨大聲響感到驚愕。而知情的人則是心生厭惡與畏懼。

多腿踢踏地面的沉重聲響，宛如軍馬(Destrier)震天動地的馬蹄聲。以異常功率高速驅動異常重量的動力系統，發出陣陣尖叫。

不是「破壞之杖」。當然更不可能是「女武神」。聽過一次、看上一眼便令人難以忘懷，這種傲慢至極的咆哮是——……

「『阿茲．達哈卡』——……！」

「諾贊的食人惡龍，終於還是出來了……！」

『——吃光它們！』

藉由大功率的心理戰用揚聲器，部隊全體駕駛員齊聲唱和。

男女嗓音混雜交錯，發出稱其為勇猛未免太過恐怖不祥的吶喊，鐵灰色機影飛越戰壕。

不像某個自以為的女帝，夜黑種不做把座機塗成自己專屬色彩的那種無意義行為。用不著以那種方式裝模作樣，建立的無數戰果正是它們實力的明證。

如同巨龍獠牙一咬，先鋒同時自「軍團」機甲部隊的左右兩側揮刀斬去。就像閉合嘴巴那樣，它們易如反掌地撕裂、啃噬敵機。那種快到異常的速度，以及它所帶來的衝擊力……

「阿茲．達哈卡」。

一二〇毫米滑膛砲搭配兩挺機槍、堅不可破的裝甲皆與「破壞之杖」相同。不同的是駕駛座採用單座而非前後雙座，換言之，運用方式為單一駕駛員同時負責操縱與射擊。而且……

「滿地匍匐，等著被馬蹄踐踏吧，你們這些臭鐵罐——狂骨師團上陣。」

論裝甲厚度，分明與「破壞之杖」相差無幾……

戰鬥重量高達七〇噸的超重量級巨龍把腳一抬——被它「從頭上」狠狠毆打，戰車型的龐然巨軀被壓趴在地。

「落地」的衝擊力道與過大的重量，引發了響徹附近一帶的地鳴。相對較薄的頂部裝甲被打凹，戰車型狠狠撞上積雪地面，活像瀕死的蟲子般痙攣抖動。踩爛了敵機的亞特萊駕馭自己的「阿茲・達哈卡」順勢「跳」向下一隻獵物，後續的副長機旋轉保留的前方砲塔，以極近距離的砲擊給予可憐的戰車型最後一擊。

沒錯，正是「跳躍」。

七〇噸的龐然大物宛如一匹悍馬般躍動、奔騰，縱橫無阻地東奔西跳，蹂躪雪地戰場。

輔助比「破壞之杖」或戰車型更有重量的超重量級機體，超高功率的驅動系統使得它有時甚至能做出堪與「軍團」媲美的機動動作。這就是「阿茲・達哈卡」的最大特徵。

當然也因為如此，耗能與可維護性都只能說毀滅性地糟糕。

再加上異常敏感的操縱系統，與只要功率稍有降低就會開始嘔氣不聽話、脾氣壞透的動力系統。駕駛員被要求具備強韌肉體，以承受過高的運動性能帶來的強烈加速度，再加上它那強人所難的慣性。需要配備高功率的驅動系統、用來安撫它的冷卻系統，以及預防機體自毀的緩衝系

FRIENDLY UNIT

〔友軍機體介紹〕

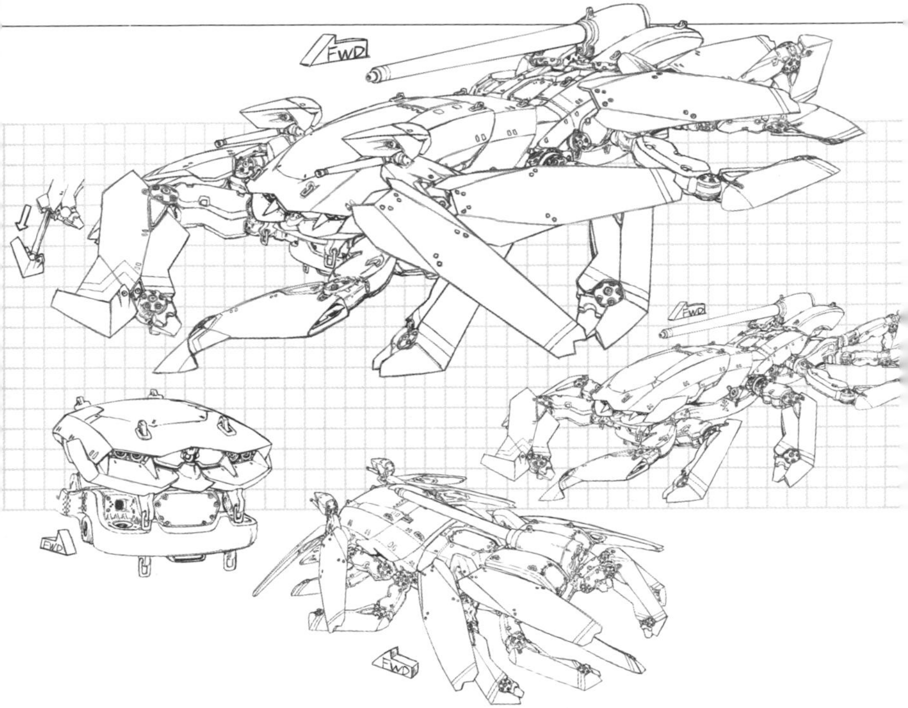

〔「諾贊家專用」強襲型機甲〕

〈阿茲．達哈卡〉

[ARMAMENT]

120mm滑膛砲×1
12.7mm重機槍×2
心理戰用大功率揚聲器
前腳部「刀刃」打樁機
運轉展開裝甲×8

[SPEC]

〔製造廠〕菲爾斯因捷爾陸軍工廠→陵峽公司
〔全長〕11.9m　〔總高度〕3.1m（不含腳部）

破壞力、機動力與防禦力臻至極限，堪稱「性能全包」的異形機種。

但相對地，在操縱性、可維護性、耗能與運轉時間等諸多方面則粗劣至極，將本機的多餘部位去蕪存菁，開發而成的即為「破壞之杖」。

屬於舊型機種，但得到富貴豪宕的諾贊家族進行現代化翻修與量產後，儘管出於上述因素使得運用範圍大幅受限，但仍作為連「戰車型」亦能予以驅逐的人類勢力「最終王牌」投入各大戰場。

統，導致機體重量足足超過七〇噸，卻又具有與之相反的猛烈速度，以至於機體隨時處於被用力甩動的狀態，但駕駛員竟必須只憑經驗與直覺來駕馭這一切。

若非仗著大貴族諾贊一家擁有的財勢與血統，絕無可能運用得了這種妖魔鬼怪。

被它們一口咬住側腹的「軍團」部隊就這樣被撕成兩半。被尖牙撕開落入巨龍喉嚨的先鋒敵機遭到後續的「阿茲．達哈卡」磨成碎粉，大刀砍入敵軍集團的狂骨師團前衛二隊在敵軍之中殺進殺出後急速掉頭，從臭鐵罐們的側面再次宛如鯊魚一般咬住不放。

光學螢幕的角落看得見後方，剛剛飛越的那些臣民據守的戰壕正在忙亂地重整態勢——抓緊了狂骨師團降臨的機會，判斷做得精準飛快。看來他們並非臣民，是戰鬥屬地兵吧。

面對戰車型迫近眼前，他一面毆擊火砲底部的非裝甲部位收拾掉它，一面按下外部揚聲器的開關。

「你等勞苦功高。耗損的物力很快就能得到補充，再撐一下。」

『…………遵命。』

回應的無線電出現片刻停頓是出於畏懼，抑或是戰死者被當成物品對待而感到屈辱？……不知道原本是哪個領主的屬下，總之真是訓練無方。

『不過，請准許我提出請求——我們無法信任那些丟下弟兄逃亡的士兵。補充時還望調派「同胞」過來，而不是那些「回收再利用」的。』

哈，亞特萊只以呼吸嗤笑了一聲。

「可以。但是相對地，你無論如何都必須死守你的陣地。」

『無須您特地吩咐。』

無線電結束通話。

在通話時懂得分寸地保持沉默的副長，像是代替他開口般說：

『亞特萊少爺，各家師團的戰線投入，以及接回的砲兵、機甲部隊的投入準備進度一切順利，但在回收再利用的資源投入準備上有些延遲。』

於前線後撤時最先撤退的砲兵與機甲部隊，所有部隊皆已接送至哈魯塔利預備陣地帶，目前各隊伍正在重整態勢，一完成準備便能投入戰局。至於搶在正式撤退命令下來之前急著逃命的步兵部隊，也因為溜得夠快而得以勉強抵達哈魯塔利線，原本預定會在進行回收後送回戰場上去。

發現亞特萊以沉默代替質問，副長接著說：

『畢竟都是些膽小逃亡的士兵。聽說他們就像小娃娃一樣，哭叫著不依呢。』

「一群蠢材。」

亞特萊冷漠地回以嗤笑。真是群沒見識的蠢蛋。

以為只要敵前逃亡，就能逃得出戰場嗎？

「叫人員去把他們排成一排，直到他們發出遵命的『叫聲』之前依序槍斃。還有，告訴他們下次別再報告這種蠢事了。賜給他們的『破壞之杖』是用來做什麼的？——無論是連叫聲都不像樣的老百姓（雞）或士兵（狗），還是不懂得訓練家畜的看守，我們都不需要。」

副長笑了起來。

亞特萊本人或許不明白，他之所以被選為諾贊次代家主，最主要的理由並非家族勢力夠大，也不是因為與塞耶侯爵血統相近。而是基於在這戰爭期間最不可或缺的資質——他這種被譽為始祖再世，無人能比的傲慢、冷酷與凶殘。

一個除了血緣相近之外別無長處的混血孫兒，跟他相比的話根本毫無價值。

『但憑尊意，亞特萊少爺——我的夫君。』

雖然並未置身戰場，但賽歐也是軍人，況且首都眼下正動盪不安。最起碼手槍是必須隨身攜帶的。

他銜住滑套把它往後拉，裝填第一發槍彈。聯邦的制式手槍是裝彈數較少的小型手槍，他也沒帶備用彈匣過來，所以彈數有點讓人不放心；不過如果芙蕾德利嘉說得沒錯，那就不會有機會開槍了。

即使如此為了以防萬一，他仍然帶著完成上膛動作的手槍，獨自從宅邸窗戶溜進屋內。

「你要做什麼！」「警衛都到哪裡去了！」

只聽得見遠處火焰豹師團團員慌張的聲音。他們當然有在戒備逃出宅邸的人，但現在周遭受到嚴密封鎖，他們想都沒想到會有人從屋外闖入。

踩著敲破的窗玻璃碎片，他滾進鋪有地毯的走廊。緊接著窗框旁邊中了一發來自屋外的子彈。遲了一些後槍聲才響起，是初速較快的槍砲——例如步槍特有的現象。這是將房屋北側包括這扇窗戶全部納入射界的狙擊手，所發動的狙擊。

「……哇，竟然開槍了。」

他維持低姿勢小聲嘟噥。

對方應該早就看到賽歐擅闖卻到現在才開槍，想必是因為被報告與命令拖延了；看來即使是貴族部隊，也還沒冷血到能夠毫不遲疑、擅作主張地射殺聯邦軍人同袍。從中彈位置來看也似乎無意擊中目標，而是以警告與威嚇為目的。

「芙蕾德利嘉，恩斯特在哪？」

『還在客廳。那班洗衣精——就余所見，也是全都在那裡。』

她說得沒錯，背後靠著的牆壁完全沒傳來腳步聲或說話聲。好歹也是大總統的私人寓所，建築不至於偷工減料到連竊竊私語都會被聽得一清二楚，但再怎麼說也不會連步槍的響亮槍聲都聽不到。所以如果有人站崗或是巡邏，總該要做出點反應吧。

……看來應該可以認定客廳以外的地方沒人在。

但他仍然對周圍的風吹草動提高注意，前往熟悉的客廳。的確，所有人都聚集在這裡。除了溼黏的腳步聲之外，還能感覺到不少人的體溫——「帶水聲」的足音，從室內傳出。

他苦澀地想像了室內的狀況。再加上這股他迫於無奈，早已習慣了的腥味。

芙蕾德利嘉從剛才就一直默然無語，像是在忍住不哭出來。
賽歐先躲在門後，窺視室內情況。
他隨即凝然不動，倒抽了一口寒氣。
儘管已經聽芙蕾德利嘉描述過概況——儘管已經從血腥味，料到了大致情形，但……
在像是物體一樣倒在地毯上的洗衣精們之中，拎著槍托鮮血淋漓的突擊步槍……
顯示個人特色的西裝滿頭滿臉地全是血痕，碳灰色的火龍佇立其間。

瑞雪霏霏，飄降人間。
隨後它們被四射亂飛的砲彈高溫、燒紅的槍身、來回奔馳的機甲兵器與車輛的排熱燒融，變成醜陋的泥濘。踢起的泥水當頭澆下，本來一身純白的「女武神」裝甲漸漸被弄髒，原貌不再。
電磁加速砲型的砲擊在「鬥神孔雀」的牽制下變得斷斷續續，辛等第一機甲群刻意爬上即使是多腳兵器也難以前進的險峻山岳，「軍團」地面部隊的追擊雖沒開闊地那般激烈，但這條路可不好走。
碰上夾在陡峭懸崖之間的峽谷、密集交纏的樹根與枝椏，以及不可能經過人為鋪裝的野獸小徑，即使是屬於小型機種的「女武神」，也不得不分成幾個小部隊依次進軍。為了避免誤入死路，還得一邊確認地形而無法加快速度。想下去山麓，又礙於地形平坦處全部仍被「軍團」與殘兵敗卒淹沒。唯一值得慶幸的，是森林濃密到足夠躲避在上空監視的警戒管制型眼線，隊伍沿著山道前進。

地面上那些殘兵敗卒，照樣像飢餓的蝗蟲一樣散布於整個戰場。

在哈魯塔利防衛線陣地之間預先鋪設好的窄路，似乎又被他們衝進去堵住了。聽說他們沒跟哈魯塔利線的守兵先做聯絡就想擠進戰壕，結果自己踩到地雷、勾到鐵絲網或是擋住射擊線，反而幫了入侵的「軍團」一把。

這種情況讓辛難掩內心的煩躁。

為什麼每個人都要這樣不斷地做蠢事？

他們不可能不知道這樣只會讓狀況惡化，那為什麼還要這樣我行我素？為了自己一個人的問題，散播恐懼與情緒。

又來了一支追擊部隊，步步逼近。他們挑選一處要地構築臨時防衛線，擋下敵軍的先鋒後，再由另一支別動隊從側面予以打擊，衝破敵軍。「女武神」並不擅長停在一地戰鬥。防衛線構築部隊不免常有人員傷亡，但除了隨伴的戰鬥屬地兵之外，已經沒有步兵部隊能協同作戰。若是願意協同的話，那些步兵也能得到生還的機會，他們卻連這點道理都想不通。

他們的那種愚劣令辛極其不耐。

……為什麼？

為何能這樣大肆顯露出自己的軟弱、愚蠢，好像當成了可以無法無天的赦罪符？為何能夠殃及別人也不在乎，甚至沒察覺其實自己也在蒙受損失，把這些缺點當成雙刃利劍般揮舞？

你們這些人……

†

得知僚機的電磁加速砲型已被粗製濫造的聯邦製磁軌砲擊毀，火燒般的屈辱記憶彷彿燒焦了尼德霍格的流體奈米機械腦髓。

由聯邦研發的那種磁軌砲……明明命中精度極差，口徑與初速也都劣於電磁加速砲型，卻曾經一度擊毀過自己的那種超長距離砲……

——這次，換我了。

†

令他耳熟的電磁加速砲型的悲嘆，來自意外鄰近的位置。

輪到我們了，輪到我們了——正是在兩個月前的共和國救援作戰，用燒夷彈攻擊疏散列車的電磁加速砲型的聲音。

它與辛等先鋒戰隊之間的距離，令人吃驚的是竟只有數十公里，是榴彈砲的射程範圍。以最大有效射程四百公里為傲的超長距離砲，竟然來到了離哈魯塔利預備陣地帶亦可說近在眼前的位置。

目標若是哈魯塔利陣地帶的話已經靠太近了。既然如此，這傢伙的目的應該是——

「想對『鬥神孔雀』下手嗎？」

雖說是一群殘兵敗卒，看來它似乎並不在乎腳邊的這些步兵，也懶得理會不知悄悄躲在何處的戰鬥屬地兵。更沒把留在預備陣地前方的機動打擊群放在眼裡。

高唱著「輪到我們了」的臨死慘叫繼續轟炸耳畔。這應該是前八六的聲音。

選擇了對共和國的憎惡，也依照初衷燒毀了那個國家的八六，所發出的聲音。

「……都已經殺了那麼多人了。」

還不知足。還沒——殺過癮嗎？

更別說這傢伙現在所對付的，根本就不是共和國。砲口對準與強制收容或迫害都毫無瓜葛的聯邦，還在高歌什麼輪到我們了。

這種行為早就連復仇都算不上了。

……真可悲。

這個想法掠過辛逐漸冷卻的大腦。

但隨之而來的不是至今對「軍團」或受困其中的亡靈們感受到的同情，而是極度單純的強烈輕蔑。

最後選擇的是死後復仇而不是戰鬥到底的驕傲，卻連自己以前憎恨的是誰都不記得。遭受戰鬥機械的本能洗腦，被自己的恨意所擺弄，變得只是一味享受毫無意義的殺戮行為。

這傢伙說到底，跟那些傢伙也沒有兩樣。

拿愚蠢當藉口放棄思考，用軟弱當免罪符容許自己任性妄為。跟丟人現眼又軟弱無能的——以前那個萬福瑪莉亞聯隊或現在這個戰場上的逃亡士兵們，全都是同類。

真是醜惡。

醜惡到——看了都礙眼。

他急躁地呼出一口氣。

是一頭餓壞了的野獸，面對獵物時發出的那種嘆息。

「第一大隊，跟我來——準備打擊跑來前線的蠢蛋。」

他雖然這麼說，但第一機甲群目前仍被電磁加速砲型的砲擊與之後的行軍分成多個小集團，豈止大隊，甚至有的戰隊也呈現四分五裂的狀態。

「等一下，辛！」

待在「送葬者」附近的機體與戰隊不管隸屬哪個大隊都先跟上再說，被分到另一個集團的可蕾娜與第五小隊無法響應。

所幸歸辛指揮的小隊三架僚機都在附近，於是隨後跟上。另外萊登的第二小隊也追隨其後。

『可蕾娜，妳明白吧？妳留下。』

「萊登，拜託你了！」

她明白。辛與萊登都不在的話，下一個指揮官就是自己或安琪了。作為機動打擊群自成軍以來的最老成員之一，最起碼可蕾娜必須留在第一機甲群的本隊。

「這邊就交給我——你們一定要回來喔！」

『又在亂來了——蕾爾赫，去掩護他吧。』

『下官自會酌量。』

『不，光靠一個大隊不夠啦，我去支援回程！第二大隊，有辦法應對的機體集合，附近其他大隊的機體也來會合！』

『唉——真是！好啦，諾贊，新的地圖給你！』

維克邊嘆氣邊下令，蕾爾赫領命。瑞圖統整周圍的殘存兵力，馬塞爾立刻備妥地圖資料傳送過來。辛這樣完全是獨斷專行，但葛蕾蒂不情不願地也追認了。

『為了確實完成撤退，有必要排除敵機，諾贊上尉——我會請人擔任誘餌攔下敵機。你就迅速收拾完畢，早點回來吧。』

「收到。」

安琪邊聽邊考慮。萊登追隨其後，可蕾娜選擇留下。那我呢？

……達斯汀……

如果只把達斯汀作為選擇考量，她應該就這樣讓辛自己前往。況且這麼做，並不會害得辛一去不返。因為辛很強悍，一個人什麼都辦得到。他不像安琪或達斯汀這麼軟弱，所以一定能打倒電磁加速砲型凱旋歸來。

可是……辛說過……

——我是個沒辦法獨自戰鬥的弱小死神。

所以萬一有一天，就像安琪現在丟下辛一樣，如果所有人都丟下他，辛只能獨自戰鬥下去，最後一定會在某個地方力盡身亡。而且以辛「現在」這樣，說不定在這場戰鬥當中就會淪為個什麼英雄，一去不返。

她不想讓那種事發生。

——剛才的辛哥哥有點沒用。

其實內心脆弱，其實有點沒用，但仍然為了我們繼續當死神，心地比誰都更善良的辛，怎麼可以去變成人人口中的戰帝（英雄）？辛並沒有堅強到能讓所有人依賴還撐得下去，怎麼可以連自己都這樣依賴他，拖垮他的內心？

我……我也一樣，既沒用又脆弱。既軟弱又奸詐。但是至少，這點小事我還做得來。

至少我可以幫助我自己，也至少可以保護我想保護的人。即使只是這麼點狡詐的「善意」，最起碼我可以貫徹到底。就算我既軟弱又奸詐，這點小事我還做得來。

她堅定意志，睜大雙眼。

可蕾娜選擇留下，萊登的「狼人」與辛的「送葬者」，兩者皆為直接瞄準的機砲與戰車砲。至少需要一架具備彈道不同的間接瞄準性能，並可橫掃大範圍的廣域壓制機跟著他們。但也需要人手負責護衛暫領指揮官之職的可蕾娜。

「達斯汀還有由宇，你們留下來。伊奇西跟我來！」

『收到，安琪。』『我去與第五小隊會合。我們這邊負責支援可蕾娜，對吧？』

只有達斯汀沒有回應。

安琪認為他並不是沒有在聽，於是將知覺同步對象切換為他一個人，說道：

「達斯汀，我跟你說……因為你一向個性清高，所以……」

『…………？』

他回以略顯詫異的沉默。

沒有隻言片語。現在的他，一定連接受這些話的多餘心情也沒有。

即使如此，只要日後有一天你想起來，能察覺到話中的真意就夠了。

只要這能形成契機，讓你想起你的真正模樣……你迷失忘卻的真正模樣就夠了。

——因為看起來……很痛。

——無法遺忘是理所當然。

你關懷我其實很想捨棄的舊傷，肯定我無法遺忘的摯愛記憶。你從那時就是個品德高尚的人，不願一句話叫我忘了那一切。

——這樣的話，妳會無法獲得幸福。

你真心祈求我能獲得幸福。

也許你太過脆弱，守不住你的那些話語，那些清廉，但是……

「因為你太『善良』，只能活得清高。所以我想，你一定無法容許狡詐的行為……但善良的你，一定還是只能善良而清高地活下去。你絕對無法背叛你自己。」

她覺得，這也是一種詛咒。可是——誰教我是個魔女呢？

因為我是個欲望深重又狡猾的魔女，所以……

「而且我是個奸詐的女人，所以我要利用你的善良……你要遵守諾言，好好活著等我回來喔。」

我也是，一定會回到你的身邊。

†

具備鋼鐵腳部代替車輪的電磁加速砲型，其實也不是非得在鐵軌上移動不可。

雖然大多數的地盤都會撐托不住它的超大重量使得腳部下陷，就算不會，也無法期待發揮與鐵軌同等的高速行駛能力，能避免就該避免，但不是完全辦不到。尼德霍格找到了能勉強不讓腳部下陷的軍用穩固路面，徐徐步行其上。

雖然緩慢得幾乎像是蟲子在爬，但區區步兵依然沒那膽量靠近它這頭巨龍。對著抱頭鼠竄想盡量躲遠一點的步兵背部，它一邊用廣域雷達的強力電波照得他們體液沸騰作為消遣，一邊等著敵軍的廢物磁軌砲開火——來啊。

我還特地跑來不能動的地方找你們呢。

對我開砲啊。這次——在被你們射中之前，我會先不偏不倚地射回去。

這股怨念，是不至於傳達到對方心裡。

但對空雷達產生反應。偵測到超高速彈體。

——來了！

稱得上天真無邪的喜悅心情，促使尼德霍格轉動它粗長的砲身。它反推彈道，開始搜尋「鬥神孔雀」的位置。無視於航向再次大幅偏離目標的彈道，它張開散熱翼。塗滿憎惡色彩死去之後就此凝固的意識，自願接受殺戮機械的鬥爭本能，最後演變而成的那種癲狂在此展現。

射擊位置搜尋完畢。它輕轉砲身調整準星，準備反擊——

猝然間……

來自完全未曾預料到的方位，撞向自己的戰車砲彈帶來的衝擊，激烈擾亂了尼德霍格的感應器與機械思路。

†

眼動追蹤型的標線，與電磁加速砲的龐大身軀重疊的同時，扳機扣下。

高速穿甲彈（APFSDS）直接命中，加上自己的爆炸反應裝甲產生反應爆炸開來，使得那黑影一瞬間呆立不動。

定睛注視這個場面，辛不屑地說道：

「——蠢蛋。」

追殺潰散遁逃的隊尾予以追擊，確實是能夠對敵軍造成最大損害的手段。

但是「軍團」的隊列也因而出現紊亂，又因為不曾放慢突擊速度繼續狂奔，使得它們疏忽了對周遭的警戒。更何況也不是所有步兵部隊都在潰逃，還有幾支部隊在繼續頑抗。在這種敵我不分的戰場，竟然跑來一架笨重的列車砲。以為自己是在乘勝追擊而毫無防備地前進，還自己離開了幫助逃跑的鐵軌。

彷彿忘了這種自大對於八六來說……對於只能以劣質鋁製棺材與個個是精兵強將的「軍團」對峙的八六來說，是最大的敵人。

可是——這傢伙卻……

加入機械亡靈的陣營，竟沉湎於強大力量，連戰場上應有的戒備都拋諸腦後了嗎？

但又維持用完即扔的「破壞神」……用完即扔的處理終端的心態。也不試著理解電磁加速砲型這種戰略武器的價值，得過且過地安於自己的無價值嗎？

倘若如此，那麼你已經連八六的亡靈都算不上了。

只是個待在囚牢裡沉浸於安逸的絕望，既不向前邁進也無所作為——丟臉又愚蠢的一個行屍走肉罷了。

「開始交戰（Engage）。葛蕾蒂上校，請結束『鬥神孔雀』的引誘與拘束任務……看來那個蠢蛋果然是在等著我方開火，好方便它打回來。」

在知覺同步的另一頭，葛蕾蒂似乎皺起了眉頭。

『上尉，你先讓自己冷靜下來。這種多餘的報告可以免了。』

「收到。」

辛嘴上如此回應，但早已沒把別人說的話聽進去了。

因為為了運用白刃武裝展開機甲兵器不應有的格鬥戰，而極度凝聚的注意力——已經逐漸讓辛的意識，專注在眼前的敵機這唯一一件事上。

†

雷達電波基本上是直線前進，因此偵測範圍在被地平線阻擋的地表附近會變得狹窄。更別說敵人如果沿著丘陵、溪谷、民宅或戰壕的暗處前進，就連這狹窄的偵測範圍都會被鑽過。

被戰車砲彈直接擊中，尼德霍格才終於發現有機甲兵器接近，但這時敵方部隊早已挺進至相對距離二〇〇〇公尺的極貼近距離內。這是戰車砲的射程範圍。相較之下，對於以四〇〇公里超長射程為傲的電磁加速砲型而言，這距離就變得太近而難以瞄準了。

就連這兩千公尺的距離，也被敵軍不斷地縮短。不是聯邦軍機特有的鐵灰色機影。彷彿骨骼打磨而成的純白裝甲，蠍尾般揹在背上的砲身，宛若尋覓自身頭顱四處匍匐的白骨遺體，那四腳的機影……

——「破壞神」？

不對。資料庫搜尋結果，是「女武神」。聯邦軍的高機動戰用機甲。

即使已經找出答案，一度產生的錯覺仍揮之不去。「破壞神」——昔日自己與同袍們駕駛過的機體，在那第八十六區駕駛過的機體。

砲擊來了。不只一架，是三個四機小隊，分頭從不同方向急速接近。它們一邊接近，一邊從三個方向用戰車砲與機砲射它。

簡直像是遭受八六同胞攻擊的錯覺……像是遭到同伴譴責的錯覺，讓自稱尼德霍格的少年兵亡靈心生悚懼。

不對。不對，這些傢伙不是我的同伴。我的同伴……戰隊的同袍都跟我一樣變成了「軍團」。大家都是同一種心情。所以——我的同伴，不可能會來指責我。

我……

我沒做錯事——是那些傢伙，那些白豬先對我強取豪奪的，所以我有這個權利還手！

它發出吶喊，但沒傳達到對方耳裡。無頭骷髏們只是冷酷無情地對著如今已一如其名般化為怪物的它，予以砲火洗禮。

導引投射物的內藏自鍛破片如雨驟降。橫颳而至的戰車砲彈刺進裝甲。榴彈砸在身上，機砲砲彈橫掃而過。構成砲身的流體金屬、以爆炸反應裝甲組成的鱗片、六門對空機砲轉眼間被一片片削下。不適合如此近距離地直接瞄準敵機的沉重主砲仍然拚命轉向。還來不及瞄準，敵機早已跳離射擊線。不然就是被敵機用榴彈打進一對磁軌之間，吹散組成砲身的流體金屬。八〇〇毫米磁軌砲空有強大無比的火力，卻毫無發射機會而淪為擺飾。

只有「破壞神」的砲擊單方面地灑在身上。來自三方向的戰車砲彈，一味地譴責他的罪行——不要，我不想再被這樣對待了。

救救我。

然而無論是誰，就連紅眼死神的耳朵，都聽不見這聲求救。

一開始故意讓人發射彈速較慢的飛彈，是為了充當誘餌。

†

眼看飛彈拖著火焰尾巴自高空落下，電磁加速砲型挪動對空機砲準備攔截。誘使機槍準星與電磁加速砲型本身的注意力轉向上方後，包含「送葬者」在內，配備戰車砲的「女武神」自左右包夾砲轟。六門對空機砲，全部於同一時間擊毀——憑「送葬者」獨自一機的話，要讓這些對空機砲失靈都有困難，但現在有多架僚機聯手出擊，要加以清除簡直是易如反掌。

接著換成來自上方的飛彈內藏的小炸彈，以及錯開時間射來的八八毫米榴彈雨當頭澆下。這一切誘使了爆炸反應裝甲啟動，以爆裂閃光、高溫與巨大噪音遮斷電磁加速砲型的感應器。

趁此機會，辛偕同他的小隊三架僚機，以及由萊登指揮的第二小隊兵分三路，接近敵機。

「砲兵式樣，半數維持現行彈種，半數變更為燒夷彈。」

繼續使用榴彈的砲兵式樣機，是為了應付磁軌砲的射擊。至於燒夷彈這邊，則是準備對付勢必之後會啟動的近身戰鬥用電磁鋼索。

每次試圖瞄準都被榴彈妨礙射擊，電磁加速砲型無法阻止辛等人的接近。只見它背部一陣抖動，接著散熱翅片一如預測地拆解開來。以「送葬者」與其後續僚機為目標，無數鋼鞭快如閃電地高舉甩來。

「——燒夷彈，發射。」

然後隨即被轟炸過來的業火高溫剝奪力量，無力地掉落在地——近戰格鬥鋼索最怕高溫，這點早在初次對抗電磁加速砲型——齊利亞．諾贊的那場戰鬥就得到證實了。

眼睜睜看著敵機接近，所有迎擊手段卻全被封殺，電磁加速砲型用似乎流露出些許畏怯的心急舉動轉動砲塔。癱在地上動也不動的鋼索，被它用本體的動作拖拉著強行揮動。它朝著進逼的「女武神」將鋼索橫掃著打來——在動作途中把所有鋼索自根部分離斷開。

維持著被揮舞的動能，鋼索化作無數飛箭齊射而出。面對這道低伸彈道的銀色奔流，「女武神」緊急煞車，原地趴下躲避。

『哇！』『哎喲好險……！』

唯獨辛一個人，穿梭於奔流的細窄縫隙之間繼續前進。

這場戰鬥的狀況，防衛退路並等待辛他們歸返的第一機甲群本隊，以及作為其中一人留在隊上的達斯汀也透過知覺同步耳聞了其中一部分。

當然，達斯汀不可能跟著他們去消滅電磁加速砲型。他沒有那般高超的本領。就連安琪都叫他不要跟來了。

羨慕，甚至是嫉妒之類的一點念頭，他都沒有資格去想。

從開始交戰到現在還沒過多久，他們與電磁加速砲型的戰鬥已經進入關鍵時刻。趁著告死女神們攔下死命掙扎反擊的敵機，「送葬者」可說一如往常地一馬當先。無頭死神單騎馳騁。軟弱無力的達斯汀不用說，就連英才濟濟的八六也無人能並駕齊驅，戰鬥能力獨一無二。

……可是……

就在這時，達斯汀不禁產生了一個念頭。

可是，你就不願意去救千鳥。

甚至想都沒想過，要去救跟你同樣是八六的千鳥她們。

辛明明這麼厲害。不像我，你是真正的強者，為什麼卻……

那我呢？

——這種狀況要持續到什麼時候！

明明沒有能力改變現況，明明無能為力，卻毫無自覺地高喊那種論調的我呢？

對，達斯汀不小心分神了。

戰鬥打到一半，在戰場的正中央，一個技術既劣於八六也比不上聯邦軍人的共和國人處理終端，居然敢為了一點小小苦惱而恍神。

所以沒錯——他的確太軟弱，才會為了一點苦惱而分散注意力。

『達斯汀！』

這是誰在警告他？

當他回過神來的那個瞬間，砲彈已經逼近頭頂上空了。

「……啊。」

命中。

『——達斯汀。』

不是戰車砲，是無導引的榴彈。

不是直接擊中。

但是，仍然是至近彈。

若是直接擊中的話連「破壞之杖」都能炸成碎片的一五五毫米榴彈，被它惡狠狠地用爆炸波撞擊側腹部，嚴重毀壞的「射手座」直接被吹飛出去。

無奈戰鬥發生在險峻山岳的深邃森林之中。滾落山坡的「射手座」轉瞬間被綠色黑暗吞沒，消失在風雪紗簾的後方——知覺同步中斷。光點也從雷達螢幕消失。芙蕾德利嘉還沒回來。

太晚發出警告的小隊員由宇，即刻發出請求：

『可蕾娜，快派人救援！』

花上數秒斟酌顯示下轄部隊的雷達螢幕、敵機分布、推測出的伏兵與敵軍增援後，可蕾娜做出判斷。

這是身為前線指揮官面臨的嚴酷考驗，必須讓頭腦高速運轉，用極短的一瞬間解讀大量資訊，並在幾秒鐘內做出決策。

「不行——現在無論分割哪一塊戰力，那一帶都會被突破！」

為了等辛他們回來，為了撐到他們歸返為止，她這時正在將部隊移動到地形上更有利的位置。假如從正在為了保護移動中部隊而戰的防衛線一隅抽調戰力，導致防衛線遭到突破的話，可蕾娜指揮的整個部隊都可能連帶潰滅。

『我可以自己去……』

「也不行。範圍太大，一個人去搜救會回不來。也沒時間等你回來了。」

一發現到狀況，馬塞爾立刻協助確認墜崖地點的地形——溪谷比看得見的高度要深得多。完全無法推測他是在何種狀態下滾落山坡，或是卡在何處。

更何況達斯汀機體大毀，又墜落在這種溪谷中，哪怕只是由宇一個人，也不能為了生存機率渺茫的人去冒險。假若芙蕾德利嘉也在的話，至少還能確認生死，但她不在所以沒人能拜託。

作戰參謀做出宣告——將達斯汀．葉格少尉判定為任務中失蹤（MIA）。部隊繼續後退。

『庫克米拉少尉，妳的判斷是對的……別為難她了，楮少尉。』

『……收到。』

聽著由宇硬擠出來的回應，可蕾娜也感到萬分遺憾，僅闔眼了一瞬間。

對不起了，達斯汀——還有安琪。

畢竟是整把一起揮動又同時分離的關係，鋼索的飛行軌道極其單純，也沒耍小花招在第一箭後方暗藏第二箭。憑著辛足以與近距獵兵型（Grauwolf）或高機動型（Phoenix）展開近戰交鋒的動態視力，想躲還不簡單。

他瞬間看穿在放射的無數鋼索之間可穿梭的路線，讓「送葬者」滑入那條極細的走廊。趁著奔行之際切換彈種，輸入設定。揮動到底的八〇〇毫米砲高達數百噸的超大重量，無法說轉回來就轉回來。辛在一路無阻的狀態下發揮最大戰速，一口氣衝破火砲的射擊範圍，闖進三〇公尺長的砲身在這之後只能當成昂貴棍棒的巨龍懷抱。

從視野邊緣看見銀色流體金屬蠢蠢欲動，準星跟著視線轉去。

「……這招我也看過了。」

構成砲身的流體金屬把自己緊緊捲成細條，形成無數細長的槍管，再將同一種流體金屬當成長槍狀砲彈射出——緊接著「送葬者」連續發射的成形裝藥彈（HEAT）引爆定時引信，把終究只是流體的砲彈連同槍管一併吹散。過去在北地戰場，身披流體鐵甲的高機動型已經表演過這些流體金屬的變形與射出招數。

眼看或許被它當成殺手鐧，實則只是炒冷飯的招數被輕易破解，電磁加速砲型的龐大身軀終於丟人現眼地，表現出明顯的畏縮反應。它用被它自己拿去踩過泥地的髒腳，拚命地匍匐倒退。

既沒有用這些腳踢踹敵人，也沒用砲身毆打對手，甚至是用那龐然巨軀撞過來也行，這頭巨龍卻自己棄械了。

選擇繼續憎恨，任由自己變得滿腔憎恨，卻軟弱到無法為了這份憎恨而死。

「——真是丟臉。」

現在才想到要舉起的砲身，與其說是迎擊，更像是幼兒亂揮雙手的動作，辛對準它用鋼索鉤爪勾了上去。他在跳躍的同時捲起鋼索，並且被砲身揮起的動作往上一甩，藉此跳到了比原本能達到的跳躍高度更高的砲身之上。

翱翔天際的死亡女神（女武神）傲然居於毒龍（尼德霍格）遙不可及的天際，蔑視只能匍匐於地底、瞻仰高空的牠。

『啊啊，該死！諾贊那個白痴又在搞單打獨鬥那套了，混帳王八蛋！』

辛小隊裡的塔奇納破口大罵，萊登也覺得罵得對極了。

「那個白痴，真的是蠢到毫無學習能力……！」

他不是不能體會辛的心情。

但也鬧夠了吧，是不是可以請他自制點了？只顧耍弄自己的個人實力逞英雄，卻沒設身處地想過萊登還得幫他代行指揮職務或是煞費苦心收拾善後。

若現在是打肉搏戰的話，看我不去踹你的屁股才怪。正在壓抑住想咋舌的衝動時……

忽然間，知覺同步多出了一名同步對象。

邪惡黑龍伏地爬行，一道純白閃光自天空俯視著牠，正欲施以天譴。

一如神話中的場景。這正是戰神或英雄的屠龍壯舉。

「所以」，仰望這一幕的殘兵敗卒，眼中蘊藏了深深的猜疑與怨毒。

「既然你有這種本事……」

你明明是這麼勇猛善戰的英雄，分明是如此地強悍無敵，為什麼……

你們為什麼……

以極短間距飛越角度幾乎垂直的砲身槍尖，「送葬者」落地後與其說是往下衝，更應該說是滾落般的往下降，到達背部翅片之間的位置。機體就快要隨著慣性往下滑，他將破甲釘槍打進機殼強行踩煞車，揮動刀刃砍飛礙事的維護面板。

以前被敵人攀到身上仍然扭動身軀，掙扎著想將其彈開的第一架電磁加速砲型——芙蕾德利嘉的騎士齊利亞．諾贊那般強烈的戰意，在這個亡靈身上是找不到的。

當時並沒有化作蝴蝶遁逃求生的手段，卻決心用砲身筆直朝上的砲擊將自己連同「送葬者」

一併炸碎——也不具有那種壯烈的意志。

……雖然就連發揮了那般戰鬥意志與壯烈精神的青年，都無法為主君報仇就再次喪命了。

無線電接收到聲音。全部隊共通的緊急救難頻率，自動播出附近一名步兵的聲音：

『既然有這麼大的本事……既然這麼容易就能打倒電磁加速砲型……』

為什麼不趕快去獵殺它們？為什麼不挺身保護聯邦？為什麼……

不肯拯救我們？

辛忍不住發出了些許嗤笑。還以為你們想說什麼咧。

——你們自己不也擁有一份力量嗎？

這些士兵也是，萬福瑪莉亞聯隊那些存活到最後一刻，徒留憎惡咆哮後消失在槍彈之下的青年也是，都擁有一份僅剩的力量。

即使是那群空有怒火浴身的憎惡卻救不了同胞與自己，弱小到那種程度的青年們——至少還有能耐，可以把所有過錯怪在別人身上。

他們唯一能做的，就是聯合起來指著別人說全都是那傢伙的錯。斷定某個人或某件事罪大惡極並眾聲譴責，他們倒是個個都唯有此種能耐。

人類這種生物……

即使是無力解救自己的人，也有能耐將別人推落深淵。

對，所有人都必定具備的唯一一份力量，就是一哄而上指白為黑。

他還記得。那群青年全是同一副臉孔，全體共有同樣的思維與情緒，結果就變成了一副副無法分辨你我的臉孔。一群捨棄自我化作集團零件的人所露出的，完全如一的恐怖嘴臉。

露出那麼恐怖的嘴臉，憑著當下確實讓辛心生恐懼的力量，舉國上下齊聲吶喊的結果，就是共和國的第八十六區。就是吞沒了數百萬名八六的絕命戰場。

如果他們懂得善用那股強大的力量，說不定早就已經成功消滅「軍團」了；但他們只把那份力量拿來迫害正好被他們盯上的某某人（八六），結果打造出的是第八十六區。共和國大聲謾罵所有事情都是別人不好，然後就一律撒手不管。萬福瑪莉亞聯隊的那群青年亦然，眼前的這些士兵亦然。

所以才贏不了。所以才會輸。所以——你們不管過了多久都一事無成。

視線轉去，讓追蹤的標線對準電磁加速砲型的控制系統正上方。切換選配武裝。主砲，八八毫米戰車砲。大概是想設法逃命吧，流體奈米機械的銀漿慢慢滲出，辛定睛注視這副可恥的德性，毫不留情地扣下扳機。

擊發——砲彈命中並爆炸開來。

電磁加速砲型燃燒噴火。同時無數的流體奈米機械蝴蝶，丟下自己的身體往上飛起。可能是安裝於機體某處的獨立自爆裝置啟動了。

兩者皆已是經過確認的現象。

因此辛簡短地下令。

而已經累積多次磁軌砲狩獵經驗的八六們也不用等待命令，早已切換彈種等著動手了。

「開火。」

「送葬者」從巨龍的空殼上跳下，無數燒夷彈在它的背後爆炸開來。

銀色蝶群被捲入業火，地獄場景被一名少年兵的慘叫焚燒殆盡後，身陷火海的巨龍屍身，宛如獻給悠然離去的「女武神」一般，閃光四射地自爆了。

最後抵達的地點，是共和國領土諾伊納西斯十五公里外的戰鬥屬地尼昂提米斯——舊共和國領土尼昂提米斯西部的一座小型都市廢墟。

只要走上一天，就能抵達諾伊納西斯——但就連用這樣的速度走路，千鳥都已經沒有力氣了。

尼昂提米斯早在一百年前就被割讓給了帝國。共和國經過整頓的街道受到帝國特有的複雜軍事要塞都市設計所侵蝕，形成了這座迷宮般的廢墟。

通往西方的鐵路遭到截斷而去不了任何地方的車站，唯有柵欄後面朽爛的站名標誌，仍留存著昔日的祖國面貌。

即使如此，千鳥看見那殘存的標誌——諾伊納西斯的名字，依然露出了微笑。

「尤德……共和國到了。我的——」

我們出生的國度。

第五章　飛鳥已遠，月影依舊

哈魯塔利預備陣地這邊似乎也陷入一片混亂。

眼看擊毀了電磁加速砲型仍無法安撫激動的群眾，又聽到這個報告，讓辛的心情愈加煩躁。

逃亡士兵拒絕重回戰場是可想而知的事，但聽說就連重回戰場的部隊之間也不斷傳出拒絕協同作戰的要求。甚至連最初投入預備陣地的戰鬥屬地民，都聲稱無法信任逃亡的士兵——拒絕接收背叛家人並敵前逃亡的那些傢伙來補充空缺，辛已經聽膩了這些搞不清楚戰況的主張。

毫無意義地占用緊急頻道的士兵唾罵一句「怪物」並傳進耳裡。

「……如果我是怪物……」

如果我是怪物，那你們又是什麼？

唯一的本事就是誇示自己的軟弱、愚蠢，讓狀況不斷惡化的你們，根本就是禍害。乾脆消失最好，省得礙事。

索敵異能捕捉到另一架電磁加速砲型。這傢伙也一樣礙事，最好提早擊潰。

「通知各機。準備獵殺下一隻獵物，跟我來。」

至於那些只會百般辱罵的步兵，反正不可能跟上他的征途。

所以愛罵就去罵吧。若是像共和國那樣人多勢眾還另當別論，但就那麼點人，諒他們也不能成什麼事。這些傢伙就連憎惡都沒有任何價值。

過於弱小的你們，沒有任何……

『——真是。』

毫無戒備的側面，傳來一陣衝擊。

從雷達與異能雙雙確認過沒有敵機的位置，忽然來了這麼一下。就連辛也沒站穩，整架機體被撞飛。

轉頭一看，識別標誌為勇猛吠吼的狼人。是萊登的「狼人」。

辛這才知道自己是被踢飛了，頓時怒火中燒。

「你幹什麼——……！」

『我才想問你在幹嘛咧。都什麼時候了，現在才來給我自以為是神嗎！』

得到的回應是蓄意提高同步率的大聲怒罵，震得耳朵都在發痛。

趁著辛一時被震懾而住了口，萊登越罵越激動。

『什麼死神啊帝王的，別因為別人這樣叫你就跩起來了。明明是個動不動就硬不起來，一下陷入低潮一下又嚇得退縮，最後乾脆懶得動腦的草包豬腦袋！』

「草——……」

自己的聲音，在這時重回耳畔。

——我是個沒辦法獨自戰鬥的弱小死神。

『現在已經沒人把你這種小角色當成死神或戰帝了啦。硬要說的話還比較像條笨狗咧。就是聽不懂人話又學不乖，偏偏只有力氣特別大，專給人找麻煩的那種！少給我再這樣到處耍白痴了，你這豬腦袋！』

——到處耍白痴，幹傻事。

我竟然……

……原來我也一樣。

正當辛凝然僵住不動時，萊登忽然露出了一絲苦笑。

『——像你這種笨狗就該綁上牽繩，一輩子讓主人好好牽著。接聽吧。』

聲音傳來了。

知覺同步早就已經連上了，但他竟然因為滿心煩躁與氣憤，而直到現在這一刻才聽到——她那獨一無二的銀鈴嗓音。

『女王陛下等你很久嘍。』

她開口了。

帶著笑意。

『這次聽見了吧，「送葬者」。芙拉蒂蕾娜・米利傑上校，回到指揮崗位——讓你擔心了，辛。』

柴夏猜出同步裝置不是會被沒收，就是設定會被刪除，於是將保存了機動打擊群指揮官、幕僚與全體隊長同步設定的記憶卡藏在胃裡帶來，其忠心赤膽也只能說不比一般。

至於同步裝置本身，為了讓柴夏能與維克或他的聯隊取得聯絡，倒是沒把她的那一支沒收。當對方直言不諱地抱怨為什麼連個備份都不准帶，而因此獲准多帶幾支時，約納斯或許已經有所察覺了，但畢竟各戰線狀況緊急。大概是他也能體諒，認為不能讓機動打擊群的白銀女王這份戰力閒置著吧。

而約納斯本人，目前正代替幕僚負責西部戰線的情報收集與清查工作，阿涅塔與留守基地的人員們取得聯繫，柴夏則專事協助聯合王國派遣聯隊的指揮工作。此時她待在變成了臨時指揮所的國軍本部基地一隅的宿舍，還沒獲准離開那個陳設奢華的房間。

「讓你擔心了，辛——但你好像比我更有事呢，你還好嗎？」

她故意用輕鬆的語氣嘻嘻笑著這麼問，是因為前一刻的辛任誰來看都會覺得他很有事。面臨這場足以導致聯邦軍分崩離析的狂亂狀況——就連他都被吞沒了。

『……蕾娜。』

辛回應的聲音，現在變得像是等著挨罵的小孩一樣。

被潑了一桶冷水，鎮定下來，讓自己恢復到常態之後，他也發現到自己剛才的思維有多不正常，所以變得像準備挨罵的小孩一樣害怕。

因為他自知不該有那種可怕的念頭，所以才會怕蕾娜拿這件事責怪他，對他感到幻滅。

別擔心，辛。

我不會為了這種事對你幻滅。我不會怪你。

因為，我也犯過錯。

至今我也犯過很多次錯。以為只有我知道現實情形，以為只有我體驗過悲劇與殘酷，就自大地以為自己比別人聰明，就像這樣，我也犯過很多次錯。一次又一次被同一顆石頭絆倒，今後大概還是會重蹈覆轍。不過是個總是踩到同一顆石頭，一再跌跤的傻子罷了。

因為自己只有這點程度，所以，我不可能來責怪現在稍微摔得重了一點的辛。

你發現自己摔倒了，也感覺到痛，所以不需要我再來責怪你。

「辛，你剛才想接著去打下一架電磁加速砲型，對吧？」

對方的氣息，微微地跳動了一下。

蕾娜帶著安撫對方的心意，溫和地繼續說。對。

你認為那是必須排除的敵機，這項判斷並沒有哪裡不對。

「的確，為了能夠安全撤退，能先把那架敵機排除最好。不過——可以獵殺得了它嗎？諾贊上尉，你的判斷是？」

憑著目前的士兵人數、眼下的敵機數量與配置。餘彈數呢？地形呢？歸返本隊需要多少時間？檢討過作為指揮官該考慮到的所有面向，你的判斷是如何呢？

辛停頓了半晌，像是暫且閉目沉思。

蕾娜要求他提出作為戰隊長的判斷，而他也正確接收到了盡在不言中的信賴。

『辦得到。』

「……葛蕾蒂上校。」

聽到蕾娜請求追認，葛蕾蒂點個頭。

『我可以再提供支援，你去吧。不過——在那之前，上尉？』

『我明白。以返回軍械庫基地為第一優先。』

辛回答的語氣——已經恢復到他平時的靜謐與犀利。

『在第一機甲群（我們）返回基地之際，電磁加速砲型會形成重大障礙，所以必須排除——請放心，我已經冷靜下來了。』

為了防止混亂發生，第一機甲群的指揮繼續由作戰參謀擔當，先鋒分隊交給蕾娜指揮。一面聽著蕾娜第一步先把原本只是附近人員能跟上就跟上，隸屬隊伍與指揮體系都亂成一團的分隊迅速重編起來，辛一面輕嘆一口氣……我竟然就這樣放著紊亂的指揮體系不管，還有其他一堆麻煩……

「……萊登，抱歉。謝謝你幫忙。」

知覺同步無法從蕾娜那邊切換過來。他透過無線電這麼說之後，萊登用鼻子哼了一聲。

『真的。還是我勸阻蕾娜不要親自把你修理一頓咧。這點你也得感謝我才行。幸好是我來講，要是你一不小心對蕾娜吼回去，我看你現在已經在戰場上沮喪到振作不起來了吧。』

「……是啊。」

現在回想起來，辛都會對自己感到恐懼。

那些愚蠢之輩不是八六，不是同伴。那些愚蠢又軟弱無力的傢伙，不如消失了痛快。

當時讓自己煩躁難耐的隔閡感受，說穿了就是來自於這種思維。跟辛自己認定為愚蠢之輩的那些人並無不同，都是對事情心胸過於狹隘而卑劣的單純化。

為了自保而捨棄某些人，捨棄了他人，還想自我辯解以掩飾這種傲慢、卑劣與狹隘，在無意識當中替自己正當化。

在自己的內心，也有這種念頭。

用上「那些傢伙」如此模糊不清的用詞。

弄出一個能夠以「跟自己不同邊」這項全人類的唯一共通點給所有人亂貼標籤的方便類別，

把其他人都算進去，然後冠上一個敵人、邪惡或禍害的通稱。這種行為正如同共和國替辛等八六取名為八六一樣，等於是從別人身上剝奪長相與姓名，自己卻也在不自覺之間犯下同樣的過錯。

言語會撒謊——人類都是騙子。

不是對任何人，人類最常欺騙的就是自己。

對於自己不願承認的軟弱、醜陋，人類最想瞞騙的就是自己。把自己的愚蠢、殘忍、狹隘與卑劣，偽裝成正義甚或是愛。

「你說得對。都是因為我——太軟弱、膽小，又不夠聰明。」

明明自己也說過，辛卻把它忘了。

由此可知——自己終究也不過是個蠢蛋。

萊登哼了一聲，似乎微微笑了一下。

『看樣子你總算恢復常態了……下一個獵物可不能再歸你了。剛才被你一個人吃乾抹淨，塔奇納氣炸了，我也很不爽。這次你只准負責索敵。』

「好……是我不好。」

十五公里外的地點，站在地表瞭望會被地平線擋住，但登高望遠的話就應該可以看見。

兩人心想最起碼也許可以遠望一眼共和國領土諾伊納西斯，於是一起爬上位於廢墟城市外圍的一座教堂尖塔。

老舊的螺旋階梯，既陡峭又已風化磨損。這樣一座鬼城的尖塔塔頂，總不至於有自走地雷埋伏吧。尤德讓走路已經蹣跚搖晃，隨時可能腳滑摔倒的千鳥走在前面，自己跟在後頭，心裡準備好隨時可以扶她一把。

結果到頭來，他沒能把她們任何一人送到。

她們是那樣地期盼返鄉，自己也希望能夠送她們回家。但這次還是沒能如願。最起碼只要再給他們一天就好。但就連這麼一點時間，所謂的命運都不肯等。

如果需要花上更多時間的話，也許還比較容易死心。可是他們都來到這裡了，目的地真的就在眼前了。

階梯又長又陡。尤德沒事，但步步走向毀滅的千鳥沒多久就開始喘氣。途中她險些癱坐下來，尤德明知她並不希望如此，仍忍不住伸出手攙扶她。

「要不要我揹妳？」

「沒關係，讓我自己走——直到最後一刻。」

她雖然這麼說，恐怕已是舉步維艱了。於是尤德將肩膀借給她靠，承受她的體重。

階梯很窄，惡劣的立足處並不適合讓兩人並排著走，但她的身子輕到不構成任何問題。

千鳥呼吸急促，在這種氣溫下一頭長髮仍被汗水弄得溼透，煞費苦心地一階一階拾級而上。

「……尤德，我跟你說。」

在粗重的呼吸之間，她斷斷續續地說。

不願殃及任何人的她，斷斷續續地說。

「等我叫你下去，你就立刻趕緊下去。到那時候就表示我已經不行了，你就不要再多說，立刻下去。」

不要讓我把你捲進來。

她會這麼說，就表示是真的已經沒有時間了——尤德暗自抿緊嘴唇，祈求至少讓她撐到爬上塔頂。

吉爾維斯粗暴又亂來地用最起碼可以緊急補充水分與熱量、甜得離譜的液體食物配著服下減輕疲勞的處方藥，換乘讓人員事先備妥的備用機。

他那架在激戰中過度使用的機體，前線目前還沒有多餘時間進行整備並重新搭載彈藥與燃料。剛建成的哈魯塔利預備陣地，每個角落都正在承受「軍團」的猛攻拚命抗戰。

「從下次戰鬥起，公主殿下妳不用跟來了。『我要妳』跟傷患一起回去。」

「唔！……是，哥哥。」

帶著疲勞色彩濃重的神情，緊咬嘴唇的思文雅點點頭，沒有回嘴。她自己很清楚，繼續跟下去只會礙手礙腳。她還沒有堅強到能夠任性地執意要跟。

包括吉爾維斯的「假海龜」在內，駕駛完直接丟下的硃砂色「破壞之杖」由人員迅速牽引至整備站。他們必須趕在聯隊下次回來之前完成整備與補給，並將塞在關節部位的泥巴清除乾淨……讓深紅裝甲失去光澤的髒汙，已經無法去理會了。

然而啟動起身的備用「破壞之杖」，裝甲卻像是對至今的激戰與死鬥一無所知般，維持絲毫無損的深紅色澤。看到那種與敗逃戰場極不相襯的傲人光輝，殘兵敗卒們的視線頓時降低溫度。好一群貴族大爺，脫口而出的唾罵被聲波感應器接收到，但是現在沒時間管那些了，他充耳不聞。

至於知覺同步則告知他陣地帶後方砲陣地的狀況，這個內容就必須聽了。砲兵部隊完成射擊準備，展開阻截砲擊。

——運氣不錯，可以配合上陣。

「各機，準備出擊——臭鐵罐們被阻截砲擊攔下了，我們去打擊它們的側腹。」

挖在厚實石牆上的窄窗外頭，棉球般的雪團夾雨降下。

都到了這種時刻，下的卻不是能把戰場與死亡盡皆覆蓋隱藏得美麗皎潔的白雪，而是一飄降在地上就難看地融化，形成髒黑泥濘的雨夾雪。

扶著石牆的手被灰塵弄髒。他們上樓時弄破了老舊的蜘蛛網。棲息於窗邊的鳥類飛起，掀起灰塵與骯髒的羽毛。有東西吱吱叫著跑走，不知道是老鼠還是什麼。

唯有千鳥失去血色而變得白皙，承受著雪地反光依然白皙的側臉，在螺旋階梯的微暗中，成了唯一美麗的事物。

「……尤德，我跟你說。」

側臉的神情既靜謐又祥和。

彷彿在幻覺中，看見了某個遙遠的天神國度。

「謝謝你陪我一起來，幫助我一路走到這裡，說願意跟我一起來。我真的很高興。能遇見你真的太好了。我想——我這段時間過得很幸福。」

「……千鳥。」

尤德簡短地打斷了她。他聽不下去了。

只因為自己人在這裡——都怪自己人在這裡，害得千鳥到了最後這種時刻還得講這些動聽的話，讓他再也聽不下去。

「如果這是妳的真心話，那無所謂。事實上，我也覺得這些話應該都是發自內心。只是，妳想說的真的是這些嗎？」

……換作是我，想說的一定不是這些。

在第八十六區戰場聽過無數次的處理終端的哀訴，或是透過辛的異能聽見「軍團」們的悲嘆，絕大多數都不是這些動聽的詞句。

所以，至少就這麼一件事……既然自己沒能將她送回故鄉，甚至連祖國的邊境都沒抵達，至少這點小事應該要辦到。

既然自己既沒能真正地幫助她，也沒能救到她，最起碼這點小事總該做到吧。

「我沒幫上妳們的任何忙。就只是跟著妳們，一起來到這裡而已。所以至少……」

如果，妳如此希望的話。

「至少最後，我可以……傾聽妳真正想說的話。」

就在這一刻……

千鳥轉過來的白皙容貌，宛如泫然欲泣的幼兒一樣，歪扭地皺成了一團。

憲兵的無頭遺體，以及今後不知該何去何從的事實，讓密爾迷失了方向。甚至差點像個更小的小孩子那樣哭出來。

但密爾還是撐過來了，因為他的父親當年就是獨自前往第八十六區，而他以擁有這樣的父親為榮。而且他敢確定，據說在他這個年紀就被逼著上戰場的賽歐，絕對不會為了這點小事哭哭啼啼。

現在不是哭泣的時候。現在放棄還言之過早。不可以放棄，不可以放棄，不可以放棄。

他粗魯地擦掉滲出的眼淚，站了起來。幾乎是無意識地，他抓起一把吸了憲兵鮮血的土塞進口袋。密爾無法帶著保護大家直到最後一刻的他一起走。所以至少就用這個代替吧。

「密爾，憲兵叔叔……」

「不要緊，我們走吧！走得動就可以繼續前進！」

密爾點點頭，鼓勵渾身發抖的同伴……即使渾身發抖仍然緊握著小孩子的手的同伴。到處都有部隊正在後撤，只要隨後跟上應該就能抵達安全地帶。

他一邊追在後頭一邊確認前進方向，這樣就算萬一跟丟也知道該往哪裡走。畢竟是個兒童集團，沒走多久就會被前方隊伍拋下，但只要找找就會看到另一支部隊。密爾一邊鼓勵又累又害怕而終於開始抽泣的小孩，一邊追在部隊的後面。

重複幾次這樣的過程後，他能夠看見聯邦軍當中只有「那個部隊」才保有的純白機影靠近過來，真的要屬奇蹟般的好運。

很像父親或賽歐過去在第八十六區駕駛過的「破壞神」，但這架機甲擁有精悍的純白色彩。是「女武神」。

機動打擊群！

「請停下來！」

密爾脫下大衣，一邊用力甩動一邊跑到了它的前面。面對前傾著緊急煞車的「女武神」，他大聲喊叫以免說話被動力系統的低吼蓋過。

「我在找賽歐特・利迦少尉！一位八六！請問您認識他嗎！」

當然密爾知道他沒上戰場。不過只要讓對方知道自己跟他認識，說不定對方會願意帶他們回去，而不是把他們拋在這裡。

先是一聲響亮的咂嘴，接著回應的聲音帶有露骨的煩躁。賽歐從來沒有講過所以密爾都忘了，但自己是共和國人又是白系種，當然會得到這種反應了。

『嗄啊？我哪知道啊，大概早嗝屁了吧。說不定根本就死在第八十六區——……』

『不。』

第二架「女武神」打斷了那人。第一架「女武神」霎時住了口。

『我有聽過這個名字。記得好像是第一機甲的死神總隊長身邊的人？』

……聽起來似乎是某個綽號取得很厲害的人的部下，還是什麼的。

密爾內心大吃一驚，但裝出一副當然知道的表情保持沉默。

『啊——那個無頭死神啊。那……』

一對赤紅的光學感應器，像是兩隻赤紅獨眼般默然對著密爾。

『還是讓他們搭個便車比較好吧。看他剛才都快氣瘋了。』

『是啊，或許可以用來討好他……你們幾個。』

「女武神」讓光學感應器轉一圈，環顧了密爾與聚攏在他背後，全為白系種的孤兒們。

『我們不會保護你們，但會盡量優先帶你們回去。不過只要敢有任何哭訴或抱怨，我們就馬上把你們丟下——懂了沒？』

背後一架不知其名的運輸機，無語地用光學感應器的機械性視線對著他們。

顫抖的嘴唇，發出了細微的聲音。

「……我不想死。」

當這句話生硬地在冰凍石階間敲出回音，淚水也隨之灑落。大顆淚珠串串滑落白潤臉頰。

「我不想死。我從來都不想死。穆勒家的養父與養母都很溫柔，新認識的妹妹卡妮菲也很可愛。我好想跟他們一起生活。我還想再去上學。想跟他們好好說聲謝謝。」

結果都不能說，都不能實現。全都不能如願。

卡妮菲只跟我一起生活了一年，不知道會不會一直記得我？養父與養母是否正在為我擔心？還是對我心懷怨恨？

自己早已不是人類，被改造成炸彈變成了生物武器，卻到最後都一直瞞著溫柔的雙親，不知道他們是怎麼想千鳥的？

「我不想留在這種什麼都沒有的陌生地方，我好想回到故鄉的城市。好想再見到爸爸、媽媽、老師、朋友，還有達斯汀。我好想長大。好想去爸爸媽媽出生的聯合王國看看。」

好想去更遠的地方，去到某個遙遠的地方，想走多遠就走多遠。

我多麼希望，能和你一起前往。

「我不想死。我不想死啊……！」

淚水滴滴答答地落下。

千鳥擠出滿臉皺紋，任由淚水流下，嚎啕大哭。

……臨死之際，獨自離開的琪琪她們……

想必是不願波及到還有時間的同伴們，並且希望至少在最後的瞬間，可以放膽哭喊著不想死，才會前去無人的其他地方吧。

其實，她們一定想哭想了很久。

想大聲呼喊我不想死——想了很久。

呼喊無法如願的心聲。

呼喊無人聽見的心聲。

尤德只是默然無語，讓千鳥泣不成聲地繼續哭，不停地哭泣。

他說過，至少可以聽她傾訴。

至少，他希望自己可以傾聽她的心願。

也許下個瞬間千鳥就會自爆，但他覺得那也無所謂。

尤德知道她並不希望傷及無辜，他卻甘願被傷及。

激情最後終於淡去，變成了無聲的抽抽噎噎，繼而千鳥抿緊嘴唇，動作粗魯地擦掉了眼淚。

最後她吸了一下鼻子，啞著嗓子呢喃著「謝謝你」。

「我好了……走吧。」

血痕來自倒臥在地的洗衣精身軀，凶器是恩斯特手上變形的突擊步槍槍托。既不是按照原本用途應該發射的槍彈，也不是此時沒加裝的刺刀。而是用沒有刀刃或尖端的鈍器，把人體毆打到動彈不得，皮膚裂開流血的地步。

那副慘狀讓賽歐呆站原地。

單論悽慘程度的話，他看慣了的戰爭場面比這怵目驚心多了。可是眼前所見，卻是連殺戮機械「軍團」都不會為之的，執拗而不受良心譴責的人體破壞痕跡。

恩斯特卻只像是偷吃東西被小孩逮到的父親那樣，用尷尬的笑容轉頭看他。

「啊啊，抱歉抱歉。都老大不小了還這樣找人出氣，讓你看笑話了。」

「唔！」

「該不會芙蕾德利嘉也跟你『一起』吧？這下真的活該被取笑了……等我一下，我會收拾乾淨的。要是自己發飆弄得亂七八糟卻丟給別人收拾，那再怎麼說也太不像話了。」

他一邊說，一邊隨手把突擊步槍轉回該有的方向對著腳邊。槍口瞄準倒在那裡的白系種女性，記得應該是姓普呂貝爾的洗衣精首腦。

她頭部凹陷，流出顏色混濁的血——但還有微弱呼吸。她還活著。

分明還活著，恩斯特卻進一步拿槍口對準她的頭，所以……

「恩斯特，拜託，等一下……沒必要殺了她吧！」

剛才是面對多名武裝成員做反擊，多少自衛過度也算情有可原。但現在洗衣精已經全數昏死在地，不用再打下去了。後續交給火焰豹師團處理就好。

「是沒錯，但也沒理由讓她活著啊。我不是說了？我這是在找人出氣。」

「什麼找人出氣……！」

「反正啊，我都無所謂了。什麼都不在乎了。既然都無所謂了，大家愛怎麼過自己的人生我是懶得管，但在我火氣正大的時候，要是在我眼前像蒼蠅一樣嗡嗡亂飛的話，那當然要打死啦。看了多礙眼啊。」

面對說不出話來的賽歐，他冷冷地笑了。

「咦，難道你沒發現嗎？辛好像早就看出來了，我想他應該很討厭我吧，但只要想成叛逆期的話倒也滿欣慰的，以一個監護人來說啦。」

「唔……」

這種事，賽歐也早就察覺到他說的這些了。

坦白講，他一直有點怕恩斯特。

——人類還是早點滅亡才好。

他講那種話是發自內心，連自己也包括在內，不帶一點虛偽。不如說，他似乎根本就期望自己與世界能一併毀滅……並把這種念頭顯現在認定世間萬物都毫無價值的虛無黑瞳中。

但他如果把這些想法全部公然表現出來，一切就完了。一旦民眾得知至今擁戴的並非革命英雄而是虛無怪物的話，聯邦將會真正維持不住政體。沒有什麼比認定他人與自己都毫無價值的人更詭異、恐怖。

更重要的是，那樣恩斯特將作為一個殺人犯、一個無藥可救的怪物迎接毀滅。賽歐不願見到那種事發生。

「不行，恩斯特。拜託……」

恩斯特不再回頭。

無論千言萬語都變得膚淺而欠缺深度，打動不了他的任何部分。即使如此……

在闖進宅邸之前……

芙蕾德利嘉向賽歐詳細描述了恩斯特現在的瘋狂行徑，求他伸出援手，並在最後將一句話託付給了他。用一種小孩子快要哭出來的，拚命求助的聲音。

『賽歐，賽歐拜託。請汝代為向他傳達。即使汝無意「如此」稱呼他，僅止這一次也好，汝代余將這話說與他聽——……！』

芙蕾德利嘉……

儘管不是恩斯特親自下的手，但祖國與身邊所有人都被他間接奪去，芙蕾德利嘉於情於理恐怕一直以來都無法這樣稱呼恩斯特吧。

因為曾為她的近衛騎士的那位青年，以及周遭旁人的死亡與憾恨，她都既不能忘懷也不能原諒。因為縱然只是傀儡，她怎麼說也是曾經接受群臣效忠的女帝。她大概一直都無法允許自己接納殺害她家人的男人……殺害她家臣的革命領袖吧。

所以一直以來她從不使用「那個稱呼」，而都是叫他芝麻小官，毋寧是代表了她個人的抵抗與抗議……以及對她自己內心的抗拒。

既然還在襁褓之中就登基為帝，恐怕與親生的那人素未謀面，她抗拒的是不能那樣稱呼，另一方面卻又很想這樣叫他的情感。

而如今既然芙蕾德利嘉正在試著包容這種內心糾葛，那麼我這個身邊人，比芙蕾德利嘉年長，內心也沒有她這些糾葛，我更沒有道理退縮。

——那晚，當我們希望重返戰場時。

他平常忙於公務很少能夠回家，那晚卻說今天是聖誕祭所以特別趕回來。明明應該有很多事要忙，卻雙手抱著賽歐他們五個人的一大疊升學出路資料回到家來，想必花了很多時間做研究；只有那一次，賽歐認為是這頭愛說謊又心靈空虛的龍，唯一流露的真情。

「那是我最喜歡的一個童話故事。在月亮的……金色滿月的王子殿下居住的宮殿裡，湖中星空的精靈每晚都會渡過夜色中的彩虹橋去與王子殿下相會。」

她轉過頭來，用已然失去力氣的嘴唇、面無血色的容顏微笑了。

「假如那個王子殿下是真有其人，尤德，我想他一定跟你很像。」

尤德忍不住苦笑了。

「……還是第一次有人這樣說我。」

有人對他說過，你簡直跟「破壞神」沒兩樣。他不止一次被這樣說過。說他簡直跟「破壞神」……跟「軍團」一個樣子，像個沒有人性的戰鬥機器。

他刻意如此，對人對事刻意保持冷靜透徹，結果就真的變成那樣了。

尤德可以獨力求生存，卻沒堅強到能保護別人的性命，大家都在他的身邊一一死去。既然最終必死無疑，他要求自己不把任何人的事放在心上，就這樣在第八十六區存活下來。

「……第一次啊。」

千鳥聽了，卻輕聲笑了起來。

「那我就再多說一點。你的頭髮就像美麗的月光，你的眼睛則像是令人懷念的燈火。」

千鳥不知尤德的卑劣心思，所以對他投以他配不上，甚至讓有心無力的他感到痛苦的美麗辭藻。既然他從不試著背負詛咒，卻說出若能背負詛咒會更好的這種話來卑鄙地隱諱自我，那就逼他說到做到。

宛如美麗又殘酷的星湖精靈。

「我成了——第一個對你這麼說的女生，這下你一定忘不了我。我……」

來成為你的詛咒吧。

一瞬間，尤德闔起了眼睛。

繼而，勉強擠出了類似笑容的表情。

「妳說得對。我們一起走吧，千鳥。」

千鳥喜悅地微笑了。

「謝謝。」

這句話，是出自誰的口中？

纖纖玉手一拉，抽掉綁起頭髮的緞帶，交到尤德手裡。他稍作猶豫後，親吻了他執起的那隻手背。作為「我確實接收了名為妳的詛咒」的誓約。

千鳥笑了，帶著笑容向後退了一步、兩步。最後的時刻，真的來臨了。

「然後，還有一件事要拜託你——請你不要看我在這之後的模樣。」

唯有你，希望你記憶中的我能夠永遠美麗。

「……好。」

他擺脫牽掛般旋踵而去。在他的背後，可以感覺到千鳥就像要回到天上那樣，爬出了窗戶。為的是不能讓古老的石造尖塔，在尤德沿著螺旋階梯回到地面之前，被她弄垮。

在螺旋階梯的微暗空間裡，透過石牆，爆炸聲轟然響起。

尤德連目光也沒轉過去。

部隊於集合地點——屬地莫尼托茲爾特的東部都市納基韋基集結殘存兵力，沿著在西北方稍微折返的路線返回軍械庫基地。

把過度使用的「送葬者」交給機工葛倫與藤香照顧，辛就這樣直接站在機庫一隅，正在喝食勤班非軍職人員發給大家的馬克杯杯湯時，佩施曼少尉走到他身邊。

「辛苦了，上尉。」

「整備一結束我就再次出擊。陣地構築得怎麼樣了？」

「已經完成了，地圖在此。同樣的檔案正在準備向全體『女武神』公開，先行部署完畢的戰鬥屬地民也都已拿到列印紙本。」

辛掃視一遍攤開的地圖，把應急地手寫上去的戰壕、反戰車壕與火力據點的位置牢記在腦中並繼續提問。工兵與重機已全數後退，再來是……

「隔壁城市（弗頓拉坤德市）的民眾呢？」

「工兵隊沒有餘力帶人，因此收容在基地裡。確認過了，市區已經淨空。」

「跟我們那裡的小蘿蔔頭一起，讓大夥兒都待在一塊了，上尉。」

接在佩施曼之後，戰鬥屬地民出身的一名女兵補充道。

儘管不是戰鬥人員，一些十歲出頭的少年也正在擔任傳令兵或工兵忙進忙出。至於那些年紀比他們更小，在戰場上是真的幫不上任何忙的年幼兒童，即使身為戰鬥屬地民，似乎還是被列為了疏散對象。

辛本來是這麼以為，但女兵若無其事地繼續說：

「小蘿蔔頭們也一樣是狼的孩子（wolfin），我們沒把他們教得那麼嬌弱，會被一點至近彈嚇得哇哇大哭。就算那些老百姓陷入恐慌，還有小蘿蔔頭們安撫他們，萬一不聽也可以姑且控制住局面，就放心交給他們吧。」

結果不是疏散對象，竟然是避難所的維安人員。

雖然現在想這些太遲了，但辛不禁覺得戰鬥屬地這種國境防衛用的傳統制度實在是有夠糟糕；這時，女兵開始故意對他搔首弄姿。

「話說回來，請問上尉最多能接受大你幾歲的對象呢？等會要不要跟熟女享受一場危險的玩火之樂啊？」

不用說，當然是在開玩笑。為的是讓年輕軍官身歷踏過泥潭都不足以形容的撤退戰，還得拖著一身疲勞與壓力，連續投身於不見完結的陣地防禦戰鬥，即使只有一瞬間能夠放鬆緊張情緒也好。

她的目的達成了，辛不由得笑了出來。

雖然只是噗哧一笑，幾乎只發出一絲氣息——但再怎麼勉強，終究有了笑容。

「很遺憾，我已經有對象了。請妳另找目標吧。」

「像上尉這樣的條件，有個一二三四位戀人是當然的。所以才說是玩火啊。」

「我女朋友是這座基地的指揮官之一，而且還是女王陛下。」

辛一邊心想「誰想要腳踏兩條或三條船啊」，一邊斷然予以回絕。女兵頓時立正站好。

「失禮了，我閉嘴。我可不想惹到女王陛下，害自己人頭落地。」

「很好。」不知為何，一旁的佩施曼少尉點頭說道。

歸返本隊後，她才得知達斯汀於任務中失蹤的消息。

戰鬥時把多餘的哀慟與懊惱趕出意識之外，這種長年征戰的每一個八六都擁有深入骨髓的戰士能耐，讓安琪勉強維持精神的正常與鎮靜。

「——這樣啊。我知道了，由宇，還有可蕾娜。」

哀慟的感受，程度意外地輕微。

更別說憤恨，更是絲毫也沒感覺到。由宇與可蕾娜都無須對這件事負責，她並不恨他們。也不恨這個存心作弄人的世界。

她淺促地呼出一口氣。

在這世界上，根本沒有什麼奇蹟。根本得不到什麼救贖。

別人所給予的……縱然是上天賜與的救贖，終究也取決於神的心情。

並不值得依靠。

所以……

所以……

「我不會向任何人求救的。」

管你是上天還是命運，我現在沒話可以求祢大發慈悲，以後也不會有。

一味祈求獲得拯救，會使得自己一輩子怨恨老天無眼。

期望奇蹟發生，將會一輩子感覺遭到忽視而懷恨在心。

我才不要活成那副德性。

我——絕不會過著只能怨恨哀嘆，呆站原地等待拯救的人生。我才懶得去恨這個世界、老天或命運。

啊啊，不過……

「……戴亞。」

我那時是多麼的希望，能和你一同逝去。

「達斯汀。」

我是多麼的希望，你能回到我的身邊。

求求你。

拜託。

「回到我身邊吧——達斯汀。」

戰鬥仍在繼續，敗兵殘卒們也還在三三兩兩地歸營。穿著鐵灰色戰鬥服的手臂從泥濘與倒木的窄縫間伸出求救。

「——第幾次了啊，有點創意好嗎！」

這個模仿傷兵的自走地雷，被機甲部隊的青年指揮官回以愛機的蹴擊。金屬製的自走地雷，在雷達上的反應不同於人類。「破壞之杖」有輔助電腦提供比對與警告，很少會將兩者弄混。

當然這樣四處散播電波，會提高被發現與中彈的危險性，但如今四面八方都被臭鐵罐包圍，再多點危險也沒差了。不同於步兵或裝甲步兵，機甲指揮官認為他們機甲部隊受到厚實裝甲的保護，理當多少冒點危險幫其他人分辨敵我。

畢竟……

『等等，不要見死不救……』

「不要靠近它們，步兵！——這附近的都是自走地雷，別理它們，你們退下！」

一群忍不住放慢速度的敗兵殘卒，被這聲喝斥嚇了一跳轉過頭來。

大概是聽成戰友的聲音了吧。

也有可能天性善良，就連一個陌生人也無法棄之不顧。

事實上這些步兵轉過頭來時，那些被泥巴與變色血跡弄髒的臉龐，全都泫然欲泣地歪扭著。

「……真的是自走地雷，對吧？不會『又』變成見死不救吧……」

機甲指揮官苦在心裡，忍耐著沒咂嘴……看來這群人曾經被迫拋下弟兄。

拋下無法動彈的負傷同袍，或是還在戰鬥的其他部隊。

正因為如此，才會無法忽視求救的聲音……所以，才會差點中了自走地雷的計。

「對，那些都是臭鐵罐……所以，我們不是要見死不救。不是沒有力量救人。」

如今整個戰線潰敗四散，戰場士兵各自敗走。為數眾多的真正傷兵被丟下不管。也有很多人無法幫助傷患或友軍，不得不丟下他們自己逃走。

而這種兵器正是抓準了這場混亂，與這份罪惡感。

自走地雷所針對的，正是無法拋下戰友之人的良心，以及置身於背叛與潰逃的現況中依然不忘救人的善良人種。

那種惡意彷彿在嘲笑你們人類最好別具有什麼善意或良心，這樣還能活久一點。

……該死的東西。

「我死也不會輸給你們。」

唾罵之後，機甲指揮官與後退前往哈魯塔利預備陣地的步兵們走反方向，讓「破壞之杖」掉頭去對付現身追殺他們的鐵青色集團。

軍械庫基地周邊的扎斯法諾庫沙森林闊葉樹與針葉樹交雜叢生，屬於聯邦西部特有的植被形態。這裡過去曾是治理附近一帶的領主獵場，幾乎未經人手整頓而保留原貌的大地高低起伏，加上樹根枝節盤屈交錯，形成了拒絕人類踏入的密林。

如今他們活用並加強這種天然屏障，只有會妨礙到防衛的部分進行開闢，建造出恰似一道道傷口或瘢痕的戰壕、反戰車壕、碉堡與鋼筋製反戰車屏障。

北方的冬日葉隙天光，在反戰車屏障上反射出暗沉光澤，透過光學螢幕射入眼中。眼看經常過來進行訓練、狩獵或釣魚而像自家後院一樣的森林，如今變得面目全非，滿陽在座機裡感覺到內心深處一陣騷動。

無論是滿陽或任何一名八六，都不記得自己的故鄉風景。但如果還記得的話，要是故鄉被改造成這樣的戰場，心裡必定也會產生相同的不安。

寶貴的記憶，以及記憶的依歸之處，被塗改成流血與死亡的光景。

原來，這竟是如此可怕的一件事。

這座基地對自己與同伴來說，不知從何時起已成了無可取代的精神依歸。

但是……

所以……

「大搖大擺地踏進別人家的院子，你們當自己是誰啊——這裡是我們的基地，就是這樣。」

這是我們在行軍訓練中走過，常常來打獵、釣魚，其實也享受了不少歡樂時光的森林。是我們的庭院。

森林裡的河流、谷地、斜坡與樹木生長的方式，我們全都知道。

我們機動打擊群在這森林生活了半年，它一定會站在我們這一邊。

「女武神」各個戰隊、與戰隊協同作戰的「阿爾科諾斯特」以及戰鬥屬地民屏氣凝神，藏身於熟悉的森林起伏地形與尚且陌生的防禦設施時，收到知覺同步的訊息。是同樣讓「送葬者」潛伏於這森林中的一隅，側耳靜聽步步進逼的「軍團」發出悲嘆的辛所傳來。

『全體人員注意，它們來了……地點九三四將會最先遇敵。敵軍前鋒將於一五〇秒後進入射程，推測為機甲部隊。』

說完，『哼。』機動打擊群的死神冷冷地嗤笑了。

『以為勝券在握了就連偵察也不派，大家去狠狠給它們自大的臉孔一拳吧。』

戰鬥屬地民們不知道辛的異能，傳出困惑的沉默。

至於八六與「西琳」，還有與他共同奮戰已久的班諾德等極光戰隊隊員，則是鎮定如常地回應——收到。

正確按照指示，於火力據點發出的砲火齊射，為軍械庫基地防衛戰奏響了序曲。

鋁製裝甲與內側的防彈纖維擋下了大多數的榴彈碎片，但不是全部。

「同步裝置——果然報廢了。」

作為功能中樞的仿神經結晶，被破片打成了兩半。

再加上大毀而完全陷入沉默的座機、槍膛裂開的突擊步槍，以及不知是被跌打損傷還是扭傷弄得上下各處都在發出哀嚎的身體。右耳失去聽力，看樣子是鼓膜破了。

不過若不是同步裝置幫他擋下砲彈碎片，他大概已經被割喉而死了。掛在右腿上的手槍就沒引發這種奇蹟，被破片割開的傷口痛得緊。

「……至少手槍還能用，或許已經該慶幸了吧。」

雖然對付不了「軍團」，但可以用來自盡。

無線電還是老樣子，受到阻電擾亂型的電磁干擾而無法使用。他揹起從機體內帶出來的背包，走在陌生的聯邦森林裡。

忽然聽見樹叢發出沙的一聲，他猛地轉頭一看，是個身穿軍服、年約七歲的小女孩。

他一瞬間不明就裡，隨即弄懂了。是吉祥物。就是那些聯邦軍特有的，性質類似乾女兒以預防兵卒叛逃的少女。不知是跟所屬部隊（家人）走散了，抑或是被拋下了。

抬頭看著不禁呆立不動的他，小女孩閉著小嘴沒說話。

仰看他的雙眸像是欲言又止地歪扭著，卻無法出聲求救——所以她是被拋下了。被那些儘管只是戰場上的短暫關係，但確實曾經是一家人的士兵們棄之不顧。

可是，他覺得那應該是逼不得已。

因為……

「……我也一樣幫不了妳。」

要是帶著一個孩子，自顧不暇的我恐怕是別想求生了。

所以，這是無可奈何的。只能拋下她了。

反正，我都已經拋下千鳥不管了。

既然曾經對別人棄之不顧，今後大可以繼續見死不救。既然我都違背了安琪的心願，既然我是個黑心腸的卑鄙小人，那就狡詐地繼續貪生怕死好了，然後最好連這也辦不到，死掉算了。

他內疚地別開目光，不去看仰視自己的少女——既沒有手槍也沒有體力走過戰場，比他更年幼弱小的少女。

亦別開目光，不敢正視心中的歉疚。

因為，我……我……我已經……

——達斯汀……

倏然間，聲音重回腦海。

那種溫柔、穩重的嗓音。顏色像來自最遠的天邊，從初次邂逅以來就一直覺得很美的眸子。

——我知道達斯汀你有道德潔癖，不喜歡耍詐。

我……

——所以就當作是為了我，要回到我身邊喔。

難道就連那句話，我都想把它當成詛咒嗎？

她說，就當作是為了她。不管我做出多麼卑鄙、卑劣的行為，她都願意幫我承擔一部分的內疚，只因為她盼望我活著回來。就連溫柔魔女的這句話，我都想把它變成詛咒嗎？

我會的，保持在不會被妳討厭的程度。這話是我自己說的，難道我想讓它變成謊言嗎？

——你一定無法容許狡詐的行為。

妳說得對，我厭惡奸詐、卑劣、卑鄙的行徑。我無法容忍自己變成那種人。

——你要遵守諾言，好好活著。

——回到我身邊。

但妳說，妳仍然會迎接我回來。

因為，我是妳想迎接的那個人。

即使我拯救不了別人。即使我曾經棄別人於不顧。

但是至少，我絕不會害妳心碎。不只是對得起自己，也要不愧對溫柔善良的妳——就算再軟弱，最起碼這點小事應該還做得來。

期許自己能夠做到這點小事，又有什麼不對！

「過來吧。」

他伸出了手。小女孩困惑地看看這隻手，又看看他的表情。

「過來吧，我們一起回家！」

小女孩一瞬間露出了泫然欲泣的表情。

她快步跑了過來，達斯汀接住她，把她抱了起來。與其配合年幼女孩的步履，這樣比較快。

反正用手槍也對抗不了「軍團」。他們要一路躲藏，逃過敵軍的目光追上撤退中的友軍。

我沒有戰鬥能力，沒辦法擊退擋路的「軍團」。我沒厲害到有那種能耐。

但如果我是弱者，那也有弱者的作法。

「妳要乖，先不要哭……大哥哥絕對會帶妳回家的。」

至少，我必須活著回去才行。

也許是還沒忘記被人飼養的感覺，一隻不知道是鵝還是鴨子的鳥缺乏戒心地湊過來，尤德用棍子打死牠，把牠宰來吃。

遇到事情就一整天不想見血的纖細神經，早在很久以前就磨損殆盡了。

畢竟是「軍團」支配區域，而且有一群負責警戒的斥候型被爆炸聲吸引過來，在附近徘徊不走。但他仍然回到了森林裡躲起來，挖個洞隱藏火堆的光芒，生火把肉煮熟。

為了避免浪費體力，這是冬季戰場應有的常識。

他本來是這麼想的。

然而一等到聽不見任何人的聲音，他才終於發現不只如此。

隨著啪沙啪沙的振翅聲，一隻烏鴉飛落下來。

看來是前線推離此地使得再也沒人分牠剩飯，把牠給餓壞了。尤德丟一塊肉過去，牠竟然沒銜起來溜走，而是迫不及待地當場啄食起來。

貪食死屍的烏鴉。

「——你……」

他一呼喚，烏鴉不可能聽得懂，卻轉向他微微歪了個頭。

「等到了明天，你能不能去把她也吃了？」

還是說今天夜裡，老鼠或其他動物就會把她吃盡？

那樣也可以。

心靈雖然約好了要一起上路，但留下的軀殼至少希望能化作飛禽、走獸的血肉，在那生生不息的某一刻可以回到故鄉。但願她能看見她曾經希望能去遊歷的，這世界的所有一切。

尤德沒有為她立墓碑。

她拜託過尤德不要看了。再說，八六向來不曾擁有墳墓。

而走到最後、走到旅途盡頭而從來不曾停步的她們，確實都是八六。

跟自己是一樣的。

即使經過了一天一夜，聯邦多達十處的戰線依然全部籠罩在戰火之下。

「人事」參謀從遙遠的軍械庫基地戰區對她說：『我來換班，妳休息吧。』蕾娜答應之後切斷了知覺同步。依照第一機甲群的指揮權轉移順序，原本該來代理職務的作戰參謀於不久之前受傷，目前尚在接受治療。如今就連遠在防衛線後方的指揮所都躲不過流彈，這樣嚴酷的戰況已經持續很久了。

對方叫她去休息，然而頭腦太過清醒，實在是睡不著。處於亢奮狀態的身體將血流優先送至大腦，被延後處理的胃連飢餓都感覺不到。

但墊墊肚子然後閉目養神一下，還是比完全沒休息到要來得好。她果斷做出決定，抱起乖乖待在辦公桌角落的狄比走向連通臥室。經歷過第一次大規模攻勢的狄比聰明地察覺到緊急狀況正再次發生，總是安分地緊跟在蕾娜身邊，這樣無論發生任何狀況都不怕和她走散。

之前申請的軍械庫基地鄰接戰區的廣域地圖似乎湊齊了，約納斯抱著連接起來的列印紙張走進房間。聯邦軍的通訊網路如今被大量的資料傳遞堵得水洩不通。既然蕾娜手邊無法即時收到戰況的最新消息，不如使用能夠自由添加註釋的紙張更為快速方便。

「各戰區的殘餘兵力都沒有明確數字，米利傑上校。目前戰鬥還沒結束，各部隊也尚未脫離混亂狀況，無法進行確認——咦！」

呼嘎——！狄比一個箭步衝過來發出威嚇，稍稍嚇到了約納斯。

狄比弓起背，連尾巴都炸毛了，像隻怒不可遏的小獅子那樣齜牙咧嘴。已經完全進入迎戰態勢了。而約納斯並不記得自己有哪裡惹到牠，顯得既退縮又困惑。

這種與戰鬥中指揮所的緊張氣氛完全不搭調的笨笨場面——蕾娜一瞬間差點不小心笑出來。她好不容易才憋住，故作冷漠地把臉別到一邊。

應該說，對，真沒想到他居然半點自覺都沒有，但狄比會有這種反應完全是理所當然，所以蕾娜只覺得他罪有應得。

「你欺負狄比最喜歡的我欺負到現在，牠討厭你是應該的。」

「啊！……不，可是，我明白您對自己的處境有所不滿，但我這麼做絕不是存心騷擾……」

他似乎是真的大感意外，急著想自我辯解，然而柴夏冷淡地說：

「你強虜女子進行監禁，害她們既憂愁又傷心，現在還好意思說這些？豈止是存心騷擾，根本是明確的惡行。跟拐賣婦女的皮條客沒兩樣，你這女性公敵。」

「拐……」

看到他被嚴詞指責到說不出話來，蕾娜這次毫不客氣地笑了出來，再次抱起了狄比。

笑過了一遍，意識短暫離開戰事而讓心情輕鬆點，睡魔與空腹感這才正確發揮了作用，她心懷感激地說：

「狄比，我們走。不要理那個愛欺負人的大哥哥，我們一起上床睡覺吧～」

「喵嗚～」

「我沒有愛欺負人……！」

狄比一聽，喉嚨發出呼嚕呼嚕聲。

而約納斯竟莫名執著於這些芝麻綠豆的小事，可見他似乎也累壞了。對於蕾娜她們三位指揮官，本來應該各自指派多名參謀分擔的工作量，現在全落在他一個人的肩膀上，會累也是當然。

蕾娜把這話當作耳邊風逕自走向臥室，阿涅塔代替她走上前去。

「死心吧，少尉，你就是愛欺負人又跟女人為敵的可怕大哥哥啦……來，喝點紅茶。你一定很累了吧，我有泡得甜一點，先喝再說吧。」

「謝謝少校……好苦！這裡面加了什麼啊！」

「哎呀～對不起，本來要放砂糖的，我弄錯放成即溶咖啡了。」

「把砂糖跟即溶咖啡搞混？顏色根本正好相反吧！」

到最後甚至這麼容易就被阿涅塔的惡作劇整到，還認真起來對她語氣平板的藉口吐槽。阿涅塔朝著看樣子腦袋已經徹底罷工的他留下一個苦笑，說道：

「少尉，我看你也先休息一下吧。你的主人應該就快這樣命令你了。」

蕾娜走進臥室，準備小睡片刻。

遭受電磁加速砲型的砲擊，或是在隨後的撤退行動中脫隊的戰隊、小隊與偶爾出現的落單人員，在這三天內零零散散地回到了軍械庫基地來。

軍方沒有餘力將他們送回原本的大隊，只能多少讓他們休息過後就組進臨時戰隊，投入當下缺乏戰力的地點。回歸指揮所的芙蕾德利嘉，起初似乎還想確認所有她認識的失蹤者安危，但隨即忙於掌握各防衛線的狀況而分身乏術。說到這個，恩斯特似乎平安無事。這對聯邦而言應該是一件大事才對，卻聽不到多少相關消息。

可見所有人都忙得無暇旁顧了。

「女武神」的研究員，加入了機庫的整備行列。其他部隊的步兵或裝甲步兵敗逃後抵達這座基地，然後直接投身防衛戰，還有設施人員與車輛操作員也去和他們並肩作戰。食勤人員與輔助教員雖為非軍職人員，但也過去幫忙搬運傷患。

還聽說退役已久的神父竟也手拿步槍衝上前線，戰鬥到子彈射盡之後居然改以投石攻擊打倒了自走地雷；連這種時候都還在流傳著這種荒唐謠言，只能說不失慣於戰鬥的八六風格。

「……是說啊，要是把所有人的說法全部綜合起來，那神父怎麼想都要有五個人才夠吧，隊長。」

班諾德擺出一副驚恐萬分的神情如此說道，逗得在場所有人爆笑出來。大家的「女武神」不是彈藥射光就是燃料耗盡，現在都抱著突擊步槍躲在這處天然窪地裡。

砲彈碎片與槍彈毫無間歇地從頭上呼嘯而過，連想站起來都沒辦法。載滿彈藥與燃料回來的菲多，身上還帶了熱過之後重新裝袋的軍用口糧，這是來自擔任食勤班長的中尉的一份關懷，認為在戰鬥中沒那時間好好吃頓飯，就算後來涼掉了應該也比完全冰冷來得好一點。

一名處理終端少年立刻打開一包倒進嘴裡，他隸屬於別的機甲群，辛也不記得他叫什麼名字。只能趁著整備或補給的短暫空檔睡睡醒醒，用現在這種稱不上是用餐的營養補給品勉強維持續戰能力讓少年臉色極度憔悴，但仍笑著說：

「要是真有五個的話也很好啊。最好還能繼續分裂，變得越多越好。」

「才怪啦，最好是。」

「要是真的發生，我看威脅性比『軍團』還大吧？」

搖頭否定的米卡與吐槽的萊登，都把過度疲勞而變得似笑非笑的奇妙表情掛在臉上。

即使如此，至少還笑得出來。至少還有餘力開玩笑，而且覺得好笑。

這表示自己跟同袍都還能繼續戰鬥。

辛等人攝取完最基本的餐點時，正好菲多它們也完成了「女武神」的補給工作，於是眾人重新扛起突擊步槍。儘管戰場現況仍然不允許他們站直身子，但應該還能設法滑進駕駛艙吧。

蕾娜那邊沒給予新的指示。既然如此……

「總之我們就去親眼見識一下，神父大人是否真的增加到五個人或是更多吧。」

亦即確認各陣地的戰情，支援有需要的地區。聽到辛如此暗示，另一個人……一個他同樣不認識的人哈哈大笑。

「收到，但是死神隊長，這種時候應該要說去幫助分裂增殖神父才對吧。」

「沒什麼好幫的，區區『軍團』殺不了神父大人。投石什麼的也是，我看八成是事實而不是謠傳。」

自走地雷大概也沒想過，自己會敗在石頭這種原始武器之下吧。辛神色嚴肅地補上一句「值得同情」後，所有人無不肅穆地劃十字或是雙手合十祈禱。

然後，知覺同步再度連上。

他們的女王凜冽的嗓音，今天依然明確地傳達到這個戰場上。

『管制一號呼叫先鋒分隊各位人員！』

頂著槍彈橫颳的風暴，辛等人交換一個眼神笑了。戰情就確認到這裡——好了。

在女王陛下的號令之下，再次享有戰鬥的榮耀吧。

軍醫堅持拒絕再開處方箋，部下與整備組員又聯合起來把他強制拖下機體，不得已吉爾維斯只好去小睡片刻。

目前戰況漸趨平緩，容許他這個聯隊長短暫與副長指揮交棒去睡一下。

這是因為軍方已經在哈魯塔利預備陣地帶接回潰亂的步兵們，將其再次投入各陣地阻止他們亂跑，確保了機甲部隊的行動空間以及戰鬥工兵隊、運輸部隊的移動路徑，使得支援、補給與反擊得以「正常」運作的關係。光是放任崩潰混亂的士兵在他們不該出現的地方亂晃，這樣的敗逃狀態就足以嚴重降低自軍的戰鬥能力。

既然狀況已得到「解決」，那麼自己與同袍的機甲部隊——我們光榮的鎧甲騎士後裔，自然不可能敗給幾隻臭鐵罐。

戰況正在逐漸好轉。等睡過一覺後，想必就能重新上陣擊退敵軍了吧。

等著瞧，吉爾維斯最後強烈地做如此想，然後便疲倦地沉沉睡去。

「——滾一邊去，大塊頭！大而無用的笨重恐龍，少來阻擋諾贊侯爵家族的午夜狂獵（Wild hunt）！」

儘管亞特萊出言不遜，把「軍團」的決勝王牌重戰車型喝斥為大而無用，其實即使是諾贊家的狂骨師團這次也難說是大獲全勝，不過……

想必是懷著自信投入戰場的「軍團」重機甲師團，終究還是被狂骨師團穿破了。他們發出嗜血嘲笑與咆哮的同時依然不失冷靜透徹，追擊鳴金收兵的臭鐵罐們時不忘窮寇莫追的道理。

當敵軍部隊維持突擊陣形衝殺過來時，他們同樣以楔隊隊形從正面吶喊衝鋒撕裂敵軍；而保障他們這種機動能力上的自由的，正是於背後鋪展開來的哈魯塔利陣地帶。

當部隊發起突破機動並殺入敵軍內部時，其間若是友軍崩潰，部隊將在敵陣中落個孤立無援。特別是耗能效率極差、續戰能力不佳的「阿茲・達哈卡」，在敵陣中孤立是致命行為。友軍防衛線非得夠堅固才行，否則縱然是食人黑龍也無法在戰場上自由飛翔。

沒錯，不同於脆弱崩潰的森蒂斯・希崔斯線，「現在的」哈魯塔利預備陣地還算堅固難破。

這是因為被扔進陣地裡的逃亡士兵們，在這裡背後也被家畜看守用槍口指著，因此不得不留在這個陣地應戰。一旦在戰場上的賣命程度關乎的不是別人而是自己的寶貴性命，無論是再膽小的懦夫都會拚命殺敵。

以窮鼠齧貓的猛衝橫撞阻擋鋼鐵激流，並以老狼與母狼的沙場經驗及匹夫之勇作為支撐，儘管這種作法從本質上來說極端脆弱，最起碼在這場戰鬥當中還算有效。

……至於之後事態會如何發展，老實講亞特萊已經不願去想，但在目前這個當下也不用管那麼多。

『亞特萊少爺，您的本性都暴露出來了。』

「反正也只有妳聽到，沒差啦副長——我知道。只是，我真的累了。」

儘管諾贊的血統擁有常人無法企及的強健體魄，畢竟是以沒做充分休息的狀態駕駛運動性能違反人體工學的「阿茲．達哈卡」，在這場漫長的防衛戰當中奮力頑抗。悶在駕駛艙內的熱氣與腎上腺素的過剩分泌使得體溫居高不下，亞特萊擦掉如雨流下的大汗時，副長似乎對他微笑了一下。

『真拿我的夫君沒辦法。等這些都結束後將會有熱水淋浴與冰涼的愛爾啤酒等著您，請您暫且再忍耐一下。還是說您想先與我雲雨一場，以安撫您的心情呢？』

「好了，別亂講。」

亞特萊疲憊不堪地回答。這個副長也緊緊隨伴在亞特萊身邊戰鬥了一樣長的時間，自己跟亞特萊有多疲倦，她不可能不知道才是。

不過聽到亞特萊回答得毫無情調可言，這個只在戰場上綻放動人笑容，比傳說中的傾國女子更碰不得的美麗仕女，卻心情愉悅地笑得開懷。

日期在持續抗戰中進入新的一年，時為星曆二一五一年一月二日。

北部第三戰線的戰鬥終告結束的消息，傳遍了各個戰線，並在新聞中播出。其餘九個戰線也判斷戰況即將告一段落，指揮官們鼓舞眾將士，同袍弟兄之間互相加油打氣，或是把認為已經仁至義盡就想開溜、學不乖的逃亡士兵踹回戰壕。

過完了年，在一月三日這天，就在只差一點還不到正午的時候，軍械庫基地戰區的戰鬥終於正式休戰——八六守住了他們的新故鄉。

聽見周圍其他戰區的「軍團」也同樣開始撤兵，辛長長地吁一口氣。儘管整個西部戰線，還有很多地方仍在戰鬥……

「蕾娜、葛蕾蒂上校。軍械庫戰區的敵軍集團正在後退，沒有再次發動攻擊的徵兆。敵軍戰線腹地也是一樣，所有戰區都在進行部隊後撤——西部戰線的戰鬥，應該很快就會結束。」

『收到，我會向高層報告的，上尉……你還有體力嗎？我的意思是，可以請你再負責西部戰線全域的索敵任務一段時間嗎？』

畢竟才剛剛連續打了幾天的仗。雖說作為對二度來襲的確實防備，這是有必要的要求，葛蕾蒂的語氣中仍流露出一股關懷。意思是辛如果不行，可以直說無妨。

一瞬間，辛闔起了眼睛。關於這點，坦白講他已經累到巴不得能立刻去休息，甚至現在只是閉個眼睛就差點暈過去，不過……

「可以……只要能得到一點獎勵，我就會有幹勁了。」

聽到辛隨口開玩笑說：「例如糖果什麼的。」葛蕾蒂笑了出來。

『好啊……聽見沒，米利傑上校？妳要給他什麼獎賞？』

這一記奇襲讓蕾娜慌張了起來。

『咦？啊，我想想……辛，等你回來我就給你一個吻！』

……雖然對話是透過知覺同步，而且不是處理終端的發言，所以這次不會被任務紀錄器錄下……

聽到葛蕾蒂與參謀們壓低聲音在偷笑，辛感到有點頭痛。

眼前的戰鬥終於結束，「軍團」似乎正在慢慢撤退。

安琪以一種有點難以置信的心情，茫然地注視著這一幕……結束了？

我竟然活下來了。

這個事實不知為何，讓她有種頭暈目眩、現實光景逐漸飄遠的感受。

可是，達斯汀已經不在了。

可是，達斯汀結果還是回不來了。

為什麼……我卻活了下來……

安琪身為戰士的意識，目前還沒告訴她戰鬥已經終結，仍未從她的腦中奪走那一抹冷靜。就連希望能立刻感受到的哀嘆與後悔，都沒湧進彷彿開了一個大洞的胸口。

她打開「雪女」的座艙罩，搖搖晃晃地下了機體。這種行為既危險又毫無意義，但沒人忍心阻止她。

而到了最後，整個戰區的戰鬥還是結束了。

始終沒有一枚流彈或是砲彈碎片，飛過來射殺安琪。

「安琪！——安琪！」

一回神才發現，可蕾娜正在往她這邊跑來。

她像隻兔子般飛跳在倒木與水泥塊之間，一直線地衝過來。沒駕駛「女武神」就這樣整個人暴露在外，要是踩到不發彈豈不是很危險嗎？安琪漫不經心地想。

可蕾娜毫不客氣地用力抓起她的手，一個勁地拉著她。神情就像個隨時會哭出來的小小孩。

「妳過來！快點！」

「可蕾娜，妳怎麼了？」

聽到安琪這種平板得不對勁、有點反常的聲調，可蕾娜的表情變得更加泫然欲泣，拉著她的手。

「別問了，跟我來。快點！」

不對，早在那之前——早在她跑過來的時候，就是這副快哭出來的表情了。

「達斯汀回來了！」

「——！」

霎時間，受到過度打擊而凍結、封印至今的所有感情全部復甦了。

安琪顧不得動作粗魯，甩掉可蕾娜拉住她的那隻手，沿著可蕾娜跑過來的路，頭也不回地向前奔去。

使勁拉扯的手忽然被甩開，再加上戰鬥累積的疲勞，可蕾娜一屁股跌坐在地上。

「哎喲，好痛！」

講歸講，嘴角卻放心地綻出微笑。太好了。

真的——太好了。

正好人在旁邊的托爾帶點苦笑走過來伸出一隻手，她帶著謝意握住那隻手。

「妳沒事吧？」

「嗯，沒事。」

我很好——安琪也很好。

身為狙擊手而有著好眼力的可蕾娜發現達斯汀時，他人還在巒遠的位置，而當安琪趕到他面前時，他正好來到了軍械庫基地的閘門前。

他認出了安琪，骯髒臉龐的神情頓時顯得鬆了一口氣。然而安琪跑到這裡，卻裹足不前了。

「——達斯汀……」

她不知道該說些什麼才好。

自己那時候沒陪在達斯汀身邊，也沒能去搜救。她把機動打擊群的隊長職責看得比達斯汀更重要。

這樣的自己，現在看到達斯汀獨力活著回來，不知道還能說些什麼。

然而達斯汀，卻對著佇立不動的安琪笑了笑。

笑得無憂無慮。

「安琪……幸好妳平安。我能活著回來都是多虧了妳。」

「……咦？」

這話是什麼意思……

我沒有陪在你身邊，也沒去找你。什麼都沒為你做，不是嗎？

「我聽見了妳的聲音，聽見妳叫我回來……妳盼著我回來，對吧？」

「唔！」

「我接收到了，十分清楚。所以我也有了同樣的念頭。所以我才能活下來，回到這裡。雖然我要詐偷懶，雖然我太軟弱沒有盡最大努力，但妳在等我回來，因此我必須回來……這都多虧了妳。多虧妳對我說過的那些話。」

——就當作是為了我，稍微讓自己奸詐一點吧。

不要為保全志節而死，一定要回到我的身邊。

「安琪，我回來了……我不是說過了？我不會丟下妳的。」

不會害妳傷心。

「——唔！」

湧現的情感，讓她心中一陣澎湃。溫熱的液體流過了臉頰。

安琪無法以言語表現，只是順從內心的衝動，撲進為了她生還歸來的戀人胸前，緊緊地抱住他。

伸出雙手將抱住自己的她擁入懷中，達斯汀感受著她無聲的眼淚，心想——

那時，安琪之所以要他奸詐一點……

並不是叫他丟下別人自己苟活，或是拋棄正義之心。

她只不過是希望達斯汀活著回來罷了。

只不過是希望他不要為了保全正義、使命、拯救世人這種不知天高地厚的宏願，而犧牲自己的性命罷了。

就算力有未逮，沒能救到想救的人。

就算無能為力，丟人現眼地哭著回來。

她一定還是會接納達斯汀——只不過是這個意思罷了。

話說回來，在這中間一直有個大約七歲的小女孩抱著達斯汀的腿，安琪情緒平復之後，當然就開始轉為關心她了。

「達斯汀，這孩子是？」

「喔……」

達斯汀想了想，然後抱起那孩子開玩笑地說：

「我們的女兒啊。」

「聽你在亂講……！」

安琪以為自己只是輕戳一下，但筋疲力竭的達斯汀就這樣渾身虛脫地癱坐到地上。

既然還有餘力開玩笑就應該沒事吧，於是安琪丟著他不管，蹲下去讓視線跟小女孩齊高。待在遠處旁觀的梅霖見狀覺得差不多了，就過來把達斯汀接走，當成行李一樣扛在肩膀上離開了。

「妳是吉祥物，對吧？」

小女生怯怯地點了個頭……面對這個陌生人，小女生察言觀色地以細微聲音說：「是大哥哥救了我。」

「這樣呀。大哥哥人很好，但妳在戰場上一定很害怕吧。妳真堅強……過來吧，到我們的基地去，我們先吃頓熱呼呼的飯。」

「……可以嗎？」

「當然嘍。」

小女生霍地抬起頭來，安琪微笑著點頭。這麼幼小的吉祥物女孩，竟然在戰場上落單。一定是被原本那個部隊丟下了吧，不過……

「因為妳是達斯汀……我們無可替代的同伴帶回來的孩子呀。所以，我們一起回去吧。」

回到我們的家。

「天啊，這次戰鬥真夠慘的……」

「真虧我能夠活下來……」

畢竟先是空有撤退之名的潰敗逃亡，接著又是連續幾天的防衛戰鬥，沒日沒夜的瘋狂衝殺已經搞得戰隊、大隊或機甲群全都亂成一團，不分彼此了。

因此，在第四機甲群的翠雨身邊回話的是克勞德，在他旁邊一臉疲倦乏力的是莎奇。他們倆也搞不懂為什麼彼此不是同個大隊的卻待在一塊，而且還擠在以第四機甲群為主體的混合隊伍當中。

他們在變得滿目瘡痍的森林裡環顧被打得千瘡百孔的碉堡，然後不情不願地望向一個角落。

「……那些共和國人還在耶。」

「都已經打了這麼多天了，那些傢伙怎麼還沒逃走啊……」

一群共和國人的難民，擠在一起縮成一小團，似乎想盡量不給他們添麻煩。

當前線瓦解時，他們在疏散的途中被捲入戰鬥。這些好不容易才逃到軍械庫基地防衛線的難民，讓他們到處亂晃會很礙事，於是鄰近的戰壕或碉堡就收容了這些人。現場槍彈與砲彈碎片毫無間斷地交相亂飛，很多人連移動到更後方的地帶都有困難。所以部隊才會要求這些人躲在角落不許礙事，一直到戰鬥終於結束的今天這一刻。

話雖如此，目前只是暫時性的所以還好，但也不能讓非戰鬥人員長久待在前線的基地或戰壕，所以……

「再過不久運輸隊應該就會來補給了吧，就拜託他們把這些人帶回去好了。」

「感覺他們一定不會樂意，但也不關我們的事啦。」

講什麼新型自走地雷或自爆病毒的，不然就是共和國人怎樣怎樣，叛徒又怎樣怎樣的。

克勞德正在心想，這些問題今後不知道能怎麼解決時，翠雨從他身旁倏地站了起來。

「既然要請人家帶走，那得先來整隊才行。我到其他戰壕去把難民帶過來。」

「要不要我來？妳是總隊長，等一下應該還有事要做吧。」

「沒關係啦，呃……你叫克勞德對吧？你已經很累了，應該不想再聽一些閒言閒語了吧。」

看一眼克勞德在戰鬥途中累到肝火上升，索性把無度數眼鏡摘了丟掉而現在暴露在外的銀色雙眸，翠雨如此說道。她聳了聳肩，就像在說「沒辦法啊」。

「誰教我是總隊長呢？讓我來吧。」

她雖然這樣說，但她也一樣是八六。

就算受過戰場生活的淬鍊，她那肩膀比起克勞德或莎奇這些少年還是顯得更為纖柔、細瘦。

克勞德與莎奇互相對望。

「……就說了妳是總隊長，等一下還有事情等著妳做吧。」

「再說，我們這下要是真的答應讓妳去做，該怎麼說呢？那樣很沒面子耶。」

「所以說……一些麻煩的打雜工作就交給我們吧，這位女士。」

克勞德用一種完全是在胡鬧的誇張動作，向翠雨伸出手去。她像是一下子猝不及防，當場爆笑出來。

好像很久沒有這樣互開玩笑了。

——笑不出來就輸了。

不知是在什麼時候，他記得可蕾娜說過這句話。

而克勞德覺得她說得沒錯。

我就是要笑。就算只是做做樣子、虛張聲勢或強顏歡笑也行。

都走到這一步了，我才不要陷入絕望、大哭大叫或是唉聲嘆氣。

大概是真的被逗樂了，翠雨捧腹大笑。

她用指尖拭去笑到滲出來的眼淚，點了點頭。

「你也太帥了吧，我差點就愛上你了……那就拜託你們兩位騎士嘍。」

「——啊，我比較希望妳叫我王子殿下。」

莎奇一臉認真地說道。「厚臉皮耶。」翠雨又笑了起來。

咦？瑞圖轉過頭去。一頭黑色的長髮閃過視野的邊緣。

「米蘭」的光學感應器追過去，果然看到一個有著黑色長髮的少女，半背對著他這邊向前走去。捲髮披落在纖弱的背上，細瘦的小腿套著一點也不相襯的堅硬長靴。她讓長髮在風雪中微微飄動，走向一個共和國人集團。

同樣是少女，如果是在戰場生活已久的處理終端，不會像她那樣顯得纖纖弱質。

更不可能是代代以戰爭為業，從骨架子就強健壯碩的戰鬥屬地民少女。附近城鎮的居民早就疏散光了，而且既然是黑髮，那也不會是排斥銀色以外種族的共和國人。

既然如此，那她一定是……

瑞圖按下外部揚聲器的開關。他著急地叫住對方。

「……那邊那個女生。」

少女只把視線轉回來。藍眼睛慵懶地望著他。

「妳是『小鹿』，對吧？」

如果要警告那些共和國人一聲，應該把揚聲器的音量開大一點才對。但瑞圖好像怕被人知道似的，壓低了嗓門與喇叭音量。

「噢。」少女意會過來，笑了笑。

『你是八六，對吧？機動打擊群的。』

跟我一樣，都是八六。

跟我不一樣，是機動打擊群的人。

『太好了，你們還活著，幸好你們能活下來。』

不像我們，很快就要死了，無論如何都注定一死。

「唔！」

『太好了。所以……拜託你，放我一馬吧。』

她笑著說。

藍眼睛染上疲勞與達觀，以及一抹的哀切。用那種早已倦於迫害與逃亡，就連憎惡都被磨耗殆盡的魔女般感情枯竭的眼眸……那種毫無笑意的眼眸懇求瑞圖。

『就當作沒看到我。就當作沒注意到我。至少，讓我——報這個仇。』

向那些把我變成「小鹿」的共和國人報仇。

瑞圖咬緊了牙關。

「——不行。」

他開啟了座艙罩。

他不認為可以隔著揚聲器，隔著座艙罩，連對方的臉都沒看到就說出這些話。

「不行。因為，我不想讓妳變成殺人犯。就算這是報仇，就算這是妳的心願，我還是不想讓妳殺人。」

不想讓妳變得像阿爾德雷希多中尉一樣。

像阿爾德雷希多中尉的亡靈一樣，為了向共和國復仇而變成「牧羊人」，然後如他所願，到處殘殺共和國人。

像阿爾德雷希多中尉一樣，為了替妻女尋仇而變成殺戮機械，可是到了最後那一刻，卻忘不了女兒的昔日容顏而呆站不動。

他最後心裡在想什麼，瑞圖無從得知。

是哀嘆、後悔，抑或是感到空虛？最起碼不會是滿足感。

捨棄人類之身，放棄安詳的永眠，甚至連跟妻女團聚的希望都不要了——到頭來得到的，卻絕不是心靈上的充實。

他不希望這個女生步上那種後塵。

不希望她在臨死的瞬間，滿腦子只有後悔、空虛或哀傷。

「同樣身為八六，我……不想讓妳有那種悲哀的遭遇。」

少女微微張著嘴，眨了一、兩下眼睛。

然後，像是拗不過他似的微笑了。

看著這個年紀比她還小的少年，分明和她只是萍水相逢，卻簡直像是要勸阻認識多年的戰友般神情急切地爭辯，她用一種姊姊看到弟弟調皮搗蛋後忙著找藉口的神情微笑了。

「既然這樣，那就不要讓我去殺共和國人。已經……沒有時間了，所以……」

就由你來殺了我吧。

不可思議的是，瑞圖心中毫無糾結。

「——好。」

一直以來諾贊隊長都在做這件事。

跟隊長為了那些步向死亡的戰友，一直以來所做的事情是一樣的。

他拿出自衛用的突擊步槍，動作流暢地拉直槍托後把它舉好。初速更快、彈頭更重的步槍，做起這件事來會比手槍更有把握。他將少女納入準星與照門重疊的位置。少女微笑著闔眼。

「謝謝你。」

「嗯。」

他扣下了扳機。

被人從極近距離射穿胸口的「小鹿」少女，微笑著倒下了。

轉瞬之間……

通過腦中的灼熱感，吹飛了思維、理解與判斷等所有的一切。

……咦？

映入眼中的色彩，令人眼花撩亂地變得毫無邏輯。半邊全被黑白斑點所掩埋，然後色彩就不再產生變化。啊啊，不對。一片紅色在斑點狀地面上擴大。稀稀落落地，雪花的白色與細小的紅色灑落下來。響徹四周的尖銳聲音他有聽過，但腦中的空白讓他想不起來它是什麼。

此刻的瑞圖已經無法知道，自己是在中槍之後從機體跌落，沒能做出受身動作，就這樣橫著摔在帶雪的泥濘地上。

被衝擊力道撞向兩個不同方向的視野中，一雙軍靴走近過來。然後在眼前停步。

瑞圖此時就連轉動眼球的功能也已經被破壞，因此無法看向上方。

從他看不見的上方，只有一個聲音降下來。

此刻的瑞圖，已經無法理解那聲音中帶有的情緒，以及話中的含意。

「殺人凶手。」

「…………？」

我是瑞圖，是八六喔。

所以，我不是，殺人凶手喔。

一陣腳步聲從折斷的樹木狹縫間靠近，蕾爾赫與柳德米拉在回頭之前已先將感應器的焦點朝向那方，聽到有人從背後叫住她們。

體重從腳步聲來判斷在一百公斤上下，步履不知為何走得紊亂而沉重，嗓音屬於女性。

「妳——妳們是八六……啊，不對，我該怎麼稱呼妳們才對？那個，妳們跟這孩子是一起的嗎……？」

「噢，不是的。我們並非八六。」

蕾爾赫一邊回答，一邊轉過身來。

既然知道不該稱呼八六為八六，將它視為一種蔑稱的話，想必是共和國人了。柳德米拉如此判斷，也把臉跟光學感應器轉向對方——……

「還有，各位八六人士都是懷著驕傲如此自稱的，因此這樣稱呼也不算冒犯——……」

蕾爾赫講到一半，忽然噤聲了。女性的身影映入她轉過來的視野。

猝然間，柳德米拉感到一陣彷彿不存在的心臟當場凍結的衝擊，令她呆立不動。

女子個頭並不高，細瘦而年輕。她卻將對方的體重估算得太重，是因為女子的臂彎裡還抱著另外一個人。

細瘦的手臂、胸前、臉頰與月白色的頭髮全被弄得又紅又髒，女子痛哭到不成人形。

「對不起。這孩子救了我，我聽聲音就知道是他了，所以我應該更早趕過去的……但我沒救到他，我沒趕上，他還這麼小，我卻沒能挺身保護他……對不起，對不起，對不起……」

在柳德米拉的身旁，蕾爾赫也因為受到過大的打擊，綠寶石般的雙眸睜大到極限。

分明不具有打顫的功能，她的聲音卻在發抖，即將呼喚當場凍結無法動彈的柳德米拉不敢說出的那個名字。

「瑞——」

不要。

蕾爾赫，不要。

求求妳，不要說出那個名字，不要讓我面對那個事實。

很久以前，那次是在什麼時候？對了，是前一個我。他看著我，表現出了該有的恐懼。他看著我，明白到他不想死，知道死亡是一件很可怕的事情。所以他讓我感到很安心，以為他一定不會像我一樣死去。

可是他卻……

「瑞圖閣下……」

蕾爾赫認為她們是死亡之鳥，直呼對方的名字既不吉利也有所冒犯，所以總是注意著不用名字呼喚任何人，這時卻愣怔地、愕然地，直接說出了他的名字。

從不呼喚活人名字的死亡之鳥忍不住直呼其名，只因那個少年無疑地已完全加入了死者的行列。

女子抱在懷裡的，是被槍彈打破頭蓋骨，生命與人格跟腦漿一起保不住的，瑞圖・歐利亞的遺骸。

†

被震飛後半活埋在夾雪的冰冷泥濘裡，似乎反而因禍得福。

亨利跟固守同一個戰壕——原本如此稱呼的地點——的部下們當中少數幾名倖存者，在過了半天之後爬到外頭來。

「…………剩下幾個人？」

對於這個問題，中隊長尼諾中尉挨著戰壕遺跡坐下，用一副骯髒憔悴的臉孔嘆氣。

「我跟你，還有這邊這幾個小老弟，再加上十來個士兵。」

「我也勉強還活著。部下有七人。」

接著卡萊里中尉與他的部下搖搖晃晃地走過來，換言之這僅有的二十餘人就是四分五裂、到處潰逃的兩個中隊四百餘人的倖存者了。

隨後亨利環顧不見「軍團」或友軍的身影，僅剩下屍體、殘骸與坑洞的戰場。

「西部戰線——似乎勉強以哈魯塔利預備陣地撐過來了。趁現在去跟距離最近的陣地會合，應該就沒事了吧……」

尼諾中尉神情苦澀，少年兵們默默地繃緊了身體。於是亨利聽出來了。

「……我懂了。有我這個共和國人在，沒有陣地會收你們吧。」

他刻意迴避，但其實在聯邦屬於少數民族的這些少年兵也是一樣。

然而，尼諾中尉搖搖頭。

「問題不在你身上。我看現在不管是哪裡，都不會收外來的部隊了。除了同胞之外全都是敵人……現在一堆人都這樣想。」

「不然早就有人前來提供救援或掩護了吧……又不是不知道我們部隊就在這裡。」

然後是卡萊里中尉忿忿地說。

話雖如此，再過不久那些撿屍體的回收運輸型（Tausendfuessler）就要過來了。

就算沒來，「軍團」遲早也會再次發動攻勢。為了活下去，他們必須趁現在趕往自軍占據的區域，問題是能怎麼做？

亨利忽然靈機一動，站了起來。他壓下一抹的躊躇與湧上心頭的罪惡感，做好最壞的打算。事情不只關乎自己一人的性命，況且他也不想再惹克勞德生氣了。

「我們去軍械庫基地——機動打擊群的大本營。」

部下們詫異地回望著他。尼諾中尉揚起單眉，卡萊里中尉大吃一驚。

亨利不以為意地繼續說道。只有這一線希望，即使處於眼下這種狀況仍然讓他信心十足。

即使處於目前的狀況，在戰場上打滾多年的克勞德，以及他的八六同胞們，一定會……

「我弟弟就在那裡。那裡一定會願意收留我們。」

恩斯特．齊瑪曼大總統回到私人寓所進行療養，副總統代行職務，於是政府終於決定施行強制徵兵。

對象為捨棄屬地的難民、少數民族或至今連自己的名字也不會寫的前農奴等低收入屬地的居民，以及首都近郊的貧困階層——然後，接著就輪到以為自己這個階級不在範圍內而鬆了口氣，坐視徵兵制度實施的市民、知識階級或富裕屬地的人民。

第一群人被徵兵時，後來被徵兵的族群不肯伸出援手，甚至還舉雙手贊成，認為自己這個階級有著大好的將來，跟那些廢物不能相提並論。

因此，等到順序擺在後面的族群被徵兵時，先被徵兵而現在已成為軍人的那些人就不用客氣，甚至是燃燒著復仇心態去獵捕他們。

由於遭到鄙視或是粗魯對待，使得無論是先被徵兵還是順序較晚的人，都對彼此懷抱著深刻恨意。

而不是去怨恨訂立徵兵制度的議會、背後的軍方高層，或是昔日的大貴族們。

這跟帝國貴族昔日對百姓的支配，完全是同一套作法。

而這所有的企圖，恩斯特都阻止不了。

大總統的地位不變，但那也是為了讓他來替至今與往後的各種狀況承擔責任。權限全數移交給副總統，他手上什麼權力也沒留下。

「……這件事本身是我至今的所作所為造成的，是無可奈何啦。」

被人以療養為由軟禁於家中，恩斯特在沒留下半點血跡的客廳苦笑。

明知他被軟禁，仍然返回寓所的女僕泰蕾莎，是他唯一的說話對象。他別開目光不去看抿緊嘴唇佇立一旁，與亡妻長得完全一樣的雙胞胎姊妹，深深靠進安樂椅裡嘆氣了。

不像厭倦世事的火龍，神情只像個欲振乏力的父親。

「現在後悔也太遲了，但我真不該那樣做的。雖說徵兵或共和國人的隔離措施都已經走到無可挽回的一步，老實說我也都不在乎，所以是無所謂啦——只可惜沒能保護得了我那幾個孩子。」

他那原本什麼都沒放而得以保持平衡的天秤，如今一邊放上了名為親子之情的砝碼，已經傾倒到無可挪動的地步。

第一機甲群承受的損害，讓他們必須將原本的七個大隊重編為四個。

在大隊長方面，率領砲兵機種第五大隊的密茲達戰死，然後……

「射殺瑞圖的傢伙，似乎已經在押送回去後接受調查了。」

面對刻意保持語氣平淡的萊登，辛依舊無言地點點頭。看到他貌似平靜，實際上卻緊緊抿住嘴唇，萊登也只能強壓心中的憾恨與憤怒。

從沒想過這個像弟弟一樣的少年會死，誰知卻這樣死於非命。

是死於非命。瑞圖甚至不是戰死的。

令人無法置信地是死於人類——聯邦軍人之手。

凶手是在戰鬥中逃到這裡來的其他部隊的一名倖存者。根據抱著瑞圖的遺體過來的那名女性所說，逮捕他的那幾人也是同一個部隊的士兵，本來還想試著做急救，但因為一眼就能看出被害人已死，大家都束手無策。

葛蕾蒂說，會讓凶手為此付出代價。應該會是死刑——予以槍斃。

即使凶手是聯邦軍人，聯邦軍本身並不會任由瑞圖枉死。

只有這點對萊登而言，可能對辛而言也是一樣，成了些許的安慰。

「所屬部隊的隊長送來了道歉信。葛蕾蒂上校是說不想看的話，不用勉強沒關係……」

「是道歉信，對吧？我會看。」

既然先看過的葛蕾蒂這麼說道，應該是誠心謝罪而不是滿紙藉口。辛不想漠視對方的歉意。不想拿瑞圖的死當理由，把每個聯邦軍人都當成冷血無情的惡鬼。

聽出辛的這番言外之意，萊登也閉起眼睛。

「……你說得對。晚點也拿給我看一下。」

因為坦白講，現在看可能會讓他心中充滿憎恨。

他嘆一口氣，呼出險些重返內心的憤恨，繼續說明目前的狀況。

「——第二、第四群也正在重編大隊。第三群作廢，殘餘兵力編入其他三群。」

第三機甲群當時被電磁加速砲型的第一波攻擊打個正著，導致總隊長迦南與長弓戰隊於任務中失蹤，在機動打擊群的四個機甲群（Group）當中損害最為嚴重。由於剩餘人數已經少到無法作為單一機甲群運用，遂將殘餘兵力用來補充別群的損害。

不過……

「然後呢，說到第三機甲……失蹤的迦南麾下大隊，大難不死的人剛才回來了。」

「——還以為這次是真的死定了呢。」

與直屬大隊——人數不滿一個戰隊的殘餘兵力一同回營的迦南滿臉倦容地這麼說，在零零星星地回來的倖存者當中，他們似乎就是最後一群了。

在他那架連辛看了都啞然無語，佩服它破爛成這樣竟然還有辦法回來的「女武神」旁邊，迦南癱坐在地，只翹起大拇指往一個方向指了指。

「還有……記得他應該是你那邊被後送的大隊長吧？不知道他為何會在如此鄰近前線的地方落單就是了。」

「——葉格。」

轉頭一看，有著金髮朱眼，跟千鳥一起離開的他就在眼前，「噢。」達斯汀淡然一笑。

畢竟是隻身沒帶手槍，長途跋涉逃出了「軍團」支配區域。而且還是走在北方的雪地戰場，由於被視為逃兵所以連友軍都必須戒備，即使是尤德也不免散發出明顯的疲憊與憔悴神態。

尤德自己對此恐怕是毫無自覺。沒能形成明確感情的激動情緒，使他的眼角擠壓變形。激動到連眼淚都擠不出來。

「抱歉。我明明有收到傳話，卻沒能成行。」

「這無所謂。她也知道那是強人所難的要求。」

尤德對他微微搖頭。「這樣啊。」達斯汀平靜地點頭。

如今他才知道，千鳥並不是想指謫他的軟弱無力，也沒在責怪他。

只不過是知道不可行，如果能見面的話，還是想再見到最後一面罷了。

溫柔的千鳥，臨死之際依然如此善良。

「我……可以……問問當時的情況嗎？」

「她是含笑而逝。半路上有哭，我想她應該也很害怕，但最後還是笑著走了。」

「這樣啊。那樣的話……或許……還算不錯？」

如果最後，是笑著為自己的人生作結的話。
達斯汀不知道正確答案。也有可能一輩子都找不到答案。
尤德像一隻思慮深遠的烏鴉那樣，注視著含糊點頭的他，無意間開口道：
「她有把遺物交給我。」
嘴上這麼說，卻沒有從胸前口袋取出收在裡面的物品。
那條與她的眼眸同色的淡紫藤色緞帶。
他發現有一根亞麻色的長髮纏在上面——於是小心地將它重新束起綁好，免得遺落了。
達斯汀回望過來。尤德無意識之下握緊最後碰過她的右手，臉上浮現略帶挑釁的笑意。
「但是不能給你。我會帶著她走到最後。」

我來成為你的詛咒吧。

他曾經想過，他寧可有人對他施加詛咒。
那個想法也許是錯的，也或許是對的。他不清楚。等到被施加了詛咒，才發現這件事是如此教人難受。
只是，他並不想解除詛咒。
那個自己沒能救到，最後卻對他微笑的少女——尤德知道，自己一輩子都不會忘了她。

聽到這句主張，達斯汀苦笑起來。因為這種事，根本不用他來提醒。

「你說得對。我沒有那個資格。」

沒有力量選擇她，最終放棄她的我，沒有那個資格。

我已經選擇了她以外的人，所以沒有那個資格。

「因為，我已經中了冰雪魔女的詛咒。我瞄準冰雪魔女射落了她，得到了她的詛咒，所以已經沒有資格牽起千鳥的手了。」

得到了溫柔的詛咒。

得到了溫柔魔女，支持他活到最後的詛咒。

繼而，達斯汀用一種甚至帶點輕視意味的方式，只用氣息笑了笑。對，根本不用他來提醒——用不著特地主張什麼。可是，他卻反應遲鈍地說出那種話來。

「真要說的話……那個東西應該是留給你的才對吧。因為陪她到最後一刻的不是別人，而是你。她一定是想成為你的詛咒，所以才會交給你。」

我說得對吧？

聽他說完，尤德微微一笑。

像是苦笑，又像是代替還沒想起如何流下的眼淚。

「……你說得對。」

無論是話語、心願、祈禱或感情，凡是人與人之間傳遞的心意，全都是一種詛咒。束縛前進的腳步，扭曲將來的方向。讓人誤入歧途，有時甚至能發揮決定性的力量，改變當事者的靈魂形貌。

即使如此仍然得到接納的詛咒，最起碼，可以稱之為愛吧。

聖耶德爾是聯邦的首都，豈可容許居民與難民之間繼續發生摩擦，導致治安日益惡化？而首都警方居然任由危險分子挾持大總統，由此可知他們根本沒有能力維持社會秩序。

以這些事由作為名義，多個師團進駐聖耶德爾與其周邊地帶。包括有布蘭羅特大公家的火焰豹師團，以及諾贊侯爵家的鬼火師團。

同時新聞媒體也開始受到箝制。遊行、集會與抗議活動也一律明令禁止。以燈火管制與維持治安為藉口，民眾今後不許於夜間外出，否則將成為取締對象。

眼看日常生活在一夜之間變了樣，深紅色與鐵灰色的凶狠部隊將城市納入掌控，國民無不被壓得喘不過氣來，事到如今卻也無力回天。對方不是警察而是軍隊，而且是機甲部隊。手無寸鐵的民眾聚集再多人力，也無法對抗這樣的武裝勢力。

只有找不到出口的不滿情緒持續升溫。

但是同時，看到機甲兵器那睥睨聖耶德爾的威容，「破壞之杖」那副宛如英雄豪傑、氣魄非凡的深紅英姿，也有很多人發自內心鬆了一口氣。

慣於支配他人，能夠理所當然命人服從的前貴族們，那種高傲睥視的支配態度令他們安心。

因為這下子自己就可以什麼都不做了。

什麼都不用決定，什麼責任都不用負。這下就再也不用按照自己的意志與責任，麻煩受累地替自己的人生做決定了。

不用再被質疑同樣是公民，為什麼你們不能像我們一樣。不用再被指責你們也是公民卻辦不到，說穿了就是因為你們好吃懶做。不用再被斷定：「你們沒能跟其他公民一樣過得幸福，全都得怪你們自己。」不用再被迫面對孤立無助的無力感受。

心情真輕鬆。真讓人放心。

什麼聯邦，什麼公民——這些制度從一開始就不應該存在。

在文件與名稱上仍然是避難專區，聯邦也早已沒有多餘人力在這種後方地區部署憲兵人力，所以並沒有一堆槍口包圍著他們。

即使如此，等著共和國人的實質上仍然是收容所。

對八六的迫害、共和國義勇兵的不善戰……又是「竊聽器」又是「小鹿」……然後是彷彿串通「軍團」發動攻勢的時機，做出的獨立宣言。

日積月累的不信任與猜疑，促使周遭居民在避難專區四周蓋起了圍牆。他們搭蓋圈起家畜的圍欄，組成自警團取締共和國人的外出。

就好像只要把共和國人隔離起來，襲捲聯邦、自己與其他人的災厄就會被袪除，就連「軍團」有一天都會消失不見似的。

像是一種轉嫁，一種逃避。

「……事情，怎麼會變成這樣？」

從內側仰望臨時趕建，但實在太過高聳的圍欄，共和國人全呆住了。

牆壁的高度，直接代表了聯邦人的強烈敵意。以肉眼可見的形式如此露骨地表現出來的他人惡意，嚇壞了所有人。一個正常人應該會感到慚愧而試圖隱藏的惡意，現在卻如此蠻不在乎地暴露在外，把共和國人全嚇呆了。

如今圍繞在自己與大家身邊的，都是徒具人形的野獸或惡魔。

不再是人類了。

或者……也許在這世界上，已經沒有一個正常人了。

「我們只是想和平度日而已……只是在安分過日子而已啊。」

「據推測『小鹿』已經全數死亡，洗衣精（憂國騎士團）的餘黨亦檢舉完畢——但鑒於戰況與後方的狀況，還請三位繼續待在國軍本部基地。」

簡言之，當約納斯·德根少尉裝出一副冷靜透徹的表情時，就表示他在壓抑內心的歉疚或是良心的呵責等等。

蕾娜、柴夏與阿涅塔早已看穿了這一點，但約納斯仍舊用那副故作冷漠的表情與她們對峙。

「機動打擊群的指揮工作可以繼續進行。同步裝置也仍然由各位保管，日常聯絡不受限制。包含軍械庫戰區的戰況在內，指揮方面所需的情報我會盡量提供給各位，並且今後除了我以外，還會再加派幕僚過來。」

約納斯直視保持沉默的蕾娜，不曾別開目光。無論內心抱持何種想法，身為聯邦軍人的約納斯，在這件事上無法向蕾娜讓步。

「只是——我方無法准許各位返回軍械庫基地……尤其是米利傑上校與潘洛斯少校，妳們兩位應該特別了解現在的情況。除了全軍敗退與隨之而來的生活環境惡化，影響最大的是可能遭到殺戮機械蹂躪的恐懼感——如今無論是國民或軍人都在尋求發洩管道，為了安全考量，我們無法讓妳們重返前線。」

如同身為共和國人的蕾娜與阿涅塔所熟知的，國民替不滿與恐懼尋求發洩管道，到了最後會發生什麼事，她們比誰都清楚。

「——埃倫弗里德准將。」

維蘭苦澀地理解到，名為聯邦軍的組織，與名為聯邦的國家，已然在這第三次大規模攻勢中消亡得了無痕跡了。

聯邦也好，聯邦軍也好，都在成員的互相猜懼之下分崩離析、毀於一旦了。

既然藉由獨占武力支配民眾，彼此依據血緣與利害關係建立聯繫，名為貴族的紐帶在革命中作廢，那麼同樣身為國民，同樣都是聯邦同胞這種無論如何都必須維繫下去的認知——卻被國內民眾自己砸個粉碎。

如今的聯邦，不過是空有其名的殘骸罷了。不過是為數眾多，卻無法構成國體的一群人罷了。挑剔彼此的差異，一味以侮蔑、敵意與猜疑對付他人，卻無法齊心協力完成一件事，醜陋又無用的小集團構成了這個集合體。

而分裂成義勇兵與聯邦人、戰鬥屬地兵與公民、前貴族與前臣民、屬地民眾與首都民眾、老兵與補充兵，並以這種區別互相侮辱敵視，名為聯邦軍的殘軍敗將也不例外。

「准將，這是我個人的判斷。是我下的命令、我的責任、我的罪過。」

基於這些事實，擔任西方方面軍總司令的中將發布了那項命令。

對著在命令下達前先「被褫奪參謀長之職」的維蘭，下達他如今理應無須服從的軍令。

為的是讓連一點合作、一點協同，哪怕只是在同一個戰壕共同作戰的合作都無法期望的聯邦軍人至少能完成國防任務，為了今後能繼續勉強抵禦「軍團」進犯，而下達的命令。

「你明白吧。這項決定與你毫無關係。你對冷血無情的長官提出抗議，因此遭到褫職。面對苦境做出錯誤決定的只有司令官一人，西方方面軍沒有任何過失。」

……但是這種作法……

維蘭認為它是一種偽裝成自我犧牲的逃避，假裝冷血，實為怠惰。

輕易選擇殘酷的解決之道是一種懈怠。是身為貴族與指揮官的自己與其他人，不被允許的思考放棄。

「你認為我在逃避對吧，准將。」

因此隨後而來的犀利、精確的一句話讓維蘭不由得回望長官。

中將筆直的目光凝視著他。用那雙燃燒般的深紅眼瞳。

「你說對了。這是逃避，是不被允許的懈怠態度。所以——你必須繼續戰鬥。」

那雙焰紅種特有的宛如烈焰騰起般，與維蘭等夜黑種勢不兩立的焰紅種的深紅眼瞳。

「儘管鄙視我的怠惰，譏笑我是隻逃避沉重責任、丟人現眼的老狗吧。你必須打下夠豐碩的戰果，好讓你有資格這樣批判我……我沒有足夠的時間，但你還有。你還有足夠的時間可以對抗逃避、怠惰，以及今後勢將掌控這個國家的偏狹心態。」

由能夠察覺到這是愚蠢逃避的你來做這件事。

維蘭默然地閉起了眼睛。藉此表達他的理解，以及對老將軍的敬意。

「遵命。」

「不。」

蕾娜回應了。聲音壓低。

「不僅僅是如此吧，少尉。應該說——『這個』才是你們真正的目的吧。」

八六竟然對一般民眾，而且是一名年輕女孩開槍了。

裝甲步兵見狀，立刻射殺了那位八六。身為保護柔弱國民並以此為榮的軍人，這是他應該做的。他甚至為了愛用的重型突擊步槍在漫長的戰鬥中用壞，只得使用預備的突擊步槍而感到遺憾。如果能用一二．七毫米子彈的話，就能把他打得屍骨無存了。

然而下一刻少女的遺體隨即發生爆炸，讓裝甲步兵知道自己犯錯了。

儘管知道是自己弄錯了，但事情已經無法挽回。八六是對「小鹿」開槍，換言之他只是想保護民眾不被自爆兵器所傷……而自己卻殺害了他。

人已經死了，所以無可挽回了。自己成了殺人犯，成了軍隊最看不起的謀殺戰友者。

他無法接受這種事實。

他無法接受自己遭到逮捕、非難。他不是殺人犯，不會謀殺友軍。那名八六事實上就是殺害了放棄抵抗的少女。也許只不過正好槍殺的是「小鹿」，其實他根本就是趁著戰亂虐殺無辜。

所以殺了這種人的自己，並不算是謀殺友軍，也不是殺人犯。

所以他在被移送給憲兵之前，抓準機會把那個東西交給了一名有勇無謀地溜進危險前線的戰地攝影師。他想讓別人……讓社會大眾知道他沒做錯事。

想讓大家知道他看到了什麼，諒解他開槍的行為。

家人被強制徵兵制度帶走，再度受到軍刀與軍靴的監控，更何況一切都肇因於短期間內的二度敗戰。如今那些殺戮機械已完全包圍他們聯邦，慢慢啃噬、時刻進逼，沒有人能擋得住。那恐懼太強烈了。

所以「小鹿」狩獵沒有結束。

明明真正的「小鹿」少女已經全員死亡，民眾卻繼續指稱某某人也是「感染者（小鹿）」，照樣排擠他們。儘管政府反覆公告「小鹿」並非新型自走地雷或自爆病毒，民眾始終沒有停止對難民、異民族、軍方家屬或傷殘軍人的攻擊。

與其說是流傳的謠言難以闢除，其實是民眾希望那些人真的是新型自走地雷或自爆病毒，如此一來，排擠就成了正當行為。對於洩憤的正義行為來說，「那樣比較方便」。

哥哥從軍後為國捐軀的白銀種少女，遭人逐出學校。收養過「小鹿」或「竊聽器」的家庭忍受不了旁人的謾罵中傷，只得搬離居住的城市。少數民族聚集的街區遭人縱火燒毀，提供客房給難民居住的飯店連著幾日遭受騷擾行為，終於受不了而放棄經營避難所。結果連帶著造成治安惡化，國民的不安與不滿進一步提高。單單一個「小鹿」已不夠作為發洩出口。

群眾需要更明確的罪惡與邪惡。需要一個外來族群能讓他們放膽大聲譴責，說這些人已經罪大惡極以至於無藥可救。例如共和國人。例如……

例如得到聯邦拯救，作為精銳部隊與英雄投身軍旅，卻無法預防這場敗戰……

作為「竊聽器」，作為「小鹿」——作為「軍團」危害人類的……

共和國出身——第八十六區出身的那些戰鬥狂。

新聞以「本段影片具有震撼性內容」為開場白播出的，是瑞圖射殺「小鹿」少女當下「瞬間」的影片。

那是裝甲步兵以光學感應器錄下的影片。萊登錯愕地當場站起來，無法理解這種影片怎麼會從軍方洩漏給外界，而搞錯重點的新聞仍義憤填膺地繼續報導，播出機動打擊群……八六虐殺無辜的證據影片。

播出原來這些傢伙也是敵人的決定性證據。沒錯。

八六才是真正的人類公敵(Arch-enemy)。

這些人自己化身為「軍團」，自願加入殺戮機械的行列。

成為「竊聽器」與「軍團」勾結。

作為「小鹿」在聯邦各地炸死無辜民眾。

然後現在又趁著戰亂殺害了民眾。怕是至今也不知道害死了多少聯邦軍人。所以在這些傢伙一出現的同時，聯邦才會開始連戰連敗。

「就是他們害我們打敗仗」。

這些傢伙是叛徒。是背叛人類，獵殺並殘害我們的一群畜生。是罪惡滔天的大敵。

……可是瑞圖……

瑞圖卻是死在聯邦軍人——聯邦人的手裡。而他們卻對這項事實隻字不提，擺出一副被害者的嘴臉。

就跟共和國人一樣，擺出從來不知悔悟的被害者嘴臉。

「……開什麼玩笑。」

包括西方方面軍參謀長維蘭・埃倫弗里德准將在內，各戰線皆有方面軍副司令官或是參謀長接連遭到褫職。

褫職的理由全都一樣——抗命。他們每個人對方面軍司令官而言都是心腹，或是被視為將來後繼人選、前途看好的將級軍官。

在提前疏遠前途無量、堪為後繼人選的軍官之後……

方面軍的所有司令部，終究還是頒布了那項命令。

「讓我這個八六女王留在首都，作為要脅他們的人質。為的是讓今後必然心生憤恨或叛意的他們，被迫繼續服從聯邦軍的意志。」

為的是當八六淪為民眾對敗戰的一個宣洩口，變成國民不信任與猜疑的對象而再也不被允許返回聯邦國內，也不能和聯邦軍人共同作戰時，仍然可以如此要求他們。

「讓八六無法背叛、無法反抗。繼續讓他們像以往一樣充當攻擊『軍團』的鷹犬——我就是為此而存在的人質，對吧？」

「……死神弟弟。」

西汀用那個聽了就讓人不爽，但經過這麼多次也已經習慣了的綽號叫辛，於是他也用平常那種不耐煩的心情轉頭過去。

然而呼叫辛的西汀本人卻沒看著他，而是懷疑地望著基地窗外的東方天空。

「那是運輸機嗎？怎麼——好像跟平常來的不一樣？」

豈止不一樣，今天根本就沒有空運的預定。看基地附屬的飛機跑道沒有匆忙的動作，所以應該也不是接收到緊急降落的申請。異樣的感覺讓辛也走到那窗邊。

她所說的不一樣指的不是機種，原來是機數。是多達十幾架飛機的編隊。只見它們從東方聖耶德爾或那附近的基地方位，不斷往這邊飛來。

它們的目的地似乎不是軍械庫基地，在還有一段距離的位置一齊轉向，將側腹轉向他們。粗長胴體部位的外開式機門開啟。他對那個構造有印象。

「不是運輸機」，是轟炸機。跟在聯合王國的雪地戰場飛去發動特攻的轟炸機，具有相同的構造。

——轟炸機為何會……

飛來自軍戰線的「腹地」，進行炸彈投放的準備？

隔了一拍後，他忽然弄懂了。全身頓時一陣悚慄。

「──上校！」

他急躁地切換同步裝置的設定，與葛蕾蒂連線。按照規定程序的話應該先透過副官轉達葛蕾蒂才恰當，但現在沒時間說那些了。

『諾贊上尉！……「軍團」來了嗎？』

「不是，但這是最優先狀況！請將全體部隊，包括編入的戰鬥屬地兵部隊在內全數召回！動作快！」

直接聯絡必定代表了高緊急度的消息，葛蕾蒂當下聯想到的是辛的異能，但辛幾乎沒等她問完，就急著告訴她該怎麼做。葛蕾蒂儘管感到困惑但仍然願意傾聽，這份信賴讓辛發自內心覺得感激。

所幸從之前後撤開始一直斷續來襲的「軍團」攻勢，到了昨天晚上總算暫時平息。這提供了他們召集眾人的時間，最起碼也避免了在戰鬥中讓隊員們目擊到「那種場面」的最壞狀況。

「這段時間，由我來索敵──在隊員因為臆測或錯誤消息而產生分裂前，請妳作為旅團長控制好大家的狀況！」

現在部隊人數比起「那段時期」要來得更多。統整人員需要足夠的經驗、手腕、知識與努力。當務之急是把握時機，先走對第一步再說。

西汀似乎也意會過來了，辛瞥見她轉身離開。集合、集合，還要通知其他人！她一邊透過知覺同步大吼，一邊跑去找沒有同步裝置的研究員或非軍職人員。就算只是漏掉少數幾人，未與部隊共享情報，意志也沒有統一的人員今後將成為致命弱點。

眼看不在行程表上的航空器接近基地，飛機場管制塔似乎也聯絡了葛蕾蒂，辛感覺到她從座位上站了起來。『怎麼會……』這聲低喃必定是因為她看見窗外，也察覺到軍方的企圖了吧。

「戰場將從聯邦本土被劃分開來。西部戰線──聯邦所有戰線『都將變成第八十六區』！」

金屬巨鳥甩落牠的肚腸。

從炸彈艙投放的無數炸彈形成豪雨，澆淋在戰線後方的大地上。它們傾盆而降之後刺進地面。沒有爆炸。這是因為投放的炸彈，並非用來排除視野下方的敵人。

散布式地雷。

一種偵測出人員、車輛或機甲兵器後爆炸，藉此妨礙部隊行進的武器。

如今這種東西被大量地空投部署。布置在機動打擊群據守的軍械庫基地、戰鬥屬地民作為宿舍的弗頓拉埤德市街區等地區所屬的──西部戰線哈魯塔利陣地帶的遙遠後方。

如同當年共和國戰場為了徹底斬斷「破壞神」與它們的處理終端的退路，也布置了要塞牆與「地雷區」一樣。

直到地雷區第一陣布置完畢，西方方面軍的所有戰鬥部隊——聯邦所有戰線被斷了退路，那項命令才終於發布下來。

面對集合的隊員們，葛蕾蒂沒有隱瞞此事。

機動打擊群今後必須死守軍械庫戰區。部隊不許後退。

同一道命令發布給了所有戰線的全體部隊。不滿與怨恨當然隨之爆發，但如今他們已被地雷區困在戰場內，這些情緒都傳不到地雷區的另一頭。

也無法返回那和平的故鄉。

他們被命令要為了拋棄他們的所有人，賭命頑抗「軍團」的進犯。然而戰場上的眾將士現在除了服從命令繼續作戰之外，已無其他生存的手段。置身於補給掌握在軍方手裡，退路遭到截斷，眼前又有「軍團」進逼的戰場，不可能有餘力對遙遠的本土起兵造反。

征途被「軍團」阻擋，退路受他人的惡意封鎖。

它所呈現的樣貌，與共和國稱之為第八十六區的戰場並無二致。

後記

到了這裡已經沒剩篇幅可以閒聊都變成慣例了。大家好，我是安里アサト。
《86—不存在的戰區—》第十三集〈—Dear hunter—〉，為各位送上厚厚一本。

・副標題

是DEAR不是DEER喔。還有葉格是德語的「獵人」喔。
所以副標題的意思就是「親愛的獵人」。是千鳥對達斯汀的心意。雖然沒傳達到就是了。

・各章節標題

這次統一引用自和歌。附帶一提，千鳥的名字取自第五章的「海濱千鳥齊哀鳴」。
序章：三笠山邊月　此處又遙看　明月依舊人已遠
第一章：既名曰「都鳥」　都中諸事勞相告　閨中人可好
（參考文獻：《古今和歌集》佐伯梅友校注，岩波書店，一九八一年一月）（註：中譯引用自《古今和歌集》王向遠、郭爾雅譯，上海譯文出版社，二〇一八年七月）

第二章：別時相約勿相忘　今夕明月共觀賞　如同返故鄉
第三章：都鳥已離家　人若問及都城事　不知如何答
第四章：君仍恨我否？　正如古人問都鳥　無奈音杳杳
第五章：海濱千鳥齊哀鳴　敢是思故人？　望月憶興津
（參考文獻：《新古今和歌集　上》久保田淳譯注，KADOKAWA，平成十九年三月）
（註：中譯引用自《新古今和歌集》王向遠譯，上海譯文出版社，二〇二〇年八月）

最後是謝詞。

責任編輯田端氏與西村氏，很高興兩位從第一章看到第五章，對各個段落慘叫連連。我成功了！しらび老師，封面的尤德與千鳥讓我百看不厭，兩人的插畫實在是……！I-IV老師，阿茲·達哈卡太帥了，讓我打從心底後悔沒能讓它在動畫中登場。可惜沒機會看到它動起來的樣子……！染宮老師，《魔法少女レジーナ☆レーナ》的蕾娜與Q版八六們真的太可愛，每次都讓我好期待看到下一回更新。除了可愛還是可愛。魔法少女聖☆瑪格諾利亞也是美少女一個，棒透了！

然後，要感謝這次依然賞光閱讀的各位讀者。

下一集開始就是《86》最終篇了。辛、蕾娜與八六們已經成長茁壯，有了足夠力量去對抗最終篇與系列開始至今的敵人。是時候讓他們真正地挺身而出，抗拒過去那些逼他們不得不屈服，令戰場變成絕境的他人惡意了。

最終篇是〈第八十六區篇〉。希望大家能夠和我一起見證結局。

後記執筆中ＢＧＭ：廃墟と楽園（志方あきこ）

國家圖書館出版品預行編目資料

86-不存在的戰區. Ep.13, Dear hunter/安里アサト作
; 可倫譯. -- 初版. -- 臺北市 : 臺灣角川股份有限公
司, 2024.06
面 ;　公分. -- (Kadokawa fantastic novels)
譯自 : 86―エイティシックス. Ep.13, ディア.ハン
ター
ISBN 978-626-400-090-1(平裝)

861.57　　113005017

Kadokawa
Fantastic
Novels

86—不存在的戰區—Ep.13

—Dear hunter—

（原著名：８６—エイティシックス—Ep.13 —ディア・ハンター—）

2024年7月25日　初版第1刷發行

作　者：安里アサト
插　畫：しらび
機械設計：I－IV
日版設計：AFTERGLOW
譯　者：可倫

發行人：台灣角川股份有限公司
總　監：呂慧君
總編輯：蔡佩芬
主　編：林秀儒
設計指導：陳晞叡
美術設計：莊捷寧
印　務：李明修（主任）、張加恩（主任）、張凱棋、潘尚琪

發行所：台灣角川股份有限公司
地　址：104台北市中山區松江路223號3樓
電　話：（02）2515-3000
傳　真：（02）2515-0033
網　址：www.kadokawa.com.tw
劃撥帳戶：台灣角川股份有限公司
劃撥帳號：19487412
法律顧問：有澤法律事務所
製　版：巨茂科技印刷有限公司
ISBN：978-626-400-090-1